登高 — 높은 곳에 오르다

바람 세고 하늘 높은데 원숭이 울음소리 애절하고

강가 물 맑고 모래 흰데 새 맴돌며 난다

끝없이 나무들에선 낙엽이 우수수 떨어지고

그치지 않는 장강은 출렁출렁 밀려온다

風急天高猿嘯哀 渚清沙白鳥飛廻

無邊落木蕭蕭下 不盡長江滾滾來

長江水路寨

장강수로채
Fantasti Oriental Heroes
長江

장강수로채 2

박현 新무협 판타지 소설

초판 1쇄 찍은 날 § 2004년 11월 1일
초판 1쇄 펴낸 날 § 2004년 11월 10일

지은이 § 박현
펴낸이 § 서경석

편집장 § 문혜영
편집 § 장상수 · 서지현 · 한지윤
마케팅 § 정필 · 강양원 · 이선구 · 홍현경

펴낸곳 § 도서출판 청어람
등록번호 § 제1081-1-89호
등록일자 § 1999. 5. 31
어람번호 § 제2-0460호

주소 § 경기도 부천시 원미구 심곡1동 350-1 남성B/D 3F (우) 420-011
전화 § 032-656-4452 팩스 § 032-656-4453
http://www.chungeoram.com
E-mail § eoram99@chollian.net

ⓒ 박현, 2004

ISBN 89-5831-305-6 04810
ISBN 89-5831-303-X (SET)

박현 新무협 판타지 소설

長江水路寨

장강수로채

Fantasti Oriental Heroes

長江

2 잠룡

도서출판 청어람

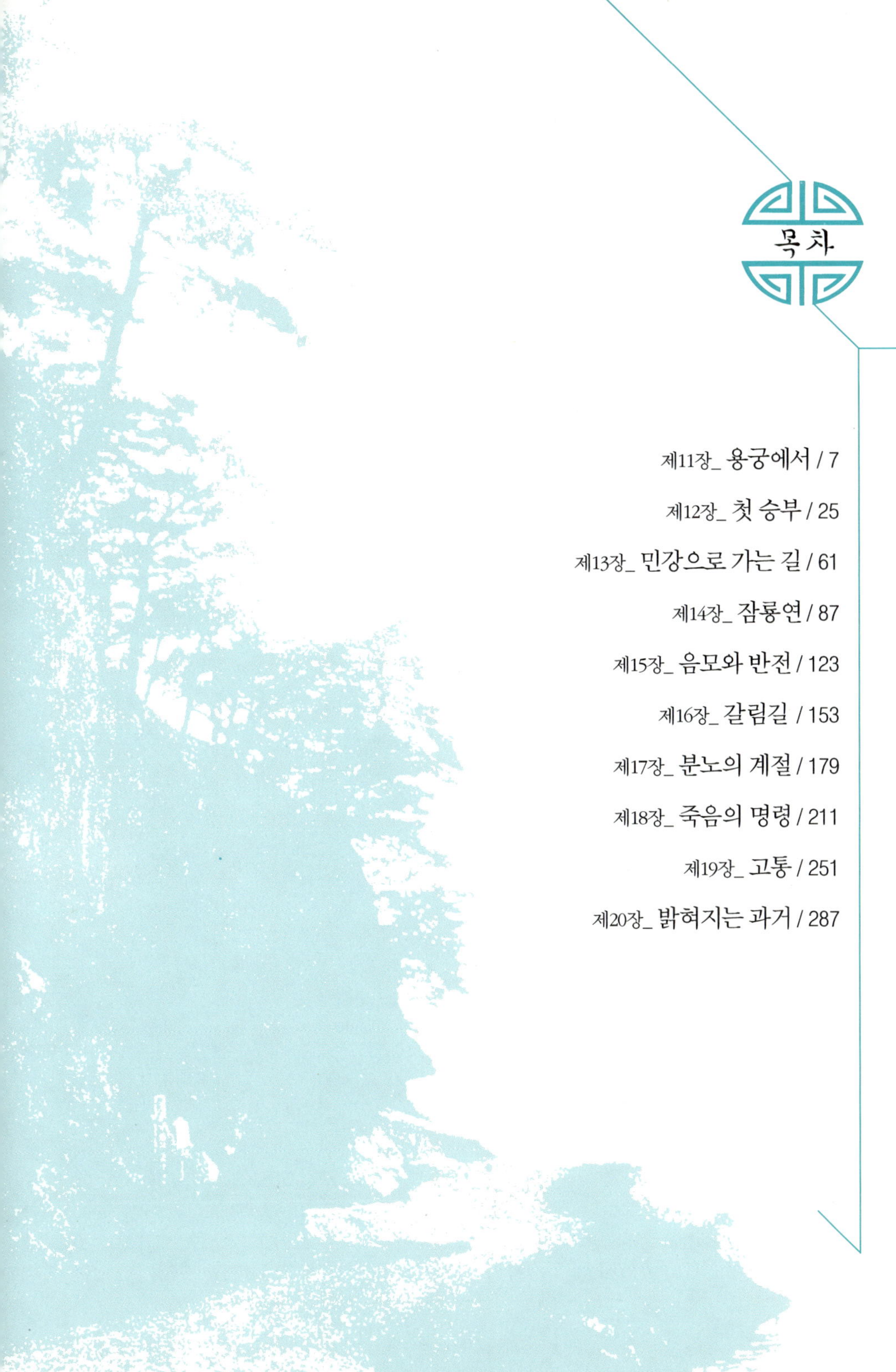

목차

제11장
용궁에서

곽무한이 대리석에 박힌 황금색 손잡이의 도를 움켜쥔 순간,

퍼퍼펑!

검은 목관이 폭음 소리를 내며 산산이 부서졌다.

"으갸갸!"

폭발에 휘말린 곽무한은 허공을 날며 비명을 질렀다.

콰당탕!

"어이쿠, 허리야! 아고고, 엉덩이야!"

거세게 바닥으로 내동댕이쳐진 곽무한은 엉덩이를 어루만지며 겨우 일어났다.

"어라? 그래도 다행이네."

의외로 도는 곽무한의 손에 쥐어진 채였다.

그때였다. 도에서 갑자기 격렬한 진동이 일어났다.

"으윽! 왜, 왜 이래?"

마치 전기에 감전된 듯한 느낌이라 곽무한은 얼른 도를 놓으려 했다.

그러나 도는 아교라도 바른 듯 딱 달라붙어 떨어지지가 않았다. 더구나 곽무한이 손을 탈탈 터는 순간 손잡이에서 끔찍한 열기가 뿜어져 나오기 시작했다.

"으아아아아!"

열기는 너무나 뜨거웠다. 사지를 태우고 혼백까지 몽땅 태울 듯 온몸을 휘감아왔다. 곽무한이 혼비백산해 비명을 지르는 순간,

휘류류류륭!

갑자기 부서진 관에서 붉은 연기가 흘러나오기 시작했다. 그러더니 갑자기 눈부신 홍광(紅光)으로 변해 벼락처럼 곽무한의 뇌리 속으로 파고들었다.

"으으으… 으으으……."

뇌리 속으로 스며든 광채는 끔찍했다.

마치 핏줄기같이 사방으로 갈라지더니 각인을 새기듯 쫙쫙 선을 그려 나가기 시작했다. 원인가 하면 직선이었고 직선인가 하면 어느새 좁은 타원을 그리며 춤추듯 질주하는 붉은 선.

곽무한은 그저 멍한 표정으로 몸만 부들부들 떨었다.

그리고 잠시 후,

스스스.

관이 거짓말처럼 사라졌다. 눈부신 홍광도 마찬가지였다.

그러나 이때부터는 곽무한이 이상하게 변했다.

흡사 관에서 튀어나온 강시처럼 무릎을 빳빳이 세우더니 껑충껑충

뛰며 도를 휘두르기 시작했다.

곽무한이 휘두르는 도세는 뇌리 속에 파고든 혈선과 같았다.

원을 그리다가 직선으로 뻗쳐 갔고, 직선으로 뻗치다가 기이한 각도로 회수되며 어느새 사선을 그렸다. 그렇게 펼친 도세의 위력은 상상을 초월했다.

츠츠츠츠츠!

도극에서 서리서리 붉은 광채가 흘러나오는가 싶더니 쭉 뻗어 나가 동굴 벽을 두부처럼 매끈하게 갈라놓기 시작했다.

쩌저적! 쩌저적!

도세가 지나간 벽마다 먼지가 날리고 돌덩이가 떨어져 내렸다. 그리고 어느 순간 곽무한은 벼락을 맞은 듯 몸을 부르르 떨더니 뻣뻣한 목상처럼 털썩 쓰러지고 말았다.

곽무한이 쓰러지고 난 후,

종유석 뒤쪽에서 반짝이는 눈동자가 나타났다.

'바보, 춤도 참 요란하게 추네.'

입술을 삐쭉이며 고개를 흔드는 작은 인영, 바로 설아였다.

"용왕 아저씨, 저 바보를 어쩌지?"

설아는 작고 통통한 손가락으로 곽무한을 가리키며 고개를 아래로 향했다. 설아의 고개가 향한 곳. 그곳에는 두 개의 새빨간 채찍이 날름거리고 있었다.

끄끄끄끄! 취리릿!

설아를 머리 위에 태운 채 잔뜩 못마땅한 표정을 짓고 있는 집채만 한 구렁이. 그건 바로 용왕이었다.

"응? 내버려 두고 그냥 가자고? 아이, 용왕 아저씨. 그건 너무하잖

아. 쟤, 감기 걸릴지도 몰라."

츠츠춧. *끄끄.*

용왕은 혀를 날름거리며 다시 채근하는 표정을 지었다.

"힝, 벌써 가자구? 난 더 있고 싶은데……. 집에 가면 할아버지가 또 무서운 걸 막 시킨단 말이야."

설아는 움찔한 표정으로 황급히 고개를 저었다.

요 천방지축 깜찍한 꼬맹이 설아가 무서워하는 게 과연 뭘까?

그 이야긴 오늘 아침으로 돌아간다.

"어허, 설아야. 뭘 망설이고 있느냐, 어서 찌르지 않고."

할아버지가 근엄한 표정으로 염소수염을 파르르 떨며 재촉을 한다.

"히잉, 불쌍하잖아. 아프잖아."

자기 손가락보다 더 긴 침을 든 설아. 조그만 침상에 누워 있는 토끼와 자기 손의 침을 번갈아 보다 결국 울상을 짓고 만다.

"어허, 인석이?"

채 노인은 답답한 듯 가슴만 펑펑 쳤다.

채 노인은 지금 자신의 평생 소원, 즉 죽기 전에 자신이 지닌 모든 의술을 설아에게 전부 전수해 주려는 생각을 실행 중이었다.

처음엔 생각대로 잘 흘러갔다. 아니, 요 눈에 넣어도 아프지 않을 귀여운 손녀딸이 상상을 초월할 정도로 빨리 배워 오히려 깜짝 놀랄 정도였다. 그러다 보니 욕심이 생겼다.

예전, 역모로 몰려 황궁에서 도망칠 때 결심한, 두 번 다시 손도 대지 않고자 했던 전설의 비방, 죽은 자의 혼까지 되돌린다는 천외옥환회혼지술(天外玉環回魂之術)까지 가르치고 싶었다.

천회옥환회혼지술은 사람의 체질과 그 사람의 몸에 흐르는 삼백육
십 개 혈의 위치와 특성, 그리고 혈의 각각의 흐름을 알고 음양 조화의
이치와 상생상극의 이치까지 꿰어야 겨우 입문에 들 수 있는, 그야말로
고금에 보기 드문 비인부전의 침술이었다.

그걸 배우자면 먼저 인체의 사혈에 통달해야 했다. 왜냐하면 죽은
자의 혼까지 일깨운다는 침술의 이름이 말해 주듯 사혈들을 위주로 침
술을 전개하기 때문이었다.

지금이 바로 그랬다.

자칫 잘못하면 평생 벙어리가 되거나 죽고야 만다는 인후혈과 신정
혈(神庭穴), 그리고 백회혈을 찔러 혼절한 토끼의 의식을 깨우는 훈련
이었다. 그런데 요 앙증맞은 설아는 토끼가 불쌍하다며 눈물만 뚝뚝
흘리고 있으니 복장이 터질 일이었다.

"아가야, 이 토끼는 절대 죽지 않아. 할아비가 말했잖느냐? 이 토끼
는 암컷이라 임신을 뜻하는 여자들의 맥인 임맥을 따라 침을 놓으면
반드시 깨어난다고 말이다. 그만큼 설명했잖니?"

차라리 말하지 않는 편이 나았다.

"잉, 그래도 침을 맞으면 아프잖아. 아프면 눈물이 나잖아. 이 귀여
운 아가가 눈물을 흘리면 설아가 슬프잖아. 그래서 싫어. 흑흑."

채 노인의 입장으로는 돌아가실 일이었다.

"에잇, 그럼 내가 시범을 보여주마."

결국 채 노인은 부아가 치밀어 직접 침을 들고 토끼 앞에 섰다. 그러
자 요 앙큼한 것이 제딴엔 침을 못 놓게 방해한다고 엉뚱한 질문을 해
댄다.

"앗, 할아버지! 잠깐! 아까 임신한다고 했잖아? 임신이 뭐야?"

채 노인은 설아의 심보를 짐작하면서도 궁지에 빠져 버렸다.

"험험, 그것이… 그것이… 아가를 가진 거란다."

"아가? 아가를 어떻게 가져?"

"험험, 그것이… 남자에겐… 험, 험, 남자에겐 아가를 만드는 요술 방망이가 있단다. 그게 여자들의 아가 방과 만나면……."

참혹했다. 기껏 열네 살짜리 손녀딸에게 어찌 남녀의 성 관계에 대해 설명한단 말인가? 그것도 비록 할아비라지만 나잇살 먹은 영감의 입으로……. 차라리 솔직히 말하는 편이 나았다.

"헤? 요술 방망이?"

녀석의 눈이 힐끔거리더니,

"할아버지도 남자잖아. 한번 보여줘 봐, 요술 방망이!"

"컥!"

채 노인은 그만 침을 떨어뜨리고 말았다.

"이 할아빈… 할아빈……."

차마 없다고 말할 순 없다. 고자가 아닌 이상.

그렇다고 보여줄 수도 없다. 그러니 결국 미치고 환장할 지경에 몰리고 만 것이다.

"에, 또… 그게… 그냥 이 할아비가 그렇다고 하면 그런 줄로만 알 거라!"

궁지에 몰린 대답. 그러나 저 호기심 반짝이는 눈동자는 어설픈 대답을 용서하지 않았다.

"할아버지. 그런 게 어딨어? 그냥 그런 줄로만 알라고 하면 설아가 어찌 알아들어? 가르쳐 줘. 응?"

"이것아! 그냥 그렇다고 하면 알아들을 것이지 웬 질문이 이리도 많으냐!"

"우왕! 왜 설아에게 고함을 질러? 흑흑."

이제 토끼고 나발이고 다 날아가 버렸다.

"휴우, 이 할아비가 노망이 났나 보다. 미안하구나, 미안해. 제발 좀 울음을 그치렴. 응?"

달래고 얼러도 그치지 않는 울음소리.

"음, 음, 설아야, 할아비가 잘못했다. 사과의 의미로 오늘 딱 하루만 외출을 허락해 주마. 그러니 제발 좀 그치렴. 응?"

결국 채 노인은 설아를 달래기 위해 마음에도 없는 소리를 하고야 말았다. 물론 설아는 언제 울었냐는 듯 신이 나 쪼르르 밖으로 달려나 갔다. 근 몇 달 만의 외출이었다.

"어라? 어디 갔지, 내 털북숭이?"

싫다고 버티는 산왕의 수염을 잡아당기며 찾아온 절벽.

그러나 눈 아래의 늑대 굴에도, 하얀 자갈밭에도, 푸른 강물에도, 그 어디에도 곽무한의 모습은 보이지 않았다.

"와아아! 공격해!"

"수비, 수비에 신경 써!"

절벽 아래에는 서로 뒤엉켜 싸움을 벌이는 낯선 아이들뿐이었다.

"어? 이제 털북숭이들이 많아졌네?"

설아는 눈을 동그랗게 뜨고 아이들을 바라봤다. 그러나 이상하게 가슴이 허전했다.

'칫! 그래도 내 털북숭이가 제일 예뻐.'

설아는 금방 고개를 돌리고 말았다.

"리리리리리! 애들아, 좀 찾아봐 주렴!"

조바심이 난 설아는 온갖 새들을 풀어 곽무한을 찾기 시작했다. 그러나 곽무한을 발견했다는 소식은 종내 들려오지 않았다.

"치잇!"

설아는 입을 삐죽 내밀며 어찌할까 고민했다.

이 황금 같은 외출 시간을 그냥 날려 버릴 순 없었다.

"용왕 아저씨께 가서 용궁 구경이나 시켜달래자."

결국 설아는 용이 되기 위해 면벽수도에 여념이 없는 구백팔십 년 묵은 구렁이 용왕에게로 달려갔다.

용왕의 동굴.

용왕 아저씨는 오늘도 똬리를 튼 채 잠을 자는지 도를 닦는지 꾸벅꾸벅 졸고 있었다.

"용왕 아저씨, 나 심심해. 화나. 그러니 용궁에 데려다 줘."

설아는 용왕을 보자마자 폴짝 머리 위에 올라탔다.

한참 무념무상 무아지경의 잠에 빠져 있던 용왕의 입장으로는 아닌 밤중에 홍두깨였다. 그러나 용왕은 안다. 평소에는 얌전하고 천진한 이 아가씨가 심통을 부리기 시작하면 얼마나 무서운지를.

요 꼬마 아가씨가 빽빽 소리를 지르면 이상하게도 머리가 웅웅 울려 왔고, 어쩌다가 눈이라도 마주칠 양이면 머리 속이 온통 아득했으며 특히 앙앙 울기라도 하는 날이면 뱃속까지 울렁거렸다.

'이제 곧 천 년이야. 지금 심마에 빠지기라도 한다면 큰일이지. 이 때까지 참아왔던 거 조금만 더 참자.'

용왕은 천년공부 도로 아미타불이 되기 싫어 결국 머리를 숙이고 말았다.

"와아! 역시 최고야."

촤르르!

설아를 머리 위에 태운 용왕은 시커먼 연못으로 들어갔다.

쿨렁쿨렁.

용왕은 십 장(30m)에 달하는 몸을 이리저리 움직이며 연못 바닥까지 내려갔다. 신기하게도 연못 바닥에는 거대한 동굴이 있었다.

용왕은 그 동굴 속으로 계속 헤엄을 쳤다. 동굴을 지나자마자 어느새 양 옆으로 이끼 긴 절벽들이 그림처럼 늘어선 협곡에 이르렀다. 연못 바닥에 있는 동굴이 이곳 협곡과 연결되어 있는 모양이었다.

'어맛?'

설아는 주변 경관을 구경하다가 깜짝 놀랐다.

강물 너머 절벽에 그토록 찾아 헤맸던 그 털북숭이가 서 있는 게 아닌가?

'아, 뭐 하는 걸까?'

설아는 길게 생각할 필요가 없었다. 곽무한이 절벽 위에서 풍덩 강물로 뛰어들었기 때문이다.

"어? 쟤도 용궁 구경 가려나 봐."

설아는 저 털북숭이도 용궁을 알고 있었구나 싶어 기분이 좋아졌다. 그런데 이상했다.

강물 할아버지가 심어놓은 장난치는 물길에 맥도 못 추고 빨려 들어간 것이다.

'어? 새로운 놀이 방법인가? 소용돌이와 반대로 돌면 더 재미있는데. 바보.'

만약 물길에 정통한 사람이 설아의 말을 들었다면 벌컥 화를 내고 말았을 것이다. 저 무서운 소용돌이에 맞서 반대로 돈다고? 그게 말이나 되는 소린가 말이다. 좌우간 지금 설아의 말을 들을 사람은 없으니 각설하고, 설아는 키득거리며 곽무한의 뒤를 따랐다.

십 장… 이십 장……. 곽무한은 계속 가라앉기만 했다.

설아는 도무지 이해가 되지 않아 눈을 동그랗게 떴다.

분명코 용궁은 오른쪽에 있다. 그런데도 곽무한은 들어갈 생각을 않고 계속 빙글빙글 돌기만 한다. 아니, 이젠 축 늘어져 버렸다.

'이상하네? 용궁은 친절하게도 빛까지 뿜어내며 길 안내를 하는데 왜 안 들어가고 누워버리지?'

설아는 곽무한에게 다가갔다.

쬐그만 털북숭이는 정신을 잃었는지 눈을 감고 있었다.

'바보, 여기가 아닌데…….'

설아는 축 늘어진 곽무한의 손을 잡아 이끌며 용왕의 등에 태웠다.

취리릿!

용왕 아저씨가 잔뜩 기분 나빠한다. 그러나 설아는 아랑곳하지 않았다.

"얘도 용궁에 가는 중이래요. 같이 가요."

설아는 붉은 빛이 흘러나오는 용궁 안으로 곽무한을 데려갔다.

"피곤한 모양이네? 여기 좀 누워 있어."

설아는 곽무한을 은빛 모래 위에 눕혀놓고 팔랑팔랑 동굴을 돌아다니며 버섯을 따 먹었다. 그리고는 은빛 모래로 두꺼비집을 만들며 놀았다. 그러나 오늘따라 이내 싫증이 났다.

힐끔!

저 털북숭이는 아직도 안 깨어난다.

'쳇, 잠꾸러기.'

자꾸 훔쳐보니 이상하게 가슴이 콩콩 뛰고 뺨이 붉어진다.

'쳇, 할아버지가 기다리실 텐데.'

깨워주고 갈까 그냥 갈까 궁리를 하는데,

"으으음……."

털북숭이가 신음을 흘리며 정신을 차리려 했다.

후다닥!

설아는 왠지 부끄러운 생각이 들어 물속으로 풍당 숨고 말았다.

그게 오늘 벌어진 사건의 전부였다.

곽무한이 깨어나고 나니 설아는 집으로 돌아가기 싫어졌다.

저 털북숭이도 자기와 똑같이 버섯을 따 먹고 이리저리 돌아다니는 걸 보니 왠지 모를 동질감을 느낀 것이다.

그런데 갑자기 왜 잠자는 검은 관 할아버지에게 다가가며, 커다란 쇳덩이는 왜 집어 들며 춤은 또 왜 추냔 말이다. 그것도 그냥 추는 춤도 아니고 멀쩡한 용궁까지 흠집 내는 춤을. 거기다가 춤을 다 추고 나서 쓰러지긴 왜 또 쓰러지냔 말이다. 가슴 벌렁거리게.

설아는 이해하기 힘들었다.

그렇다고 마냥 구경만 하다가 그냥 가자니 왠지 가슴이 무거웠다.

'쳇, 무섭긴 하지만… 물에 들어갔다가 그냥 자면 감기에 걸리니…….'

설아는 어디서 그런 용기가 솟았는지 그토록 무서워하던 침을 꺼내 들었다.

'움… 기가 잘 흐르도록 침이나 놔주자.'

설아는 가냘픈 손을 부르르 떨면서도 용케 할아버지가 가르쳐 준 대로 기가 잘 흐르도록 만드는 혈도들을 찾아 침을 놓고 떠났다.

"으으음……."
곽무한은 설아가 떠난 직후에 정신을 차렸다.
"음? 내가 왜 누워 있지? 머리는 또 왜 이리 지끈거려?"
곽무한은 아무것도 기억나지 않았다.
그저 동굴 안으로 들어선 기억밖에 없었다.
곽무한은 한참 동안 이맛살을 찌푸리다 뭔가를 보고 눈을 휘둥그레 떴다.
"어? 저게 뭐야?"
곽무한의 눈에 황금색 손잡이의 도와 대리석이 들어왔다.
"우와! 칼이잖아! 진짜 칼이야! 그것도 묵호 아저씨 것보다 훨씬 더 큰 칼이야!"
곽무한은 난생처음으로 진짜 칼을 만지게 되어 입이 쫙 벌어졌다.
도는 다시 곽무한의 손에 쥐어졌지만 아까와 같은 혈광과 공명음은 없었다.
"이걸로 휘두르면 정말 신나겠다. 어디, 이이익!"
도는 엄청나게 무거웠다.
"아이고, 지금은 무거워서 휘두르기가 불편하네? 나중에 팔 힘을 더 키우고 난 후에나 마음껏 휘두를 수 있을까?"
이상했다. 아까 혼백이 나간 상태에서 도를 휘두를 땐 수수깡 휘두르듯 하더니 정신을 차린 이후에 휘두르는 모습은 보기에 좀 거북살스러웠다.

곽무한은 한참 도를 휘두르다 땀을 닦으며 털퍼덕 바닥에 주저앉았다. 그러다가 우연히 대리석을 보게 됐다.

"어? 돌 침댄가? 반질반질하네?"

곽무한은 대리석 앞으로 걸어갔다.

대리석에는 누가 새겨놓은 듯 글씨가 새겨져 있었다.

〈천추제일영웅 벽라대제(碧羅大帝). 여기서 잠들다.〉

맙소사! 벽라대제라니? 도저히 믿기지 않는 이름이었다.

천추제일영웅 벽라대제.

그는 삼백여 년 전의 절대고수로 홀홀단신으로 삼천 명에 이르는 암흑마교의 정예 고수들과 맞서 싸워 그들을 모두 베어버린 전설적인 인물이었다.

참마뢰(斬魔雷), 단천뢰(斷天雷), 수라혈뢰(修羅血雷)로 이어지는 그의 도법은 당시의 그 어떤 절정고수라도 삼 초 이상 받아낼 수 없었다고 전해지며, 암흑마교와의 마지막 전투에서 마교 수뇌부들과 격돌, 그들과 함께 죽음을 택하고 말았다는 정파 최고의 영웅이었다.

그런데 그 이름을 여기서 보게 될 줄이야!

그렇다면 지금 곽무한이 들고 있는 도가 바로 벽라대제의 상징인 혈뢰도(血雷刀)란 말인가? 전설에나 나오는 건곤음양석(乾坤陰陽石)을 가루 내어 천하에서 제일 강하다는 만년묵철을 섞어 만든 고금제일도!

일 갑자의 내공만 불어넣어도 뇌전처럼 불벼락을 내뿜는다는 그 전설의 신병 혈뢰도란 말인가?

만약 무림인들이 이 사실을 알았다면 탐욕으로 눈이 멀어버리고 말았을 것이다.

대리석에는 글씨만 쓰여 있는 게 아니었다.

낡고 빛바랜 양피지도 있었다.

"얼레? 뭐지?"

곽무한은 양피지를 집어 들었다.

양피지 위에는 글씨가 빽빽하게 쓰여 있었다.

〈모년 모월에 드디어 마교 최후의 전사라는 암왕과 파천마군, 염라대제 등과 싸우게 되었도다. 그러나 오호, 통재라! 본좌의 힘이 소진되어 그들의 목을 일시에 거두지 못하고 양패구상하고 말았도다. 본좌는 피눈물을 머금고…(중략)… 후일에라도 우연히 이곳에 들르게 되는 사람이 있다면 본좌의 부탁을… 그들의 무공은 너무나 사악하고 패도적… 그 무공이 후세에 전해진다면 그야말로 끔찍한 일이니… 내가 남긴 초식을 운용하는 심법은 아래와 같으니 부디 기억하여…(하략)…….〉

보아하니 벽라대제가 남긴 말인 듯했다.

곽무한은 양피지를 쓰윽 훑다 관심없다는 듯 툭 던져 버렸다.

천자문조차 깨치지 못한 까막눈이니 당연히 관심이 없을 수밖에.

대신 곽무한의 초롱초롱한 눈은 오로지 거대한 도에만 향해 있었다. 그렇게 곽무한이 도를 들고 신이 나 이리 만지고 저리 만지는 동안, 아니, 그 이후에도 대리석과 양피지는 곽무한에게 아무런 관심도 받지 못한 채 그저 덩그러니 놓여 있을 뿐이었다.

후일을 대비한 벽라대제의 안배가 몽땅 허사가 되는 순간이었다.

그러나 그나마 천만다행이라면 혹시나 무인이 아닌 평범한 사람이

오게 될 경우를 생각해 혈뢰도에 참마뢰와 단천뢰, 수라혈뢰의 초식을 봉인해 놓은 것이리라. 누구라도 이곳에 오는 사람에게 심령을 통해 그 초식을 각인시키는 안배.

"이제 어떻게 나가지?"

한참 도를 갖고 놀던 곽무한의 고민이 시작됐다.

저 회오리치는 물보라를 보니 도저히 빠져나갈 자신이 없었다.

그렇다고 여기서 죽치고 있을 수도 없었다.

매옥과 미루의 신변이 걱정되기도 했고 한시라도 빨리 엄마의 목걸이를 되찾고 싶었다.

"일단 시도라도 해보자."

곽무한은 살그머니 동굴 밖으로 손을 내밌다.

콰우우우!

소용돌이는 여전히 거칠었다. 그러나 이상하게도 이전처럼 힘겹게 느껴지진 않았다.

'그러고 보니 물속이 다 보이네?'

신기한 일이었다. 칠흑같이만 보이던 물속이 환히 보였다.

'이상한 일이군. 힘도 더 늘어난 것 같고.'

그러고 보니 동굴 안의 잔잔한 물살을 헤치고 나올 때도 몸이 쑥쑥 나아갔다. 곽무한은 고개를 갸웃거리다 발을 내밀어보았다.

휘류류류룽!

자신이 생겼다. 이겨낼 수 있을 것 같았다.

'도는 너무 커서 불편해. 나중에 다시 가지러 오자.'

곽무한은 도를 대리석 뒤에 숨겨놓고 동굴 밖으로 나왔다.

휘류류류룽!

소용돌이는 여전했지만 전처럼 휘말리지는 않았다.

'야호! 갑자기 힘이 많이 늘었어. 동굴 안의 버섯을 먹어서 그런가?'

곽무한의 추측은 일부는 맞았다.

동굴 안에 자생하고 있던 버섯은 바위틈을 뚫고 나온다는 석지(石芝)로 도가의 사람들이 눈에 불을 켜고 찾아 헤매는 영약이긴 했다. 그러나 그것은 불로장생을 바라는 도인들에게 해당되는 말이고 실제 내공 증가에는 미미한 효과밖에 없었다.

지금 곽무한이 힘이 늘었다고 느끼는 이유는 바로 임독이맥 중 독맥을 완전히 타통한 때문이었다.

소용돌이와 맞서느라 사력을 다할 때 무의식 중에 일으킨 진기가 거침없이 폭주하며 백회혈을 뚫어버린 것이다.

한 가지 아쉬운 것은 그때 정신을 잃지 않고 임맥으로까지 기를 돌렸으면 곧바로 임독이맥의 타통이라는 결실까지 볼 수 있었다는 사실이다. 그러나 독맥을 타통했으니 임맥까지 타통하는 것은 시간문제이리라. 주화입마라고 착각만 하지 않는다면.

좌우간 곽무한은 그 무섭던 소용돌이를 가볍게 뿌리치고 나올 수 있었다.

제12장
첫 승부

웅성웅성.

절벽 아래에 많은 사람들이 모여 있다.

"후우웁!"

곽무한은 아래를 내려다보며 심호흡을 했다.

"어이, 꼬마야! 지금 뭐 하니? 오줌 마려워서 그래?"

노구는 곽무한을 보며 피실피실 웃고 있었다.

오늘은 노구와 내기를 벌이는 날.

남들은 잠룡연을 대비한 훈련 성과를 점검하는 날로 알고 있었다.

그래선지 철면노호와 과자안, 적호 등도 모처럼 밖으로 나와 절벽 위를 올려다보고 있었다.

'할 수 있어! 난 예전과 달라!'

남들 눈을 피해 꼬박 보름 동안 연습한 실력을 보여주리라. 더불어이 밉살스런 노구 녀석의 코도 납작하게 눌러주고.

곽무한은 강물을 내려다보며 눈을 빛냈다.

"이런 등신 새끼, 시간 끌기는! 저리 비켜!"

기다리기 지루했던지 노구가 먼저 발을 굴렀다.

쉬이익! 풍덩!

노구는 양팔을 우아하게 모으며 먼저 물속으로 사라졌다.

"좋아, 간다앗!"

곽무한은 뱃심을 끌어올리며 발을 굴렀다.

타라락!

돌 가루가 날리며 발바닥에 기분 좋은 탄력이 느껴졌다.

쉬이익! 휘리릭!

곽무한은 쭉 편 발끝을 손으로 모아 잡고 회전하며 뛰어내렸다.

풍덩!

짜릿한 충격이 손끝에서 발끝까지 몰려오며 사방으로 물보라가 튀었다.

"와아아!"

아이들의 환호성이 물속까지 전해져 왔다.

"어쭈? 제법인데?"

노구가 빈정거리듯 말을 건넸다.

"더 위로 가지!"

곽무한이 담담하게 쏘아붙였다.

"더 위로? 요놈 봐라? 하룻강아지 범 무서운 줄 모른다더니!"

노구 녀석이 씨익 이를 내보이며 가소롭다는 표정을 지었다.

이제 십오 장.

돌로 된 요새인 본채가 손바닥만하게 보였다.

"이번에도 먼저 뛰어내려!"

곽무한은 한 발 뒤로 물러나며 말했다.

"좋아, 보고 기죽지나 마. 흐흐흐."

노구는 곽무한의 내심도 모른 채 잔뜩 으스대는 모양새로 다시 뛰어 내렸다.

휘리리릭!

높이가 높아서인지 노구는 무려 네 바퀴의 회전으로 뛰어내렸다.

첨벙!

튀어오른 물보라의 높이는 무려 일 장에 달했다.

"어이, 곰보 새끼! 뛰어내려 봐!"

입수의 충격으로 머리를 흔들던 노구가 정신을 차렸는지 엉덩이를 흔들며 약을 올렸다.

곽무한은 노구를 차갑게 내려다보다 발을 굴렀다.

취취취취췻!

이번에는 발을 구부려 몸을 둥글게 말아 다섯 바퀴를 회전했다.

첨벙!

높이 탓인지 머리 끝에 찡한 충격이 전해져 왔다.

부글부글.

입수의 충격으로 발생한 잔거품들이 정신없이 몸을 타고 올랐다.

"더 높이!"

"더?"

노구의 얼굴이 순간적으로 굳어졌다. 그러나 잠시 심호흡을 하더니 고개를 끄덕였다.

이제 높이는 이십 장.

눈 아래로 보이는 본채는 손톱만했다.

휘우웅!

절벽을 타고 오르는 바람에 머리카락이 날렸다.

"어이, 꼬마! 이 높이에서 잘못 뛰어내리면 물에 부딪치는 충격 때문에 죽어! 알아?"

"알아!"

노구의 으름장에 곽무한은 차갑게 맞받았다.

노구 녀석이 흠칫하더니 자세를 잡았다.

'후우, 이 높이에서 뛰어내리는 건 정말 오랜만이군.'

노구는 심호흡을 했다.

아주 옛날 관군에게 쫓길 때 이판사판이란 심정으로 뛰어내린 기억이 처음이자 마지막이었다. 그만큼 무서운 높이였다.

"애송아, 눈을 크게 뜨고 잘 봐! 타핫!"

노구는 힘차게 발을 굴렀다.

쐐애애액!

바람 소리부터 달랐다. 온몸의 피가 급속도로 머리로 몰렸다.

'으흐흡!'

경물이 너무 빠르게 지나갔다. 오금이 저려왔다.

노구는 안간힘으로 다리를 모아 회전을 시작했다.

푸―웅―덩!

"크으윽!"

물보라가 무려 삼 장 높이로 치솟았다. 머리가 깨질 듯 아팠다.

"노구 형, 괜찮소?"

누군가 물어왔다. 노구는 정신없이 고개만 끄덕였다.

주루룩!

충격 탓인지 코에서 피가 줄줄 흘러내렸다.

"내려와 봐, 이 개새끼야!"

노구는 피가 났다는 사실에 열이 받아 까마득한 절벽을 올려다보며 욕을 내뱉었다.

절벽 위. 녀석이 웃고 있었다.

왠지 모르게 섬뜩한 느낌이었다.

"타하아아!"

녀석의 기합 소리가 쩌렁쩌렁했다.

쐐애애애액!

녀석은 뛰어내리자마자 양팔을 쫙 벌렸다가 빠르게 합했다.

'개자식, 벌써 공기의 저항까지 줄일 줄 알아?'

노구는 불길한 느낌이 들었다.

휘리리리릭!

중간쯤에서 녀석의 몸이 나선을 그렸다.

'으헉! 옆으로 회전을?'

노구는 가슴이 철렁했다. 가르쳐 주지도 않은 고급 기법이었다.

상하로 회전하는 것보다 입수 때의 충격을 훨씬 줄여주는, 입수를 전문으로 해본 사람만이 아는 노련한 입수 기법이었다.

푸웅덩!

'대, 대단한 놈! 보름 만에?'

노구는 하얗게 튀어오르는 물보라를 보면서 창백하게 질려 버렸다.

"쿨럭쿨럭!"

녀석의 코에서도 피가 줄줄 흐르고 있었다. 그나마 다행이다.

"좋아좋아, 무승부로 하지. 감탄했어."

노구는 왠지 모를 분노와 질투를 느끼며 돌아섰다.

청랑은 날아가 버렸다. 그러나 뭐, 녀석의 자존심인 목걸이를 자기가 갖고 있으니…….

"이봐, 노구! 한 번 더!"

가슴이 섬뜩했다.

노구는 쿵쿵 뛰는 가슴을 억누르며 천천히 고개를 돌렸다.

"더 높은 곳이라……. 목숨을 걸어야 하는 높이지. 그 높이에 청랑으로는 약해. 넌… 이제 더 이상 걸 것도 없는 걸로 아는데?"

노구는 슬쩍 목걸이를 내비치며 말했다. 그 순간 녀석의 눈에서 번갯불 같은 광망이 번쩍 튀어 나왔다.

"네가 이기면 평생 네 개가 되어주지."

쿠쿵!

노구의 머리 속에서 폭음이 터졌다.

'이, 이 새끼! 정말 목숨을 걸었어!'

비명을 지르고 싶었다. 도망가고 싶었다. 그러나 녀석의 일렁이는 눈빛은 그걸 막고 있었다. 저 승부욕! 저 의지!

"좋아, 평생 똥개처럼 굴려주지!"

노구는 고개를 끄덕이고 말았다.

"무한 오빠! 안 돼요!"

울먹이는 듯한 뾰족한 목소리가 튀어 나왔다. 미루였다.

"돼!"

곽무한은 차갑게 대답하고는 절벽으로 올라가기 시작했다.

'저 사람…….'

매옥은 곽무한을 보며 가슴이 쿵쿵 뛰었다. 그리고 자기 가슴에 안겨 흐느끼는 미루를 보며 왠지 가슴이 저릿했다.

'나는 왜 이 애처럼 소리쳐 막지 못할까? 내 심성이 차가워서일까, 아니면 내 마음속 깊은 곳에 그를 향한 수줍음이 있어서일까?'

매옥은 뛰는 가슴을 억누르며 까마득한 절벽 끝, 그곳에 천신처럼 우뚝 서 있는 곽무한을 올려다봤다.

바람에 날리는 머리카락, 팔짱을 낀 저 굴강한 어깨, 굳건히 뿌리박은 저 다리. 숨이 막혔다.

'으으음… 저 녀석!'

과자안 역시 흔들리는 눈빛으로 곽무한을 올려다봤다.

노구는 입수에 뛰어난 놈이었다. 그런 노구조차 저 높이에선 파랗게 질린 표정이다. 그런데도 곽무한 저놈은 표정의 변화가 없다.

'겨우… 목걸이에 목숨을 걸었는가?'

과자안은 무거운 표정으로 절벽 위를 올려다봤다.

"저곳에서만 뛰어내릴 수 있다면 절벽 입수에서의 우승은 따놓은 거나 마찬가지요. 과연 가능할까?"

"글쎄… 기대해 보자구."

그토록 곽무한을 싫어하는 민대머리와 철면노호조차 긴장감이 흐르는 대화를 나눌 정도의 높이이다. 무려 삼십 장.

휘이이이잉!

바람은 거칠게 옷자락을 날렸다.

노구와 곽무한은 절벽 꼭대기에 나란히 섰다.

이젠 수채 주변의 정경이 한눈에 다 들어왔다. 강물은 가느다란 실타래로 보였고 본채는 조그만 점으로밖에 보이지 않았다.

"무시무시한 높이군. 처음이야."

아래를 내려다보며 나직이 읊조리던 노구는 천천히 등을 굽혀 돌멩이 하나를 집어 들더니 아래로 떨어뜨렸다.

툭! 휘리리릭!

절벽 특유의 강풍에 휘말려 돌멩이는 곧 옆으로 밀려났다.

"까딱 잘못 떨어지면 곧바로 골로 가겠군."

노구는 혼자서 피식 웃더니 고개를 휙 돌리며 물어왔다.

"애송아, 이거 알아?"

"……."

곽무한은 말없이 그를 봤다.

"수채 앞에 흐르는 저 강을 우리는 세도류(洗刀流)라 부르지. 왜 그렇게 부르느냐? 물일을 하러 나가면 꼭 겁없이 덤비는 놈들이 있어. 그런 놈들의 목을 따고 나면 온몸에, 온 병장기에 피가 범벅이지."

노구는 자문자답을 하며 슬며시 곽무한의 어깨를 잡아왔다.

"그래서 세도류라 불러. 그 겁대가리없는 놈들의 피를 저 강물에서 씻는다고 세도류라 부른단 말이지. 무슨 말인지 알아? 우린 겁없이 덤비는 놈들을 절대 용서 안 해! 크하하하하!"

말이 끝남과 동시에 노구는 곽무한의 어깨를 와락 밀어버렸다.

"아앗!"

곽무한은 순간적으로 비명을 지르며 주르륵 아래로 미끄러졌다.

설마 하니 노구가 이렇게 비겁하게 나올 줄이야!

"이익!"

그러나 곽무한은 천만다행으로 절벽 모서리를 잡았다. 외줄 타기 격

투로 극대화된 반사 신경 덕분이었다. 만약 그렇지 않았더라면 자세도 못 갖춘 채 떨어져 피떡이 될 뻔했다. 그러나 아직도 위기는 끝나지 않았다.

"어쭈? 요놈 보게?"

노구가 흉소를 지으며 다가왔다.

곽무한은 머리카락 끝이 쭈뼛 서는 기분이었다.

콰드득!

과연 놈은 악랄했다. 흉소를 지으며 손을 마구 짓뭉개고 있었다.

"끄으윽!"

곽무한은 손이 끊어져 나가는 듯한 고통에 비명을 질렀다. 그러나 피투성이가 되다 못해 뼈까지 드러나 보이는 손으로도 악착같이 버텼다.

"하, 정말 독종이군. 그러나 이젠 끝장이다. 잘 가거라, 애송아!"

노구는 아예 작심한 듯 발로 휙 걷어차 버렸다.

"으아아아!"

곽무한은 노구의 발길질에 절벽 모서리를 놓치고 말았다. 그러나,

찌이익!

곽무한은 반사적으로 바지를 찢었다. 그와 동시에,

휘리리릭!

찢겨진 바지가 노구의 발목을 향해 날았다.

물에 젖은 바지는 상상을 초월할 정도로 빠르게 노구의 발목을 감았다.

"으아앗!"

노구는 미처 피할 틈도 없이 비명을 지르며 떨어져 내렸다.

"앗! 위험해!"

절벽 아래에서 경악성이 터져 나왔다.

뒤얽히다시피 한 두 사람은 무서운 속도로 떨어져 내렸다.

쐐애애애애액!

바람이 무섭게 귀청을 찢어왔다.

낙하 속도를 못 이긴 대기는 심혼을 쥐어짜듯 압박을 가해왔다.

힐끔 훔쳐본 눈 아래에는 보기에도 섬뜩한 바위가 솟아나 있었다.

바로 이십 장 아래였다.

자신은 아래, 노구는 위.

이 상태로 떨어지면 둘 다 피떡이 될 판이다. 그때 위에서 가슴 철렁한 소리가 들려왔다.

"이이익!"

노구가 혼신의 힘을 다해 바지에 묶인 발을 빼내고 있었다.

곽무한은 순간적으로 아득했다. 노구가 바지를 풀고 방향을 튼다면 자기만 박살날 상황이었다.

쐐애애애액!

속도는 무심했다. 이제 십오 장 남았다.

타라라락!

드디어 노구가 발을 다 빼냈다.

"호호호."

노구의 흉악한 웃음을 들려왔다.

"우와아아악!"

곽무한은 포기하지 않았다.

목이 터져라 기합을 지르며 바지를 아래로 힘껏 휘둘렀다.

스팡!

찢어진 바짓단이 찰나간에 공기를 두드렸다. 그 찰나의 탄력. 곽무한은 그 힘을 이용해 허리를 비틀었다. 동시에 진기를 폭출시켰다.

콰아아아!

기가 폭발하듯 용솟음쳤다.

곽무한의 신형은 기의 폭발을 빌어 순간적으로 여섯 번의 회전을 시작했다. 회전으로 인해 순간적으로 늦추어진 추락 속도. 그 차이를 이용해 짧은 순간 엇비슷한 위치가 되어버린 노구의 어깨를 발로 힘차게 찍어 누르며 빙글 위치를 바꿨다.

"이 치사한 자식아아아!"

퍽퍽퍽!

곽무한은 무지막지한 주먹으로 노구의 얼굴을 사정없이 후려 팼다.

"꾸웨에에엑!"

순식간에 노구의 얼굴은 광대뼈가 함몰되고 콧등이 내려앉았으며 이빨이 다 부서졌다. 노구의 얼굴은 피 범벅으로 변해 눈동자를 떨었다.

"끄으으, 사, 살려……."

이미 살려주기엔 늦었다. 까딱 잘못하다간 곽무한조차 죽을 판이다.

섬뜩하게 솟은 바위는 벌써 오 장여 거리.

아래를 내려다본 곽무한은 노구의 배를 힘차게 찍어버리며 그 반동을 이용해 몸을 위로 솟구쳤다.

"으, 으아아!"

노구가 처절한 비명을 질렀다. 곽무한의 발길질로 인해 추락 속도가 엄청나게 가속되었기 때문이다.

휘리리리리릭!

노구의 배를 지렛대 삼아 위로 솟구친 곽무한은 몸을 둥글게 말며 믿을 수 없는 속도로 회전을 시작했다.

"으아아아아!"

절벽을 울리던 노구의 비명 소리는 금방 끊어졌다.

뻐뻐뻑! 푸화악!

그 대신 섬뜩한 파육음과 함께 엄청난 피분수가 솟구쳤다.

바위에 부딪친 노구의 몸은 순식간에 피떡으로 변해 버렸고, 충격의 여파로 솟구친 거센 물보라에 휘말려 그의 사지는 산산조각나 사방으로 날아갔다.

노구를 아래로 날려 버린 곽무한의 신형은 계속해서 회전했다.

고오오오오오!

대기의 압력이 고막을 울려왔고 경물은 정신없이 돌아갔다.

그리고 어느 순간,

처—엄—벙!

엄청난 충격과 함께 망막 가득 솟아오르는 물보라를 보면서 곽무한은 정신을 잃고 말았다.

촤아아악!

승부는 끝났다.

곽무한이 만든 물보라는 십 장 이상이나 치솟았다.

노구의 몸은 이제 그 누구도 알아볼 수 없을 정도로 변해 산지사방으로 흩어져 버렸고, 강물에는 귀와 코에 피를 흘리며 떠오른 곽무한의 모습만 남았다.

"으으으… 으으으……."

이 참혹한 결과에 사람들은 아무도 입을 열지 못했다.

한참 후 겨우 정신을 차린 곽무한은 피 범벅된 얼굴로 강물을 뒤졌다. 그리고 마침내 찾아낸 목걸이. 곽무한은 떨리는 손으로 목걸이를 걸었다.

"푸흐으, 푸흐으."

곽무한은 목걸이 속의 금빛 잉어를 보며 눈물을 흘렸다.

"아가, 넌 용이 될 거야."

오랜만에 엄마가 웃고 있었다.

사람들은 목걸이를 들여다보며 한없이 눈물만 흘리고 있는 곽무한을 보며 그저 몸을 떨었다.

웅장한 절벽과 하얀 자갈밭 사이로 유유히 흐르는 강물.

두 사람이 뱃전에 앉아 있었다.

신록이 푸른 계절에 시원한 강물. 이 정도 운치면 마주하는 얼굴에 서로 웃음이 감돌만 하건만 두 사람의 분위기는 흉흉하기만 했다.

왜냐하면 그들은 곽무한과 민대머리였기 때문이다.

민대머리는 잡아먹을 듯한 눈빛으로 곽무한을 노려봤다.

'요 빌어먹을 새끼……'

곽무한이 자신의 심복인 노구를 죽였지만 갑론을박 끝에 정당한 승부로 판명이 나 이제 이 녀석을 자기 마음대로 죽일 수도 없고 살릴 수도 없게 되었다.

'오냐, 정말 죽지도 살지도 못하게 해주마.'

민대머리는 악독한 눈빛을 지으며 천천히 입을 열었다.

"내가 너에게 가르칠 것은 수중 대련이다. 물속에서 싸울 때 어떻게 하면 상대를 이길 수 있느냐? 다른 방법이 없다. 그냥 물속에서 죽어라고 오래 버티기만 하면 된다. 알겠냐? 흐흐흐."

민대머리의 말에 곽무한은 와락 인상을 찌푸렸다.

이런 무식하면서도 잔인한 복수라니!

'으으으, 미치겠네.'

민대머리의 훈련 방법은 정말 단순 무식했다.

"물속에서 오래 버티고 싶은데 본능이 의지를 배신한다? 방법이 있지. 아예 배신을 못하도록 조치를 취하면 돼. 물론 가장 좋은 방법은 스스로 혀를 깨물고 죽어버리는 것이지만. 푸하하하!"

민대머리는 흉소를 지으며 곽무한의 몸을 꽁꽁 묶었다. 그리고는 풍덩 강물 속으로 밀어넣고 말았다.

꾸르륵! 꾸르륵!

사람이 물고기가 아닌 이상 물속에서 숨을 안 쉬고 버티는 데에는 한계가 있다. 민대머리는 잔인하게도 그 한계를 뛰어넘으라고 하는 것이었다.

"푸화악!"

악착같이 버티다 도저히 안 되어 물 밖으로 고개를 내밀면,

빠칵!

쇠몽둥이가 이마를 깨뜨려 온다.

'으드득! 개새끼!'

곽무한은 이를 악물며 버텼다. 그러나 한계는 분명히 존재했다.

그 한계란?

꼬르륵!

무식하게 버티다 못해 숨이 반 넘어가는 것이다. 하얗게 눈을 뒤집으며.

"흐흐흐, 어서 오너라!"

민대머리는 곽무한이 눈을 까뒤집고 나서야 배 위로 끌어 올려줬다.

그러나 민대머리 성질이 있지 그냥 순순히 끌어 올려주겠는가?

콰드득!

"쿠웩!"

물을 먹어 올챙이처럼 튀어나온 배를 콱 밟아버린다. 그리고는 정신을 차릴 때까지 쉴 새 없이 몽둥이찜질을 퍼붓는다.

"크아아아!"

참다못한 곽무한이 들이받으려고 하면,

"저 계집애들, 다 죽여줄까? 그것도 날로 핥아 먹으면서?"

민대머리의 지저분한 협박에는 날고 기는 곽무한이라도 도무지 당해낼 재주가 없었다.

'이대론 도저히 안 되겠어, 무슨 방법을 내든가 해야지.'

결론은 다른 방법을 찾는 것, 그것밖에 없었다.

곽무한은 몇 번이고 숨이 막혀 기절을 하면서도 머리를 쥐어짰다.

그러나 방법은 쉽사리 떠오르지 않았다.

'내공심법으로!'

내공심법에는 분명히 호흡을 길게 해주는 효과가 있긴 하지만 그것도 한계가 있었다.

"푸화악!"

아무리 내공이 깊어도 들숨은 쉬어야 했다.

물론 발버둥을 치며 노력하는 만큼 들숨을 쉬는 횟수는 점점 짧아졌다.

"이놈, 정말 죽은 거 아냐?"

민대머리가 몇 번이고 확인차 끌어 올릴 정도였다.

"푸확!"

그때마다 맑은 공기를 다시 들이킬 수 있었다.

"요 빌어먹을 새끼, 자라새끼처럼 숨통도 기네."

그러나 쏟아지는 몽둥이찜질만은 모면할 수 없었다.

'방법이 없을까?'

근 일 주야를 시달리다 보니 머리는 멍멍했고 온몸은 상처투성이, 손가락, 발가락엔 물집이 잡혔다.

오늘도 마찬가지였다.

숨을 억지로 참다가 더 이상 참지 못해 물 위로 솟아오르다가 또다시 쇠몽둥이에 맞았다. 그러나 너무 오래 버티다 올라오는 바람에 반사 신경이 늦어져 콧등을 맞고 말았다. 그 끔찍한 통증이라니…….

"우아아악!"

결국 곽무한은 폭발하고 말았다.

자기도 모르게 부쩍 늘어난 내공의 힘.

투투툭!

밧줄쯤이야 장난처럼 터져 나갔다.

그러나 물속에서 버티느라 기진맥진한 몸은 생각 못했다.

"이 미친 새끼!"

퍼퍼퍼퍽!

급기야는 실컷 두드려 맞고 쇠사슬에 꽁꽁 묶여 다시 물속으로 던져졌다.

‘바보, 바보! 흥분하면 나만 손해란 거 그만큼 겪었으면서……’

그러나 이놈의 성깔, 낚시로 인해 좀 나아졌나 싶었더니 다시 울컥울컥이다. 물론 내공이 급증할 때의 일시적인 현상이란 걸 곽무한은 몰랐다.

내공을 움직인다 함은 몸의 혈맥들을 다스려 새로운 기운을 불어넣는 것. 그러나 태어날 때부터 진기가 아닌 가슴 호흡으로 길들여진 혈맥이 쉽게 적응할 리는 없었다. 그 반발이 바로 성질이 급해진다든가, 두통이 온다든가, 갑자기 발작이 일어난다든가, 아니면 온몸에 열이 펄펄 나거나 환상을 보거나 하는 것들이었다.

이 모든 현상은 벌써 기가 전신 혈맥으로 다 돌고 있다는 뜻. 그러니 이 경지를 겪고 나면 한층 자연스런 운기가 가능했다. 바꿔 말하면 상승의 경지로 오르기 위한 과정 중의 하나였다.

‘침착, 침착, 고요하게 마음을 다스려야……’

곽무한은 막 호흡을 고르며 다시 숨을 참다가 우연히 눈앞을 지나가는 물고기 한 마리를 보게 됐다.

‘어? 저놈들은 어떻게 물속에서 살 수 있지?’

유심히 살펴보니 물고기들은 아가미를 끔뻑이며 숨을 쉬었다.

‘코로 숨 쉬지 않네? 그렇군. 꼭 코로 숨 쉬란 법은 없어.’

곽무한은 섬전처럼 지나가는 생각을 붙잡았다.

‘코로 쉬지 말고 다른 방법으로 숨을 쉬어보자.’

곽무한은 그때부터 다른 방법으로 숨 쉬는 법을 모색했다.

‘거북이도 물에서 숨 쉬지만 아가미가 없지. 뱀도 아가미가 없어. 결론은 피부로 숨 쉰다는 말이지.’

피부 호흡은 수공을 배우는 자들 특유의 호흡법이었다. 그들 특유의 법문을 배우지 못한 곽무한이 쉽사리 적응할 리 만무했다.

"푸확! 헥헥! 더 힘들다."

빠칵!

"들어가!"

내공으로 숨결을 다스릴 때보다 상처만 더 늘어났다.

그러나 곽무한은 포기하지 않았다.

아무리 숨을 오래 참으면 뭐 하나, 민대머리의 몽둥이가 기다리고 있는데. 곽무한은 민대머리에게 맞는다는 것 자체를 용납할 수 없었다.

곽무한의 노력은 계속됐다.

'마음을 비우고 의식도 비우고 물과 내가 하나가 된다고 생각하자.'

낚싯줄로 대나무를 벨 때와 같은 마음가짐으로 다시 시작했다.

'하나가 된다. 하나가 된다. 난 숨을 피부로 쉰다.'

곽무한의 의념은 점점 몸의 세포 하나하나에 집중됐다.

시간이 흐르자 조금씩 노력의 결실이 엿보이기 시작했다.

그 시작은 전신의 모공을 통해 뭔가가 스며드는 느낌이었다. 코로 들이쉬는 상쾌한 공기는 아니었지만 막힌 숨통에 조금씩 자유를 주고 있었다. 그 느낌은 시간이 지날수록 점점 증폭되었다. 정말 물과 하나가 되어가는 느낌이었다.

그리고 오늘,

민대머리의 지도 아닌 지도를 받은 지 이십 일 정도 되었을 무렵 곽무한은 신비로운 경험을 했다.

쏴아아아!

갑자기 전신 모공이 활짝 열리며 알 수 없는 기운이 물밀듯 스며들었다. 천지가 빙빙 돌고 온몸이 나른했다.

우우우웅!

몸속으로 스며드는 기운 때문인지 단전도 요동치기 시작했다.

아니, 정확히 말하자면 몸속으로 스며드는 기운을 단전이 빨아들이고 있었다.

'아아, 이게 뭐지? 무슨 현상이지?'

물속의 기를 흡수한 단전은 빠르게 독맥을 따라 흐르기 시작했다.

쿠우웅! 쿠우웅!

심장의 박동은 점점 느려졌고 기의 흐름은 자연스럽게 백회혈로 치달았다.

'어어어?'

이상했다. 예전엔 백회혈 쪽에 이르면 항상 기가 요동을 쳤는데 오늘은 자연스레 백회혈을 지나 인중을 거쳐 가슴 아래로 흐르고 있었다. 물론 그 이유는 며칠 전 용궁에서 독맥을 타통한 때문이었지만 곽무한은 그저 이상하다고만 느꼈다. 좌우간 무림인들이 꿈꾸는 임독이맥의 타통은 그렇게 자연스럽게 이루어지고 있었다.

'도대체 왜 이렇게 됐지?'

곽무한이 의아해하는 동안 임독이맥을 자연스럽게 타통한 진기는 마지막으로 단전을 향해 입성하기 시작했다.

우르르르릉!

기가 단전으로 입성하자 미칠 듯한 쾌감과 함께 온몸에 격렬한 진동이 왔다.

'으아악! 주, 주화입마?'

곽무한은 어찌나 놀랐는지 무의식에서 깨어나고 말았다.

‘쿠웨액!’

그 덕분에 입과 코로 물이 확 들어왔다.

‘어버버버!’

곽무한은 쇠사슬을 흔들다가 다시 찾아온 격렬한 쾌감에 그만 손을 놓고 말았다.

바로 그 순간,

“훈련은 잘 진행되고 있나?”

철면노호가 배에 찾아왔다.

졸고 있던 민대머리는 화들짝 놀라 낯빛이 노래졌다.

‘아차, 곰보 자식!’

얼추 따져 봐도 물속에 들어가서 나오지 않은 지 한 시진이 지났다.

민대머리는 가슴이 덜컥했다.

황급히 뱃전을 보니 쇠사슬이 흔들리다 툭 멎어버린다.

‘머, 멎어버렸어!’

이런 일은 처음이었다.

민대머리는 하늘이 노래지는 것 같았다.

‘조, 좆됐다. 만약 죽어버렸다면 끝장이다아아!’

민대머리는 허겁지겁 쇠사슬을 끌어 올렸다.

“푸화악!”

곽무한이 튀어 나왔다. 그러나 상상을 깨는 모습으로 튀어 나왔다.

“으으으아아아아!”

임독이맥의 타통이 안긴 쾌감은 어찌나 놀랍던지 곽무한은 괴성과 함께 눈을 하얗게 까뒤집은 모습으로, 더하여 사지를 벌벌 떠는 모습으로 튀어 나오게 만들었다.

철면노호가 본 장면은 바로 그 장면이었다.

"쿠오오오! 이 개자식, 훈련을 시키랬지 누가 애를 잡으랬냐?"

곽무한의 지금 모습은 천하의 그 누가 보더라도 숨넘어가기 바로 직전의 모습이라고 오해할 만했다. 철면노호는 머리끝까지 화가 치밀어 민대머리를 죽도록 두들겨 팼다. 평소에도 죽어라 곽무한을 싫어하던 놈. 급기야는 사고를 치고 말았구나 하는 생각이 그를 더 미치게 만들었다.

"죽엇! 죽어버렷! 뭐가 더 중요한지도 모르는 돌대가리! 죽어버렷!"

퍼퍼퍼퍽! 우지끈! 뚜두둑!

"아이고, 대형! 잘못했어요! 으갸갸갸!"

그날 민대머리는 팔이 부러지고 이가 몽창 나가는 중상을 입고 말았다. 그것도 뒤늦게 정신을 차린 곽무한 때문에 그 정도에 그쳤다.

그리고 그 다음날,

"시작!"

곽무한은 열 명의 친위대와 물속에서 맞붙었다.

잠룡연을 위한 마지막 점검이었다.

쐐애액!

곽무한은 물속에서 날아다녔다.

물론 처음부터 날아다닌 건 아니었다.

파파파파!

처음엔 물의 압력 때문에 도의 속도가 나지 않아 애를 먹었다.

그러나 곽무한은 곧 그 이유를 깨달았다.

'도면을 바로 세우지 않으면 저항을 받는구나. 찌르니 훨씬 낫군. 그렇다면 속도와 날이 바로 속도의 핵심.'

이미 권법과 도법의 묘리를 배운 곽무한. 더불어 물속에서의 호흡이 친위대들보다 자유로우니 놈들을 박살 내는 건 금방이었다.

쐐애액! 퍼퍼퍽!

곽무한은 그들 모두를 죽지 않을 만큼 패주고 한 대씩 더 패줬다. 덤으로 물까지 잔뜩 먹여줬다.

"합격!"

드디어 곽무한은 잠룡연을 위한 모든 준비 훈련을 마쳤다.

그날 오후,

적호채의 본채에는 회의가 열렸다.

"음… 우아 으옴을 아아아이요(누가 그놈을 따라가지요)?"

온몸에 붕대를 친친 감은 민대머리가 어눌한 발음으로 물었다.

"무슨 말인지 알아듣지도 못하겠다! 넌 입 다물어!"

철면노호는 못마땅한 눈초리로 민대머리를 노려보고는 좌중을 돌아보며 말했다.

"나나 묵호, 독호가 갔으면 좋겠지만 우린 얼굴이 팔려 있으니 안 되겠고, 얼굴이 덜 팔린 적호가 날랜 놈들 다섯 명 정도를 추려 함께 가도록 해."

철면노호의 결정이 내려지자 적호의 얼굴이 시뻘겋게 달아올랐다.

채주에게 채를 비워두고 원행을 가라고 하다니 말도 안 되는 이야기였다. 그러나 상황이 그러니 딱히 반박하기도 뭣했다.

철면노호는 적호의 표정은 본 체 만 체하고 계속 말을 이었다.

"그리고 오늘, 예물을 준비한다. 출발은 내일."

"오늘 예물을 준비한다구요? 저번에 턴 것 남았잖습니까?"

적호는 얼굴을 붉히며 반박을 했다.

"모자라!"

그러나 철면노호는 짧게 말을 끊어버렸다. 게다가 못 박듯 한마디를 더 추가했다.

"실전 경험을 쌓게 몇몇 아이들도 데려가. 애들 책임자는 장직으로 하고."

철면노호의 추가 결정에 과자안은 안색을 잔뜩 흐렸다.

원래 아이들의 책임자는 곽무한으로 하기로 했다. 그런데 지금에 와서 장직으로 바꾼다면?

'으음… 무슨 생각이신지…….'

민대머리는 뭔가 알고 있는 눈빛이었다.

과자안은 왠지 가슴이 답답해졌다.

그날 밤,

수채 앞 세도류라 불리는 강물에 수십 척의 소선이 준비되었다. 그리고 수십 명의 적호채 인물들이 병장기를 챙겨 배에 올랐다. 그중에는 장직을 비롯한 또래 아이들도 몇 명 보였다.

"모두 어디 가는 거지?"

곽무한이 물었다. 그러자 누군가가 대답했다.

"흐흐흐, 예물 준비."

"예물 준비?"

놈은 더 이상 대답을 않고 바삐 배에 올랐다.

곽무한은 떠나는 사람들을 멍하니 쳐다보다 침상에 몸을 뉘었다.

자시(23~01시)가 한참 지난 시각.

배를 타고 나갔던 놈들이 돌아왔다.

그들의 복장은 모두 피로 범벅이 되어 있었고 많은 사람들이 굴비가 엮이듯 포로가 되어 잡혀왔다. 포로들 중엔 여자들도 몇 보였다.

"오늘도 보람찬 하루! 크하하하!"

"와하하하하!"

놈들은 일제히 강물로 뛰어들어 피에 전 옷과 병장기를 씻었다.

어둠 속의 강물은 홍건한 피와 함께 흘러갔다. 그 흐르는 피만큼 많은 사람이 죽었을 것이다.

"와하하하! 마셔!"

자갈밭에 화톳불이 피어오르고 술판이 벌어졌다.

그들 무리엔 장직도 끼어 있었다.

"헤헤헤, 난 실전을 거쳤어요! 한 놈 베었다구요!"

누가 먹였는지 장직은 술에 취해 고래고래 고함을 질러댔다.

"그래, 잘했다! 와하하하!"

곽무한은 창문 너머로 그 모습들을 바라봤다.

왠지 장직이 부럽기도 하고 안쓰러워 보이기도 했다. 서로 상반된 느낌이었지만 듣고 보고 배운 게 수적들 세계라서 그런지도 몰랐다.

질펀한 술자리에는 각자의 무용담도 펼쳐졌다.

"그래서 말이야, 그놈이 이렇게 칼을 휘둘러 오잖아? 가슴이 철렁했지. 그러나 내가 누구야? 천하의 짝귀 아니냐? 재빨리 놈의 배를 쿡 찔러 버렸지."

정말 그럴까? 죽이지 않으면 죽는 걸까? 곽무한은 고민했다. 그러나 아직 세상을 겪어보지 않아 결론이 나지 않았다.

그런데 문제가 생겼다.

따로 모여서 술을 마시던 친위대 놈들이 갑자기 여자 포로들을 끌어냈다.

"크아하하! 먼저 고르는 사람이 임자다!"

"와하하! 저년은 내 거야! 손대지 마!"

"아아악!"

난리도 이런 난리가 없었다.

끌려온 여자들은 마구 비명을 지르며 반항했지만 친위대 놈들의 힘을 감당할 수 없었다. 끝내 하나둘 바닥에 깔려 눈물을 흘리기 시작했다.

난생처음 보는 충격적인 광경.

곽무한은 그 장면을 보고 울컥 분노가 치솟고 말았다.

"으아아, 이 짐승 새끼들! 도대체 무슨 짓거리를 벌이는 거야?"

콰자자작!

분노한 곽무한은 술판을 왕창 뒤엎어 버리고 친위대들에게 목도를 휘둘렀다.

"뭐야? 이 새끼가 미쳤나?"

술에 취한 친위대 놈들은 어이가 없었다.

끌려온 여자 포로들을 취하는 건 수적들의 관례이자 하나가 되는 의식이다. 그런데 저 대가리에 피도 안 마른 애송이가 깽판을 놓다니!

"으아아! 이런 미친 개새끼를 봤나! 뭣들 해? 모두 저놈을 죽여 버려!"

누가 먼저랄 것도 없었다. 놈들은 모두 눈을 시뻘겋게 물들이며 곽무한에게 달려들었다.

카카칵!

쐐애액! 와지끈!

수채 앞마당은 순식간에 싸움판으로 변해 버렸다.

“저, 저 새끼 봐?”

“맙소사! 도무지 겁이 없는 놈이군!”

그나마 얌전히 술을 마시고 있던 적호채 놈들은 저마다 놀란 눈빛으로 뒤로 물러났다. 평소 적호채의 수적들은 친위대들이 마음에 들지 않았다. 뒤늦게 합류해 주인처럼 행세하니 마음에 들 리가 없었다. 그래서 모두 싸움판에 끼어들지 않고 마음속으로나마 곽무한을 응원했다.

삼십 대 일!

상식적으로는 도저히 싸움이 안 되는 숫자였다.

그러나 곽무한이기에 싸움이 됐다.

“오냐, 붙어보자구!”

눈에서 불길을 토하며 곽무한이 꺼내 든 것은 낚싯대.

시이잇!

방원 일 장여를 뒤덮으며 서릿발 같은 예기를 토하는 낚싯줄이 싸움을 가능케 했다.

“헉? 베, 베었어!”

“아고고, 이게 뭐야? 낚싯줄에 뭘 바른 거야?”

가느다란 낚싯줄이라고 우습게 봤다가는 순식간에 팔과 다리를 베인다. 게다가 낚싯대도 놀고 있지만은 않았다.

패패팻!

바닥을 두드리며 튕겨 올라 어느새 좌로 우로 휙휙 휘어져 들어오는 낚싯대.

태앵!

빠카칵!

"아이고, 코야!"

"허거걱! 내 쌍방울!"

놈들은 코와 아랫도리를 감싸 쥐며 비명을 터뜨리기에 바빴다.

그러나 놈들이 하나둘 술이 깨기 시작하자 싸움의 양상은 조금씩 바뀌어져 갔다. 놈들이 본격적으로 무기를 들기 시작한 것이다.

부와아앙!

패애애액!

무시무시한 바람을 일으키며 날아오는 철퇴와 쇠사슬.

틈을 노리며 독사처럼 짓쳐드는 거치도와 도끼.

모두 흉흉한 살기를 띠며 한 발 한 발 곽무한을 압박해 왔다.

티티틱!

처음에 위력을 발휘하던 낚싯줄도 중병기에는 힘을 쓰지 못했다.

그러나 곽무한은 그 상황에서도 기가 죽지 않았다.

"좋아, 제대로 붙잔 말이지?"

오히려 낚싯대를 내던지고 목도를 거머쥐며 기염을 토했다.

'저 새끼, 저거…….'

뒤에서 지켜보고 있던 장직은 비도를 만지작거렸다.

등판. 땀에 젖은 곽무한의 등판이 한눈에 가득 들어왔다.

'그냥 콱 던져 버려?'

장직은 손에 비도를 끼우며 망설였다.

순간적으로 자신을 칭찬해 줄 민대머리의 얼굴이 떠올랐고 경멸의 눈초리를 보내올 매옥의 얼굴이 떠올랐다.

'어쩐다?'

열심히 싸우고 있긴 했지만 곽무한은 점점 지쳐 가고 있는 게 틀림

없었다. 저 도를 세우며 부르르 떠는 모습을 보라!

'분명히 얼어 있는 거야. 지금은 가만히 서 있으니 던지기만 하면 무조건 맞힐 수 있어!'

결국 장직은 결정을 내렸다.

슬그머니 곽무한의 뒤로 다가서며 비도를 곧추세웠다.

'이놈!'

막 던지려는 찰나,

"으허엉!"

갑자기 곽무한의 입에서 벼락같은 기합성이 터져 나왔다. 어찌나 큰 목소리였던지 장직은 깜짝 놀라 엉덩방아를 찧고 말았다.

"하늘을 뒤덮는 성난 물결! 노도세!"

쩌렁쩌렁한 호통 소리와 함께 도를 앞세우며 튀어 나가는 곽무한.

정말 거칠 것 없는 성난 물결 같았다.

콰지지직! 우지직!

치고, 부수고, 내리찍다가 돌개바람처럼 회전하며 사방을 휘저었다.

앞을 가로막는 건 무엇이든 부숴 버리는 그 기세에 몇 명의 친위대가 피를 토하며 뒤로 나자빠졌다.

"으으윽!"

"크으음!"

목도여서 그런지 죽지는 않았다. 그러나 모두 인사불성이 되어 일어나지 못했다.

'마, 마, 맙소사!'

장직은 자기도 모르게 오줌을 지렸다.

"크아아! 이놈! 갈 데까지 가보자!"

동료들이 피를 토하며 나뒹구는 걸 본 친위대들.

그들은 이제 사생결단을 내리려는 듯 가슴을 활짝 열며 곽무한에게 다가가기 시작했다. 벨 테면 베라는 수적 특유의 깡이었다.

차마 무방비 상태인 사람을 벨 수는 없는 노릇.

곽무한은 주춤주춤 뒤로 물러났다. 그게 실수였다.

“이노옴!”

파라라락!

코앞까지 다가온 놈들은 갑자기 맹수로 돌변해 사납게 병장기를 휘둘러 왔다.

“으윽!”

카카칵!

깜짝 놀란 곽무한은 황망 중에도 수비식인 도벽세를 펼쳤다.

다행히 치명적인 공격들은 막아냈지만 사소한 공격들까지 모두 막아낼 순 없었다. 곽무한의 어깨와 허벅지는 금방 피로 물들었다. 더구나 목도는 언제 부러져 나갔는지 반 토막밖에 남지 않았다.

“으드득!”

곽무한은 피로 물든 상처를 내려다보며 반 남은 목도를 세워 들었다.

우우우웅!

곽무한의 전신이 다시 태풍을 만난 듯 떨리기 시작했다.

‘헉! 아까보다 더 떨고 있어.’

뒤에서 꼬리를 말고 있던 장직은 눈을 휘둥그레 떴다.

아까보다 더 몸을 떠는 걸 보니 뭔가 엄청난 일이 벌어질 것 같았다. 그를 에워싼 친위대들은 다시 공격할 채비를 차리고 있었고, 나머지 몇 놈은 뒤로 빠져 암기를 준비하고 있는 외중인데도 곽무한이 두 눈을 부릅뜨고 몸만 떨고 있으니 더 그런 느낌이 들었다.

장직의 예감은 빗나가지 않았다.

곽무한은 굉음이었고 벼락이었다.

"도에 혼을 실어 폭풍처럼 몰아친다! 뇌전폭풍세!"

튕기듯 박차 올라 무려 삼 장 높이에 이른 곽무한은 허공에서 무시무시한 호통을 터뜨리며 도를 휘둘렀다.

꽈자자자작!

장직은 도저히 자기 눈을 믿을 수 없었다.

곽무한의 도가 닿지도 않았는데 네 명의 친위대들이 피를 토하며 뒤로 나뒹굴었다. 정말이었다. 내기를 걸어도 좋았다.

"덤벼! 끝장을 보자면서!"

어느새 바닥으로 착지한 곽무한이 새파란 눈빛으로 놈들을 쏘아보고 있었다.

"으으으……."

일순간 장내에는 침묵이 감돌았다.

바로 그때였다. 침묵을 깨는 호통 소리가 터져 나왔다.

"도대체 뭣들 하는 짓이냐?"

득달같이 달려나온 사람은 과자안이었다.

과자안의 뒤쪽으로 잔뜩 굳은 표정의 철면노호와 민대머리 등도 보였다.

"이노오옴! 가기 전날까지 이렇게 사고를 치느냐!"

쫘쫙!

과자안은 장내로 들어서자마자 곽무한의 뺨을 후려치며 도를 빼앗아 바닥으로 패대기쳐 버렸다. 그리고는 누가 말릴 새도 없이 친위대들의 뺨을 연달아 후려치며 호통을 질렀다.

"이런 미친 것들, 술을 처먹으려면 곱게 처먹지 고주망태가 되어 애새끼에게 당해? 뒈져 버려, 이 등신 새끼들!"

"캑! 부채주, 그, 그게 아니고……."

친위대들은 억울했다. 입을 모아 뭐라 항변하려 했다. 그러나,

"입 닥쳐, 이 새끼들아! 고주망태가 된 주제에 무슨 할 말이 있다고 주둥일 놀려!"

시퍼런 눈길로 날뛰는 과자안의 서슬에 질려 한마디 말도 못하고 그저 얻어맞고 말았다.

"너도 마찬가지야, 새끼야! 내가 그렇게 가르치더냐? 이 선불 맞은 멧돼지 새끼! 고주망태가 된 놈들과 싸워서 어쩌겠다는 거야?"

퍼퍼퍼퍽!

주먹은 곽무한에게도 날아들었다.

곽무한은 철면노호 쪽을 보고 뭔가 눈치를 챘다. 보아하니 자신을 보호해 주기 위한 연극 같아 보였다. 그래서 묵묵히 맞고만 있었다.

과자안은 그 후로도 계속 미친 듯이 곽무한과 친위대들을 두들겨 패며 '고주망태'란 단어를 강조했다.

"음… 친위대들이 술에 취해 난동을 부린 모양이군요."

그 연극 아닌 연극 덕분일까? 적호가 먼저 곽무한의 편을 들었다.

"어언 아아이엉은 애이으…(저런 싸가지없는 새끼들, 태상채주님도 계신데 제갓 놈들이 먼저 시식하려고 하다니)!"

민대머리도 뭐라 뭐라 씨부렁거렸다.

"거친 녀석들이 오늘 임자를 만났군."

철면노호는 이맛살을 찌푸리며 고개를 끄덕였다.

장내를 보아하니 반 벌거숭이가 된 계집들이 한쪽에 웅크려 있는데다 술판은 부서지고 깨져 난장판이 되어 있으니 술김에 곽무한과 시비가 붙었다고 생각한 것이다. 게다가 아직도 몇 놈은 술이 덜 깨 비틀거리고 있는 걸로 봐 술이 떡된 상태에서 곽무한에게 당했다고 생각했다.

그러나 그런다고 해서 곽무한이 예뻐 보일 리는 만무했다.

"저놈은… 도저히 안 되겠군."

철면노호는 차가운 눈빛으로 중얼거렸다.

"에아 어음우어 아음…(제가 처음부터 말씀드렸잖습니까)?"

민대머리는 철면노호의 뒤를 졸졸 따라가며 몇 마디 거들었다.

"넌 제발 그 주둥아리 좀 다물어라!"

퍽!

"꾸엑!"

두 사람은 곧 본채로 사라졌다.

그때 그들의 뒤를 따라 본채 모퉁이 뒤로 사라지는 사람이 있었다.

'난 다 봤어!'

힐끔힐끔 곽무한을 훔쳐보던 장직이었다.

철면노호와 민대머리가 완전히 사라진 뒤 장내 정리가 끝나자 과자안은 곽무한의 손을 잡아끌었다.

"잘 들어라. 네가 이렇게 날뛰는 건 네 스스로에게 아무런 도움이 안 된다. 화나고 열받아도 지금은 참아라. 여긴 약육강식의 세계다. 강자의 말이 법인 세계란 말이다."

"말도 안 돼요! 힘만 있으면 아무 행동이나 마음대로 해도 된단 말입니까?"

곽무한은 분노에 찬 목소리로 말했다.

과자안은 눈을 빛내며 고개를 끄덕였다.

"그렇다. 여기는 힘만 있으면 되는 곳이다. 힘이 약하면 그 누구라도 당하는 세계가 바로 이곳이다."

말도 안 되는 소리였다.

"이이익! 도대체 그게 말이 된다고 생각하세요?"

"휴우우, 네가 더 나이가 들면 알게 된다."

과자안은 씩씩거리는 곽무한을 억지로 달랬다. 그리고는 잔뜩 낯빛을 굳히며 낮은 목소리로 입을 열었다.

"혹시나 해서 오늘 네게 마지막 구결을 전하려 한다. 나도 아직 완성치 못한 대해멸절세와 폭풍멸절세의 구결이다."

마지막 구결?

곽무한은 겨우 울분을 가라앉히며 정신을 집중했다.

"이 마지막 두 초식을 익히면 도에서 유형화된 기운이 뿜어져 나온다고 전해진다. 능히 일류고수를 뛰어넘어 절정고수에 다다른다는 말이지. 나는 평생을 매달려 일성에도 미치지 못했다. 그러나 너만은 이 두 초식을 완성하길 바란다."

잠룡연 때문인가, 아니면 경고를 어기고 또 드잡이질을 벌인 때문인가? 오늘따라 과자안의 눈빛이 잔뜩 가라앉아 있었다.

"법문은 다음과 같다. 먼저 단전의 기를 사지에 퍼뜨렸다 되돌리며 대해처럼 뭉친다. 그 다음에는 뭉쳐진 기를 충맥(衝脈)으로 불어넣어 일시에 정수리로 보낸다. 그러면 기가 단전과 백회를 잇는 충맥을 타고……."

정말 쉽지 않은 법문이었다.

대해멸절세와 폭풍멸절세를 펼치려면 소위 가슴뼈를 연다는 충맥을 뚫어 단전과 백회혈 사이로 진기가 자유로이 오가게 만들어야 했다.

정확히 말하자면 임독이맥의 타통을 지나 백맥까지 열려야 하는 경지였다. 그토록 어려운 경지이니 과자안도 고작 일성에 머무르고 있는 것이었다.

과자안은 법문 전수를 마치고 조용히 곽무한을 바라보다가 불쑥 입을 열었다.

"혹시나 하여 마지막으로 당부를 하마. 남자는 능소능대해야 한다. 이 말은 세(勢)가 불리할 땐 숙일 줄도 알아야 진짜 남자라는 말이다."

과자안은 그 말을 남기고 바삐 떠나갔다.

과자안이 남긴 말은 평소에 하던 이야기와 비슷했다. 그러나 오늘따라 좀 더 묵직하게 들려왔다. 곽무한은 과자안이 왜 이런 말을 하는지 알지 못했다.

다음날 아침.

강변에는 목이 떨어져 나간 시체가 가득했다. 포로들의 시체였다.

곽무한은 왠지 욕지기가 치밀었다.

"약육강식의 세계……. 세상은 정말 그런 곳일까?"

도무지 알 수가 없었다.

어쩌면 수채를 벗어나기 전까지는 평생 모르게 될지도…….

제13장
민강으로 가는 길

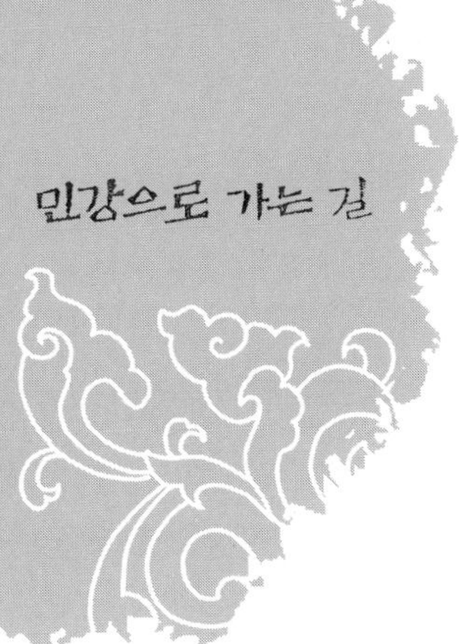

조그만 배에 바리바리 짐들이 실렸다.

곽무한은 목도와 낚싯대를 챙겨 들었다.

자갈밭에는 아이들이 나와 있었다.

"무한 오빠, 꼭 이기고 돌아와야 해?"

미루는 쪼르르 달려와 냉큼 입을 맞추고 달아나며 깔깔거렸다. 그런 미루를 씁쓸한 표정으로 바라보던 매옥은 머리만 살짝 숙여 보인다.

곽무한은 말없이 고개만 끄덕여 주었다.

"자, 가자!"

곽무한과 적호 일행을 태운 소선은 강물을 따라 흐르기 시작했다.

우오오오오오!

무한이 떠나는 걸 어찌 알았는지 청랑이 멀리서 늑대 울음소리를 냈다.

‘녀석, 곧 돌아오마.’

곽무한은 뱃전에서 남몰래 손을 흔들어주었다.

수초를 헤치고 나자 소선은 거센 물살의 구당협으로 접어들었다.

콰콰콰콰!

물살은 빠르고 험했다. 그러나 적호채의 인물들은 그 이상으로 노련
했다.

“어엿차! 어엿차!”

고작 다섯 명이 노질을 하는데도 폭류와 소용돌이를 피하며 잘도 나
간다.

빠르게 강물을 헤쳐 가던 배는 점심나절에 인근에서 가장 물살이 험
한 은와탄(銀窩灘)에 이르렀다.

은와탄의 강폭은 좁고 가파랐다. 그런 데다 물살까지 험하니 도저히
노를 저어갈 수가 없었다. 곽무한과 적호 일행은 모두 배에서 내려 뱃
전에 밧줄을 걸었다.

“웃차! 모두 힘을 내!”

여섯 명의 사내는 모두 어깨에 굵은 밧줄을 걸고 배를 끌었다.

콰콰콰콰콰!

거센 물살에 허리가 휘청거렸지만 배는 은와탄을 넘어섰다.

“용문협이다!”

깎아지른 협곡 사이의 파란 강물, 둔덕에 늘어선 하얀 모래.

이곳이 바로 하늘에서 복이 떨어진다는 절경 용문협이었다.

“용문협에 회오리가 솟으면 이는 용오름이라네. 삼협을 불쌍히 여긴
하늘이 여기서 승천을 명하네. 용문협에 회오리가 치솟으면 이는 용오
름이라네.”

적호와 수적들은 연신 북향하여 네 번 절하고 남향하여 네 번 읍을 하며 복을 빌었다.

"너도 해라. 천신께서 복을 주시는 곳이다."

곽무한은 영문을 몰라 멀거니 서 있다가 얼떨결에 절을 했다.

아아아아!

절벽 사이로 오색 무지개가 걸린 것은 우연이었을까?

"적호채의 앞날에 행운이 있을 조짐이야. 하하하!"

적호는 무지개를 보자 기분이 좋은지 너털웃음을 지었다.

"아까 그 노래는 뭐예요?"

곽무한은 옆에 있던 까무잡잡한 눈매의 수적에게 물었다. 흑사라는 놈이었다.

"응, 장강의 전설을 노래하는 거야. 이곳 용문협에서 회오리가 치면 장강의 절대자가 탄생한다는 전설. 우리뿐만 아니라 장강의 호걸들 모두 길일을 잡아 이곳을 다녀가지. 수중호걸이라면 반드시 행해야 할 의식이야."

"큿, 장강의 절대자는 무슨……."

곽무한은 코웃음을 쳤다가 불경스럽다며 호되게 꾸중을 들었다.

용문협을 지난 배는 용문 선착장에 이르렀다.

보통 용문협을 지나 소삼협으로 가려면 반드시 거쳐야 하는 선착장이었다.

"이곳이 우리 앞마당이자 정보망이야. 조금 더 떨어진 무산에도 있지. 여기서 옷을 갈아입어야 해."

흑사란 녀석이 선착장에 배를 묶으며 친절히 설명을 해준다.

'예전에 파락호들에게 잡힌 곳…….'

갑자기 그때의 기억이 떠올랐다. 잡혀가는 자신을 무심하게 바라보던 사람들……. 곽무한은 용문이란 이름을 몇 번 되뇌다가 적호의 뒤를 따라갔다.

"아, 아이고, 채주님 오셨습니까?"

선착장 인근에서 옷을 갈아입은 곽무한 일행이 들어서자 객잔 주인이 버선발로 마중을 나왔다.

"소란 떨지 마, 조용히 밥만 먹고 갈 참이니."

적호는 객잔 주인을 거들떠도 보지 않고 자리에 앉았다.

"뭣들 하느냐? 가장 좋은 걸로 차려라! 아니, 내 눈으로 직접 확인해야겠다!"

객잔 주인은 수선을 피우며 주방으로 들어갔다.

곽무한은 덩달아 자리에 앉다가 왠지 객잔 공기가 싸늘한 느낌이 들어 고개를 돌렸다.

"음?"

자신들을 본 손님들 중 몇몇은 사색이 되어 자리를 뜨고 있었고, 개중 몇몇은 적개심 가득한 표정으로 이쪽을 노려보고 있었다.

"뭐야? 너, 이리 와봐!"

흑사가 노려보는 사람들 중 한 명을 불렀다.

"퉤! 이 더러운 놈들, 마을을 쑥대밭으로 만들어?"

"뭐야? 이 자식이 간이 배 밖에 나왔나!"

흑사가 발끈해 도를 빼 드는 찰나,

"됐어. 밥만 먹고 나가자."

적호가 조용히 말했다.

아무래도 며칠 전 철면노호가 이곳을 쓸고 간 여파인 듯했다.

“음식이 나왔습니다.”

잠시 후 점소이들이 줄줄이 음식을 들고 나왔다.

무슨 거창한 요리라도 차렸는지 그릇마다 뚜껑이 덮여 있었다.

민대머리의 지독한 훈련 때문에 요 며칠 제대로 먹지 못했던 곽무한이 가장 먼저 뚜껑을 열었다.

“우와! 닭고기다!”

향긋한 냄새를 풍기며 김이 모락모락 피어오르는 닭고기. 곽무한은 반색하며 적호를 쳐다봤다.

“녀석, 급하긴. 조금 있다가…….”

적호는 웃으며 조금 기다리라고 말하려 했다. 옆에서 흑사가 은수저를 꺼내고 있었기 때문이다. 그러나 배가 무척 고팠던 곽무한은 적호의 앞말과 표정만 보고 허겁지겁 닭 다리를 뜯었다.

“우와! 움썩움썩! 맛있어요.”

곽무한은 벌써 닭다리 하나를 해치우고 엄지를 치켜들었다.

바로 그때,

“썅, 독이야!”

은수저로 음식을 뒤집던 흑사가 팅기듯 일어났다.

“이놈들, 내 동생을 살려내라!”

쐐애액!

패애액!

순식간에 일어난 일이었다. 점소이들 중에서 몇 사람이 그릇 안에서 병장기를 꺼내 들더니 득달같이 공격해 왔다. 뒤쪽의 몇 사람은 그릇 뚜껑을 던져 오기도 했다.

“이런 빌어먹을!”

흑사와 다른 수적들은 칼을 뽑아 들며 그들과 마주쳐 갔다.

그 순간,

"저 새끼들을 죽여라!"

"와아아아!"

갑자기 객잔 입구가 소란스럽다 싶더니 수십 명의 장한이 낫과 쟁기 등을 휘두르며 몰려왔다.

"도, 도대체!"

곽무한은 어찌 된 영문인지 몰라 얼결에 목도를 치켜들며 그들과 마주쳐 갔다.

"음? 너, 괜찮냐?"

뒤에서 흑사가 물었다. 독이 든 음식을 먹었으니 괜찮은가 묻는 것이다.

"전 괜찮은데요?"

곽무한은 설핏 고개를 돌리며 대답했다. 바로 그 순간,

지이잉!

곽무한의 금빛 황어가 새겨진 목걸이가 파랗게 빛났다가 제 빛깔로 돌아갔다.

그러나 곽무한은 고개를 돌리고 있었고 적호 등도 곽무한이 등을 돌리고 있었던 상태라 아무도 그걸 보지 못했다.

각설하고, 곽무한이 고개를 돌리며 뭐라 대답하는 순간 곽무한의 머리와 가슴을 노리고 무수한 손들이 날아들었다.

"이 인두겁을 쓴 새끼들, 죽어랏!"

공격해 오는 자들은 하나같이 평범한 백성들이었다. 그러나 그들의 눈에 깃든 살기는 흉흉하다 못해 살이 떨릴 지경이었다.

"엇?"

곽무한은 깜짝 놀라 허리를 뒤로 젖혔다. 그 바람에 섬뜩하니 날아오던 몇 개의 빛이 옷자락만 살짝 스치고 지나갔다.

"이이익!"

보아하니 잘 갈린 낫이었다. 곽무한은 눈빛을 굳히며 목도를 세웠다.

아무리 평범한 백성들이 휘두르는 농기구라지만 잘못 맞으면 골로 갈 판이었다. 기분이 상한 곽무한은 자신을 공격했던 자들을 향해 목도를 휘둘렀다.

콰드득! 우지끈!

"아이고!"

"우와악!"

몇 사람이 곽무한의 도에 맞아 널브러졌다. 그러나 나머지 사람들은 악착같이 덤벼들었다.

"으아아! 이 짐승들아!"

광기로 울부짖으며 농기구를 휘두르는 사람들.

곽무한은 어쩔 수 없었다.

"우와아아아!"

퍼퍼퍼퍼퍽!

곽무한의 목도는 폭풍처럼 그들을 휩쓸고 지나갔다.

순식간에 십여 명이 피를 뿜으며 나자빠졌다.

"이번에도 덤비면 다 죽여 버릴 거야!"

곽무한은 낫에 베인 팔뚝을 다른 손으로 압박하며 다가오는 사람들을 향해 으르렁거렸다. 그때였다. 옆에서 누군가가 그들을 향해 뛰어나갔다.

"이 겁대가리없는 것들이!"

백곰이라 불리는 덩치였다. 그는 사람들에게 다다르자마자 망설임 없이 도끼를 휘둘렀다.

"으아악!"

"커흑!"

순식간에 객잔은 피비린내로 가득했다.

대여섯 명의 사람들이 목과 가슴에서 피를 콸콸 쏟으며 죽어갔다.

곽무한은 순식간에 벌어진 참사를 보고 멍해졌다. 그때 누군가가 옆으로 다가와 뺨을 때려왔다.

"이 등신 새끼, 손에 사정을 두지 마! 죽이지 않으면 죽는 게 이 바닥이야!"

흑사였다. 놈은 차가운 눈빛으로 노려보다 뒤쪽으로 사라졌다 .

"으으으……."

곽무한은 멍청히 신음만 흘리다가 서서히 정신을 차렸다.

순간적으로 과자안이 한 말이 떠올랐다, '이 세상은 약육강식의 세계다!'라는 말이.

"이 자식들, 어디 또 덤벼봐!"

결국 곽무한은 나름대로 생각을 정리했다.

자신은 지금 죽이지 않으면 죽는 세계에 들어와 있다고.

농민이든 날품팔이든 자기 목숨을 노린 이상 베어야 한다고.

곽무한은 눈에 불을 켜며 목도를 흔들었다.

그런 곽무한의 기세에 질려서일까, 아니면 함께했던 사람들이 순식간에 주검으로 변해 버려서일까? 곽무한에게 달려들던 사람들이 모두

주춤주춤 뒤로 물러났다.

그때였다. 귓전으로 적호의 목소리가 들려왔다.

"모두 꿇어!"

어느새 장내가 정리된 모양이었다.

적호의 차가운 목소리에 사람들은 사지를 부르르 떨며 힘없이 주저
앉았다.

"객잔 주인 새끼 잡아와!"

서슬 퍼런 목소리였다.

주방에 숨었던 객잔 주인이 개 끌리듯 끌려나왔다.

"너 이 새끼! 감히 적호채의 행사에 반항을 해?"

서격!

적호는 단번에 객잔 주인의 목을 날려 버렸다.

"네놈들 중에서 주모자가 누구야? 나서지 않으면 모두 벤다!"

섬뜩했다. 거대한 감삼도를 휘두르며 사위를 노려보는 적호의 눈엔
시뻘건 살기가 가득했다.

"저, 접니다……."

결국 스스로를 희생하려는 중늙은이가 사지를 부들부들 떨며 앞으
로 나왔다.

서격!

적호는 사정없이 그자의 목까지 베어버렸다.

"다시 차려!"

피바다가 된 객잔에 다시 음식이 차려졌다.

곽무한은 토악질을 참으며 억지로 음식을 우겨 넣었다.

한바탕 피보라를 일으키고 용문 선착장을 벗어난 곽무한 일행은 한

참 동안 말을 잃었다.

"채주, 태상채주 때문에 이게 무슨 꼴입니까?"

흑사가 도저히 참지 못하겠는지 주먹으로 뱃머리를 쿵 치며 말했다.

"참자. 조금만 더 참아보자."

적호는 어둑한 표정으로 고개를 돌렸다.

곽무한은 무슨 일인지 영문을 몰라 고개만 갸웃거렸다.

삼협을 벗어난 배는 쏜살같이 달렸다.

어느새 곽무한의 고향이었던 만현과 석보채를 지나 풍도(豊都)에 다다랐다.

"귀신이 나올 듯한 성이네요."

희뿌연 안개 사이로 보이는 옛 성은 마치 귀신이라도 나올 듯했다.

"옛날에 음장생(陰長生)이란 사람과 왕방평(王方平)이란 사람이 저곳에서 도를 깨우쳐 음왕(陰王)이 되었다고 전해지지. 말 그대로 지옥의 왕이란 뜻이야. 그들의 기가 서려 있어 그런지 저 성은 유난히도 귀기롭지. 그래서 귀성(鬼城)이라고도 불려."

적호가 강기슭의 귀성을 돌아보며 대답했다.

"그래요?"

곽무한은 고개를 끄덕이며 강물에 낚싯줄을 던졌다.

그때 뒤통수가 번쩍 하며 들려온 호통 소리.

"뭐 하냐? 지금 채주 앞에서 건방지게 낚시질이나 하려는 거냐? 이런 싹수!"

"이씨, 그게 아니라 마음을 닦는 거예요."

곽무한은 뒤통수를 매만지며 흑사를 노려봤다.

"마음 공부? 수중호걸이 마음 공부는 무슨 마음 공부냐, 그저 마음 내키는 대로 살면 그만이지."

흑사는 코웃음을 치며 뱃고물로 가버렸다.

곽무한은 강물 속에서 출렁이는 찌를 보며 몸을 움찔움찔 떨었다.

귀성에서 뭔가 음습한 기운이 뿜어져 나와 견딜 수가 없었던 것이다.

'옛날이야기야. 귀신은 세상에 없다구.'

곽무한은 고개를 세차게 흔들며 피부 호흡을 중단하고 내공 운기에 몰두했다. 피부 호흡을 하니 사방의 기운이 그대로 느껴져 좋기는 했지만 저 귀성의 기운은 너무 기분 나빠 견딜 수가 없었기 때문이다.

촤촤촤!

곽무한 일행의 배는 귀성을 지나 배는 빠르게 흘러갔다.

*　　　*　　　*

귀성을 둘러싼 돌담 벽.

안개 자욱한 돌담 벽 위에 한 사람이 걸터앉아 있었다.

눈썹이 짙고 코가 우뚝하니 잘생긴 삼십대 초반의 얼굴이었지만 눈자위가 어둑해 전체적으로 음침해 보이는 사내였다.

"푸르른 강물 위에 흐르는 조각배라……. 크흐흐, 좋군, 좋아."

사내는 강물을 따라 흐르는 배를 내려다보다 훌쩍 땅바닥으로 뛰어내렸다. 뒤쪽에 누군가 나타났기 때문이다.

"암흑으로 생사를 주관하시는 분이시여, 천하 만물이 당신께……."

나타난 사람은 두 사람이었는데 사내를 보자마자 얼른 양손을 바닥에 대며 이마를 콩콩 찧었다. 그러나 사내는 찬양 일색인 두 사람의 말을 단번에 끊어버렸다.

"잡소리 치우고 보고부터 해봐!"

두 사람이 머쓱한 표정으로 일어났다.

그들은 한눈에 보기에도 음산해 보였다.

한 사람은 새카만 피부에 깡마른 해골같이 생긴 사람이었고 다른 한 사람은 허여멀건한 피부에 저팔계 저리 가라 할 정도로 생긴 사람이었는데 둘 다 주름살투성이에 흉광이 번쩍번쩍 흘러나오는 눈을 가졌다.

"아무리 찾아봐도 삼백 년 전 그자의 흔적은 없습니다."

깡마른 해골이 고개를 조아리며 말했다.

"흠… 그래? 좋아, 그렇다면 대멸천지계(大滅天之計)를 시작한다."

사내는 곰곰이 생각하다가 단호한 표정으로 말했다.

"오오, 드디어 대암흑마교의 부활이……!"

"주둥이 안 닥칠래?"

깡마른 해골이 두 손으로 급히 입을 막아가는 것을 노려보던 사내,

"어디서부터 시작하면 좋을까?"

허여멀건한 저팔계에게 물었다.

"예, 가장 좋은 방법은 민강채에서 주관한다는 잠룡연에 참가하는 것이겠으나……."

저팔계는 잠시 사내를 훔쳐보더니,

"지존의 연배가 높으셔서……."

"험, 난 아직 파릇파릇해!"

사내의 헛기침 소리에 깡마른 해골이 얼른 끼어들었다.

"삼십대에게 파릇파릇이란 단어는 어울리지 않지요. 누릇누릇이라

면 몰라도……. 노, 농담이었습니다.”

깡마른 해골은 다시 찔끔하여 황급히 자신의 입을 막았다.

저팔계는 깡마른 해골을 몰래 한번 노려보고는 얼른 말을 이었다.

“좌우간 이곳은 잔챙이들이 너무 올망졸망 모여 있어서 소문나기 십상입니다. 안휘 쪽이 제격이지요. 그쪽엔 이름난 수채가 없습니다.”

“흠, 안휘라……. 비옥한 곳이지.”

사내는 턱을 쓰다듬으며 고개를 끄덕였다. 저팔계 역시 마찬가지.

“예, 더구나 무창과 양주, 양대 황금 어장의 중간이지요.”

“좋아, 좋아. 그럼 대멸천지계의 시작은 안휘부터!”

뭐 하는 작자들인지 모르겠지만 뭔가 일을 꾸미는 것 같았다.

몇 가지 숙의를 하던 사내들은 흡사 안개가 스며들 듯 귀성으로 사라졌다.

*　　　　*　　　　*

곽무한 일행의 배는 어느새 중경에 닿았다.

중경은 사천 분지의 동남부에 위치한 장강과 가릉강(嘉陵江) 사이의 반도형 구릉에 자리잡고 있는 도시로 산수가 아름답고 인구가 많아 장강 상류의 수륙 교통의 요지였다.

“저기다!”

적호는 선착장 한쪽 편을 가리켰다.

그곳엔 시커먼 깃발을 단 배가 한 척 서 있었는데 잠룡연에 참가할 사람들에게 편의를 제공하기 위해 정박해 있는 민강수채의 배라고 했다.

원래는 곡식을 실어 나르는 배였는지 크기가 무려 이십 장에 달했다.

"이상한 깃발이네?"

곽무한은 배에 올라타면서 중얼거렸다. 그러자 옆에 있던 흑사가 킬킬거리며 대답했다.

"바보. 저게 바로 민강채의 표식이야. 알아둬. 말의 머리에 용의 몸뚱이, 기상(奇相)이라 부르지. 옛날에 어떤 여자가 황제의 보석을 훔쳐가 민강에 몸을 던졌었는데 그녀의 혼이 기상이라는 괴물로 변했대. 민강의 뱃길을 지켜주는 수신(水神)이야. 절대 불경하면 안 돼."

흑사의 말처럼 배에 오르는 사람들마다 깃발을 향해 살짝 허리를 숙여 보이고 지나간다. 적호도 마찬가지였다. 그래서 곽무한은 덩달아 고개를 숙이고 배에 올랐다.

"출항!"

밤이 되자 배가 출항했다.

중경에서도 민강수채까지는 물길이 워낙 멀고 험해 매달 말일에 출전자를 실어 날랐다고 하는데 이번이 마지막이라고 했다.

"출전자가 많은 모양이오?"

적호가 민강채 놈들에게 지나가는 말로 물었다.

녀석들은 대답 대신 비웃음을 흘리고 지나갔다.

"하긴… 워낙 큰 수채이니 물으나마나겠지."

적호는 자존심을 삭이며 홀로 중얼거렸다.

"쳇, 지루해."

곽무한은 밤바람이나 쐬려고 갑판으로 나왔다.

잠룡연 출전자들을 위한 민강채의 배려는 세심했다. 식사까지 선실로 배달될 정도였다. 그래선지 갑판에는 인적이 드물었다.

"음? 내 또래다!"

한참 강바람을 쐬던 곽무한은 무심코 눈을 돌리다가 맞은편 난간에 기대 있는 인영을 발견하고는 반색을 했다.

귀공자 풍의 미소년이었다.

맑고 큰 두 눈이 얼굴의 반을 차지할 정도였고 피부는 희고 고왔다.

'사내자식치고는 약해 보이는군. 설마 쟤도 잠룡연에 출전하려고 온 것일까?'

곽무한은 모처럼 또래를 만났다는 기쁨에 들떠 귀공자 풍의 미소년에게 다가갔다.

"어이, 반가워. 너도 잠룡연에 출전하려고 왔니?"

곽무한 나름대로는 사근사근한 말투였다. 그러나 미소년의 눈썹이 살짝 찌푸려졌다. 육 척 거구가 우렁우렁한 목소리로 말하며 다가오니 그럴 만도 했다.

"아저씬 뭐예요?"

녀석이 아저씨란다. 곽무한은 인상을 확 구겼다.

"야, 난 아저씨 아냐. 열여섯 살이라고."

"이봐, 아저씨. 도대체 믿을 소리를 해야지. 지금 나랑 뭐 하자는 수작이야?"

녀석의 인상이 와락 일그러졌다.

곽무한은 가슴이 와르르 무너져 내리는 기분이었다.

수작이라니? 착하고 순진한 자신에게 수작이라니?

"이 자식이, 눈깔에 밀가루를 처발랐나? 내가 어디로 봐서 아저씨로 보여? 그리고 수작이라니?"

곽무한은 화가 난 녀석에게 성큼성큼 다가갔다. 그때 갑자기 양 옆에서 섬뜩한 기운이 다가왔다.

"이봐, 목에 바람 구멍 나기 전에 물러나시지?"

고개를 돌리니 칼을 든 사내들이다. 하나같이 떡대들이었는데 입고 있는 옷들이 특이했다. 물개 가죽으로 만들었는지 반들반들 윤이 났다. 게다가 소매 끝단에는 날개 달린 상어 그림이 그려져 있었다.

"좀… 불편한데? 치워주면 안 될까?"

곽무한은 목에 닿은 칼을 내려다보며 진득한 음성으로 말했다.

"어쭈? 이 자식이!"

놈들이 발끈하며 손에 힘을 더하려는 찰나,

파파파팡!

곽무한의 몸이 빠르게 회전하며 놈들의 손목을 발로 차버렸다. 놈들의 도는 힘없이 원을 그리며 저 멀리 날아가 버렸다.

"이, 이 자식이 감히!"

놈들의 얼굴이 순식간에 벌겋게 달아올랐다. 놈들은 갑판 이곳저곳으로 날아간 도를 주워 다시 다가왔다.

"쳇, 무서워서 어디 말이나 걸겠나?"

곽무한은 미소년을 한번 노려봐 주고는 양발을 벌렸다.

"덤빌 테면 덤벼봐. 대신 다쳐도 책임 못 진다?"

"으헝! 이 죽을지 살지도 모르는 자식!"

녀석들은 잠시 기가 막히다는 표정을 짓더니 호통을 터뜨리며 한꺼번에 달려들었다. 막 양쪽이 맞붙으려는 찰나 뒤에서 허둥대는 목소리가 들려왔다.

"잠깐만! 호걸들께서는 잠깐만 손을 멈춰주시오!"

뛰어든 사람은 적호였다.

"동정용왕님의 자제 분이시죠? 이놈이 아직 어리고 철이 없어서 결례를 저질렀습니다. 부디 용서를……."

급히 곽무한 옆으로 다가온 적호는 안색을 백지장처럼 만들며 미소년에게 연신 허리를 숙였다.

적호의 입에서 나온 동정용왕. 강호인들이 들었다면 놀라 나자빠질 이름이었다. 왜냐하면 그 이름은 바다같이 넓은 호수, 팔백 리 동정호의 채주를 지칭하는 이름이었기 때문이다.

강호인들이 동정호의 채주를 특별히 동정용왕이라 부르는 이유는 그가 팔백 리 동정호의 지배자일 뿐만 아니라 휘하에 상강채(湘江寨), 자수채(資水寨), 원강채(沅江寨), 예수채(澧水寨)라 불리는 막강한 수채들까지 거느리고 있기 때문이었다. 말하자면 동정용왕은 호북 물길의 제왕, 아니, 장강 중류 쪽의 제왕이나 진배없었다.

'동정용왕의 자제?'

'어리고 철이 없어?'

순간적으로 곽무한과 미소년의 눈이 마주쳤다.

미소년이 먼저 눈을 돌리며 적호에게 물었다.

"이자의 나이가……?"

"열여섯 살입니다."

적호는 재빨리 대답했다.

"헉! 말도 안 돼!"

뒤에서 사내들이 웅성거렸다.

"음, 어느 물길이시죠?"

미소년의 눈에 노기가 좀 가라앉아 보였다.

"적호채라고… 삼협에 있습니다."

"삼협?"

미소년의 눈에 이채가 어렸다. 반면에 뒤쪽에 서 있던 사내들은 폭소를 터뜨렸다.

"아니, 그 개울물에서도 참가한단 말이야? 푸하하하!"

녀석들은 모두 배를 잡고 웃었다.

'이, 이것들이!'

순간적으로 적호의 얼굴이 벌겋게 물들었다.

그때 곽무한이 나섰다.

"개울물이라고? 그럼 그 개울물에 사는 나랑 한번 겨뤄볼 놈 있어?"

곽무한 역시 잔뜩 자존심이 상한 표정이었다.

"이 자식이!"

놈들이 다시 달려들려 했다. 그때 미소년의 입에서 뾰족한 목소리가 나왔다.

"됐어. 그만 돌아간다."

"소, 소채주?"

놈들은 눈을 멀뚱거리다 미소년이 이미 걸음을 옮기고 있자 인상을 구기며 병장기를 내렸다.

미소년은 곽무한 곁을 스쳐 지나가며 불쑥 한마디 던졌다.

"꼬마야, 겁없이 함부로 설치다가는 오래 못 산다. 알아둬."

"꼬, 꼬마라니?"

곽무한이 인상을 확 구기는데,

"난 열여덟이야."

미소년의 목소리가 귀를 찔렀다.

“으음…….”

나이 얘기에 약해지는 곽무한. 갑판을 돌아 사라지는 미소년의 뒷모습을 멀거니 바라보며 풀이 죽어 있는데 갑자기 뒤통수에서 불이 났다.

“이 녀석아, 큰일날 뻔했잖아! 저들이 누구라고 함부로 덤벼? 제발 조심 좀 해라!”

“칫, 제가 그들이 누군지 알게 뭐예요?”

곽무한이 볼멘소리를 했다.

“젠장, 그럼 앞으로 싸우기 전에는 꼭 상대의 옷깃이나 소매에 새겨진 문장(紋章)을 봐. 아까 그들의 문장이 뭐든?”

“날개 달린 상어요.”

“그래, 날개 달린 상어. 그들은 동정수채들이야. 날개가 안 달린 상어는 그 휘하의 수채들이고. 그들의 세력은 오대세가에서도 맞상대하길 꺼려할 정도로 무시무시해. 그러니 웬만하면 안 부딪치는 게 좋아. 알았어?”

곽무한은 대답 대신 자기 팔뚝을 내려다보며 엉뚱한 질문을 했다.

“우리는 왜 호랑이예요? 남들은 다 물에 사는 짐승이나 영물들인데.”

적호는 어이없는 질문에 표정을 와락 일그러뜨렸다.

“내가 적호니까 그렇지, 이놈아. 그게 고까우면 네가 황어로 바꾸든지.”

“쳇.”

곽무한은 뒤통수를 긁으며 선실로 들어갔다.

적호는 갑판에 남아 물끄러미 곽무한의 뒤를 쳐다봤다.

‘음… 그러고 보니 전혀 불가능한 일도 아니군. 녀석이 잠룡연에서 우승만 한다면 나중에 민강채의 도움을 받을 수 있잖아? 그렇게만 된다면 철면노호를 죽여 버리고 내가 태상채주가 돼버려? 무한이 녀석은 다루기 쉬우니…….'

적호는 혼자서 중얼거리다가 문득 콧속으로 흘러드는 기이한 향기를 맡았다.

'난초 향? 계집도 없는 갑판에 웬 난초 향기래? 이놈의 코가 벌써 썩어 문드러졌나?'

적호는 고개를 절레절레 흔들며 선실로 들어갔다.

배는 쉼없이 달렸다.

근 일주일을 달리자 몇 개의 강물이 합쳐지는 곳이 나왔다.

"이제 민강이오. 내일 아침이면 본채에 당도할 테니 모두 준비들 하시오."

몇 놈이 일일이 다니며 알려주었다.

'내일이라……. 드디어…….'

곽무한은 가슴이 두근거렸다.

난생처음 치르게 될 또래 아이들과의 승부.

'다들 실력이 어느 정도일까?'

수채 안에만 있다 보니 도무지 아는 게 없었다.

'그 애는 기세가 약해 보였어.'

곽무한은 이곳에서 유일하게 만나본 미소년을 떠올리며 고개를 저었다. 그러고 보니 오늘이 이 배에서의 마지막…….

'혹시 한 번 더 볼 수 있을까?'

곽무한은 자기도 모르게 갑판으로 걸음을 옮겼다.

휘영청한 달빛 아래 정말 그놈이 있었다.

그런데 이번엔 혼자였다.

놈은 위험천만하게 뱃머리 끝에 앉아 뭔가를 마시고 있었다.

"어이, 또 만났네?"

곽무한은 능청을 떨며 다가갔다.

"음? 꼬마 아저씨 아냐?"

"윽! 술?"

그 녀석에게서 술 냄새가 와락 풍겨와 곽무한은 코를 쥐며 뒤로 물러났다.

"왜? 먹을 줄 몰라?"

녀석이 눈을 동그랗게 뜨며 물어왔다.

"으… 응……."

"바보. 사내 나이 열여섯인데도 술을 마실 줄 몰라?"

"윽!"

곽무한은 왠지 자존심이 상했다. 그래서 대뜸 손을 내밀었다.

"마셔볼 기회가 없었던 것뿐이야. 줘봐. 지금부터 마시지 뭐."

"풋! 꼬마 아저씨, 나중에 울지나 마라."

녀석은 묘하게도 자존심 긁는 방법을 알고 있었다.

"쓰으… 벌컥벌컥!"

술은 썼다. 혀가 아리도록 썼다.

"쿠웨엑! 이걸 무슨 맛으로……."

"불알이 좀 더 크면 진짜 맛을 알게 될 거다, 꼬마야."

"컥!"

말문이 막혀왔다.

“줘. 술 아깝다.”

녀석이 다시 뺏어간다.

“꼴깍꼴깍!”

녀석은 잘도 마셨다. 목젖조차 넘어가지 않았다. 아니, 정확히 말하자면 목젖도 없었지만.

“캬아! 이 맛이야!”

녀석이 목청을 틔우며 강물을 바라본다.

달빛 탓인지 녀석의 뺨이 도화 빛으로 보였다.

“여기서 뭐 해?”

곽무한은 털썩 미소년 옆에 앉았다.

“뭐 하긴, 술 마시고 있지.”

녀석은 눈을 흐리며 말했다. 그러면서 슬쩍 옆으로 물러나 앉는다.

“어? 잘못하면 빠져!”

곽무한은 얼른 녀석의 손을 잡으려 했다. 그러자 녀석이 묘하게 손을 비틀며 오히려 팔목을 꺾어왔다. 그러나 곽무한이 누군가?

탁! 휘릭릭!

오히려 녀석의 손목을 꺾어 쥐었다.

“어쭈? 안 놔?”

녀석이 뾰족하니 외쳤다.

“쳇, 귀 따가워.”

곽무한은 진짜 귀가 따가웠다. 손목을 놓아주었다.

잠시 두 사람 사이에 침묵이 흘렀다.

“너⋯⋯.”

미소년이 먼저 입을 열었다. 곽무한은 멀뚱히 쳐다봤다.

"너도 린아와 결혼하고 싶어서 참가하는 거니?"

미소년이 물었다.

곽무한은 무슨 말인지 몰랐다.

"린이는 뭐고 결혼은 또 뭐야?"

한참 곽무한을 뚫어져라 쳐다보던 녀석. 그는 갑자기 웃음을 터뜨렸다.

"푸호호호! 아유, 우스워! 린아가 알면 어떤 표정일까? 깔깔깔!"

'사내자식이 참 방정맞게도 웃네.'

곽무한은 귀가 따가워 속으로 투덜거렸다. 그러나 녀석은 곽무한이 투덜거리는지도 모르고 술병을 건네왔다.

"불알 찬 사내라면 응당 그래야지. 자, 마셔."

곽무한은 정말 몰라서 대답했는데 녀석은 뭔가 오해한 모양이었다.

'그러나 알려줄 필요는 없지. 또 무시당할 테니까……'

"캑! 쿨럭쿨럭!"

술은 여전히 썼다. 게다가 이제는 머리까지 빙빙 돈다.

곽무한은 기침을 뱉으며 술병을 돌려줬다. 그러자 녀석이 배시시 웃으며 말했다.

"귀여워."

"캑!"

곽무한은 다시 사레가 들렸다.

"꼴깍꼴깍!"

녀석이 또다시 술병을 목구멍에 쑤셔 박았다. 그런데 이상했다.

강물이 튀었는지 녀석의 뺨에 물방울이 흘러내렸다.

"너… 그거 아니?"

녀석이 낮은 목소리로 말하기 시작했다.

"동정용왕이란 작자는 말이야……. 딸꾹! 아, 아들만 좋아해. 무슨 말인지 알아? 딸꾹!"

'녀석, 자기도 술을 잘 못 마시면서…….'

곽무한은 은근히 기분이 좋아졌다. 그래서 조용히 듣고만 있었다.

"동정용왕이란 작자뿐만이 아냐. 그 밑에 있는 놈들도, 딸꾹, 다 마찬가지지."

녀석의 이야기는 계속됐다.

곽무한은 이상하게 잠이 쏟아졌다. 술기운이 돌아서였다. 그래선지 몸이 휘청휘청 강물 쪽으로 쏠렸다 미소년 쪽으로 쏠렸다 했다.

"난 화가 났어. 알어? 화가 났다고. 그래서 동생 녀석을 쥐어 패버리고 내가 대신 왔지. 왜 그랬게?"

"몰라."

곽무한은 천근만근인 눈썹을 억지로 치뜨며 대답했다.

"바보. 넌 정말 바보구나. 푸호호호! 아유, 귀여워."

녀석은 갑자기 폭소를 터뜨리더니 왈칵 곽무한의 몸을 밀어버렸다.

풍덩!

찬물이 잠을 확 깨웠다.

"어푸어푸! 야, 이 빌어먹을 개자식아!"

곽무한은 물속에서 고래고래 고함을 질렀다.

그러나 녀석은 이미 사라지고 없었다.

제14장
잠룡연

"와아아아!"

요란한 함성 소리가 가슴을 웅웅 울려왔다.

쾅쾅쾅!

징인지 꽹과리인지, 뭔가를 두드리는 소리는 귀청을 찢을 듯 요란했다.

'씨발, 더럽게 시끄럽네.'

곽무한은 인상을 찌푸리며 정면을 바라봤다.

강물이 흐르는 수림을 아우르며 야트막히 세워진 수십 채의 전각들.

곽무한은 지금 민강수채에 들어와 있었다.

곽무한을 비롯한 참석자들이 바라보고 있는 곳은 전각들 사이에 홀로 우뚝한 누각이었다.

누각은 주변을 한눈에 굽어보려는 듯 높고 화려했다.

화려한 누각에는 보기에도 큼직한 태사의가 놓였다. 그리고 태사의에는 잔뜩 거드름을 피우며 앉아 있는 사람들이 있었다. 그중 중간에 앉은 비곗덩어리가 바로 민강채주인 호불태였고, 그 옆에 다소곳이 앉아 면사로 얼굴을 가리고 있는 소녀가 바로 호불태의 장중보옥인 호예린(扈霓潾), 그리고 호불태의 양쪽으로 앉아 있는 이들이 민강수채의 수뇌부들이었다.

잠룡연을 주관하는 민강수채는 으리으리하지는 않았지만 뭔가 장중한 느낌이 드는 곳이었다. 그리고 휘하 수적들은 하나같이 절도와 규율이 있어 보였다. 겉보기에도 적호채와는 천양지차였다.

"보아라. 수채라고 다 같은 게 아니다. 민강수채처럼 안정된 수입만 있으면 이 세상의 그 누구도 부럽지 않은 게 바로 수중호걸들이다. 우리도 얼른 세력을 확장해서 저렇게 되어야 한다."

민강채의 위세가 부러웠던지 적호가 옆에서 소곤거렸다.

'쳇, 부럽긴 부럽네.'

곽무한도 슬그머니 욕심이 들 정도였다.

"태상채주만 없다면……."

"예?"

흘리듯 한마디를 던진 적호는 곽무한의 반문에 딴청을 피웠다.

'철면노호랑 사이가 안 좋은가?'

곽무한은 고개를 갸웃거리다 뭔가를 보고 눈을 빛냈다.

"그 녀석이에요!"

자기들과 한 배를 타고 왔던 미소년. 그 녀석이 극진한 안내를 받으며 상석으로 들어서고 있었다.

"하긴 동정용왕의 자식이라면 저 정도는 배려해 줘야지."

누군가가 중얼거렸다.

"음… 서로 아는 사이인 모양이군."

그러고 보니 면사를 쓴 계집과 서로 인사를 나누고 있었다.

묵묵히 그 장면을 바라보고 있던 적호가 우려 섞인 목소리로 물어왔다.

"저자가 제일 강적일 것 같구나. 자신있느냐?"

"별것 아니던데요?"

곽무한이 빙긋 웃으며 대답했다. 그 순간,

"풋! 건방이 하늘을 찌르는 녀석이군."

누군가가 코웃음을 쳐왔다.

시선을 돌려보니 한 마장이나 떨어진 곳에 있는 녀석이었다.

'장직이 크면 딱 저놈이겠네.'

코웃음 친 놈은 열여덟쯤 되어 보였는데 앞짱구에 주걱턱이었다. 신분이 꽤 되는지 주변에 호위 무사들이 쫙 깔려 있었다.

'밥맛.'

곽무한은 별 관심 없이 고개를 돌려 버렸다.

수풀 우거진 강변.

잠룡연 때문인지 강변에 많은 천막들이 세워져 있었다.

곽무한 등은 동쪽 천막의 구석자리로 배정됐다.

"출전 선수들은 앞으로 나오시오!"

진행자인 듯한 사람이 징을 치며 말했다.

곽무한은 앞으로 나서다 깜짝 놀랐다. 모두 건장한 청년들로 또래는 거의 눈에 띄지 않았다.

'어찌 된 거지?'

그러나 곽무한이 이상하게 생각할 이유가 전혀 없었다.

사윗감을 고르는데 코흘리개들만 모을 이유가 있을까? 나이 제한은 스무 살까지였다. 더구나 머리가 있는 수채라면 대민강수채의 사위가 되는 일에 어찌 소홀할까? 대부분 한가락 하는 나이로 스무 살 언저리인 자식들을 내보냈다. 그래서 이런 현상이 벌어진 것이다.

"자, 다음은 장강삼협의 적호채!"

진행자가 호명했다.

곽무한은 앞으로 나서서 강물을 쳐다봤다.

삼십 장 넓이의 강 중간에 말뚝이 박혀 있고 그 위에 외줄이 걸려 있었다. 그리고 외줄이 끝나는 자리 좌우로 통나무를 박아 중간에 장대를 걸쳐 놓았다.

'오 장……'

곽무한은 장대가 걸린 높이를 쳐다봤다.

지금 치르는 것은 예선 격이었다.

비무초친(比武招親)이나 다름없는 대회이다 보니 워낙 많이 몰렸다.

그래서 기본 자격을 갖춘 자들을 골라내기 위한 조치였다.

진행자가 알려준 규칙은 강심을 헤엄쳐 가다가 외줄로 뛰어올라야 했다. 그리고는 몸의 균형을 잡으며 외줄을 달려가다가 마지막으로 오장 높이의 장대를 뛰어넘으면 된다는 것이었다.

"웃차!"

곽무한은 가볍게 숨을 들이키며 풍덩 강으로 뛰어들었다.

촤촤촤!

곽무한의 헤엄치는 속도는 무척 빨랐다. 눈 깜빡할 사이에 벌써 외줄로 뛰어올랐다.

"빠른데? 제법이야!"

관중들 중 누군가가 중얼거렸다. 물에 젖은 몸으로 외줄로 뛰어오르는 건 여간한 공부가 아니면 힘들었기 때문이다. 그러나 그건 장난이었다.

"저, 저 속도 좀 봐!"

사람들은 눈을 휘둥그레 떴다.

다다다다다!

곽무한은 외줄을 평지 달리듯 달렸다. 그러더니 풀쩍 장대를 가볍게 넘어버렸다.

"역시!"

곽무한이 일차 관문을 가볍게 넘기자 적호는 함박웃음을 지었다.

총 백칠십 명이 도전한 일차 예선에서 탈락한 자는 백 명을 넘었다.

둥둥!

참가자가 많아서인지 이차 예선은 저녁 무렵에야 시작됐다.

"쳇, 밥도 안 주고…….'

곽무한은 배가 고파 투덜거렸다.

그러나 어쩌랴, 이미 이차 예선이 시작되어 버린 걸.

두 번째 예선은 의외로 간단했다.

"여덟 명씩 조를 나눕니다."

진행자는 일차 통과자들을 여덟 개 조로 나눴다.

"자, 일조. 이리로 나오세요."

'쳇, 도대체 뭘 하려는 거야?'

곽무한은 투덜거리며 다른 사람들과 함께 강으로 걸어 들어갔다.

"보이시죠? 금덩이입니다."

민강수채는 돈도 많은 모양이었다. 정말 주먹만한 금덩이를 치켜 올리며 일일이 확인을 시켰다.

"자, 이걸 차지하는 사람이 예선 통과자입니다."

휘익, 풍덩!

진행자는 금덩이를 강물로 던져 버렸다. 실로 기가 막힌 방법이었다.

"으아아! 말도 안 돼!"

참가자들은 모두 뜨악한 표정을 짓다가 앞 다퉈 강물 속으로 뛰어들었다. 그러나 곽무한은 멀뚱히 서 있다가 갑자기 손을 번쩍 들었다.

"질문요! 저거 찾으면 찾은 사람 건가요?"

"아니다. 다시 되돌려줘야 한다."

진행자는 '뭐 이런 놈이 다 있나?' 하는 표정을 짓다가 고개를 가로저었다.

"제기랄, 박 터지게 싸우도록 만들고는 다시 돌려달라니, 쩨쩨하다, 쩨쩨해!"

곽무한은 투덜거리며 뒤늦게 뛰어들었다.

촤촤촤!

"으아아, 내 다리, 내 다리!"

"으악! 물어뜯기가 어딨어?"

이미 강물 속은 피가 튀고 살점이 날아가는 난리판으로 변해 있었다.

'바보들……'

곽무한은 내공을 움직여 강바닥까지 잠수를 했다.

보글보글!

이전투구에 휩쓸린 금덩이가 강바닥으로 가라앉아 있었다.

'이러면 간단한걸.'

곽무한은 그 금덩이를 들고 뽀르르 강물 밖으로 도망쳐 버렸다.

그 속도가 얼마나 빨랐던지 모두 얼빠진 표정으로 바라만 보고 있었다.

"곽무한, 통과!"

진행자는 벌써 강변으로 도망쳐 있는 곽무한을 보며 입맛을 다셨다.

애초에 수뇌부들의 반대를 무릅쓰고 보물 찾기 방식을 도입한 것은 피나는 혈투 끝에 보물을 차지하는 참가자의 근성과 집념을 보기 위함이었다. 그런데 싸움을 마다하고 재빠른 수영 실력으로 뽀르르 튀어버리다니…….

"다음 조부터는 절대 도망가는 것을 용서 못합니다. 무조건 모두를 물리쳐야 통과한 것으로 하겠습니다."

결국 진행자는 곽무한 때문에 규칙을 강화했다.

본선은 사흘 뒤에 열렸다.

본선에 오른 사람은 곽무한을 포함해 모두 여덟 명이었다.

모두 수채에서 참석한 사람들이었다. 수채를 제외한 개인 자격이나 마을 단위로 온 사람들은 예선에서 다 탈락해 버렸다.

'음… 모두 만만치 않아.'

적호가 보기에 곽무한과 엇비슷한 상대는 무려 세 명이나 되었다.

귀주 땅의 오강채(烏江寨)와 호북의 저장채(沮漳寨), 그리고 동정수채였다. 모두 막강 수채의 후인들이자 나이도 스무 살 언저리였다. 특히 저수채와 장수채가 연합했다는 저장채의 후인은 참가자 중 가장 나이가 많은 스무 살이라고 알려졌는데 아무리 봐도 그 이상인 듯했다.

"그래도 우리 무한이가 체격에서 꿇리진 않는군요."

흑사와 백곰은 눈대중으로 본선 진출자들의 키를 가늠해 보며 그나마 위안을 삼았다. 이들의 말처럼 곽무한의 키는 본선 진출자들 중에서 세 손가락 안에 들었다.

"본선 장소는 능운산(凌雲山)입니다."

안내에 따라 곽무한을 비롯한 예선 통과자들과 그 일행들은 본선 진행 장소로 옮겼다.

"뜨아아! 정말 죽이는 곳이네?"

곽무한은 입을 딱 벌렸다.

본선 진행 장소는 정말 어마어마한 곳이었다.

민강과 청의강(靑衣江), 대도하(大渡河)의 물길이 동시에 모이는 곳.

그 기슭에 녹음 우거진 산이 하나 있었다. 그런데 문제는 그 산이 아니고 강변 쪽의 단애를 움푹 깎아 만들어놓은 거대한 불상이었다.

높이가 무려 이십사(71m) 장에 이르는 거대한 불상.

강을 바라보며 미소 짓고 있는 불상은 웅장 그 자체였다.

머리카락 한 올의 굵기가 사람 얼굴보다 크고 각 진 어깨는 장정 스무 명이 올라서고도 자리가 남을 정도였다. 맨 아래쪽의 이끼 낀 발등은 또 어떻고. 참관인들 백 명이 빙 둘러앉을 정도였다.

"서, 설마 부처님 앞에서 싸우란 말인가?"

눈을 들어보니 불상이 앉은 단애 양편으로 밧줄을 걸어놨다.

모두들 뜨악한 표정으로 밧줄을 쳐다보고 있는데 누군가가 웃음을 터뜨리며 앞으로 나왔다.

"하하하! 이 불상이 바로 우리 민강수채를 돌봐주시는 부처님이시 오!"

앞으로 나선 자는 눈이 짝짝이였다.

한쪽 눈은 가늘게 찢어져 있고 다른 눈은 올빼미처럼 컸다. 그는 본선 진행을 맡은 독시효(毒矢梟) 임원영이란 자로 민강채에서 군사(軍師) 직위를 맡고 있었다. 보통 군사라는 직위는 군문(軍門)이나 초거대 문파, 아니면 연합 방파에서만 쓰이는 직위다. 그러니 민강채에서 그를 얼마나 대접해 주는지 알 만했다.

"다들 아시다시피 잠룡연에서 우승한 사람은 본채 채주님의 사위가 될 수 있는 영광이 주어지지요. 그래서 장소를 이곳으로 택했습니다. 본선은 여러분들 짐작대로 부처님 앞에서 싸우는 것입니다. 부처님께서 사윗감을 눈여겨보시고 평생 지켜달라는 저희 채주님의 어진 마음 이시지요."

독시효 임원영의 말에 참가자들의 표정이 굳어졌다.

안전 장치도 없이 저 단애 양편에 달랑 걸린 줄 위에서 싸운다? 그것도 병장기를 휘두르며? 병장기에 당하지 않더라도 한 발만 삐끗하면 아래로 떨어져 피떡이 될 높이였다. 그런데도 이게 채주의 어진 마음 이란 말인가?

"본선 진행 순서는 다음과 같습니다. 먼저 이곳에서 승자 네 명을 추립니다. 그 다음은 눈 아래 보이는 강물에서 수중 대련을 벌여 두 명의 결승 진출자를 가립니다. 마지막 결승은 수중호걸답게 배짱을 겨룹 니다. 저 절벽 끝에서 강물로 뛰어내리는 것이지요."

독시효 임원영의 손가락이 불상 오른쪽의 절벽 꼭대기를 가리켰다.

독시효의 손가락을 따라가던 참가자들의 눈은 일제히 출렁거렸다.

무려 사십 장 높이의 절벽.

휘우우웅!

절벽 끝에서 부는 바람이 귀기롭게 느껴졌다.

"자, 그럼 오강채와 삼강채부터 시작합니다."

좌중의 공포와는 상관없이 본선이 시작됐다.

'어? 저 녀석은?'

곽무한은 오강채의 소채주를 단번에 알아봤다. 며칠 전 민강수채에서 콧방귀를 뀌던 앞짱구 녀석이었다.

'흠, 녀석의 몸에서 독기가 흐르는군. 조금 강해 보여.'

정신을 집중하자 녀석의 기가 느껴졌다.

점점 발달하기 시작하는 피부 호흡의 효능이었다.

귀주의 거대 수채인 오강채와 사천의 작은 수채인 삼강채. 두 사람의 승부는 싱겁게 끝났다.

"으아아아악!"

오강채의 소채주라는 녀석이 분수자(分水刺)를 휘두르다 삼강채 소채주의 발을 채뜨려 아래로 떨어뜨려 버린 것이다.

"휘유, 끔찍하군!"

"으으으……."

불상 발등에 홍건히 뿌려진 핏물. 구경하던 사람들이 치를 떨었다.

관중들이 웅성거리는 동안 시체가 치워지고 다음 대결이 진행됐다.

"두 번째 시합은 적호채와 서릉채입니다. 참가자들 나오세요."

곽무한 차례였다.

아래에서 응원하고 있던 적호는 곽무한의 상대인 서릉채(西陵寨)의 소채주를 보며 이마에 주름살을 잡았다.

‘머리가 좋은 놈이군.’

막강 수채의 후인은 아니어서 그나마 다행이었지만 서릉채의 소채 주란 녀석은 끝에 갈고리가 달린 쇠사슬을 들고 나왔다. 출렁이는 줄에서는 아무래도 긴 병기가 유리할 것 같았다.

‘그런데 저 바보 같은 놈은……’

곽무한은 한가로이 대나무를 들고 나섰다.

“두 분께서는 부디 상대의 치명적인 부위를 가격하는 것을 피해주시고…….”

독시효가 귀신 씻나락 까먹는 이야기를 하는 동안 불상 아래의 귀빈석에 앉아 있던 미소년이 외줄로 올라서는 곽무한을 보며 눈을 빛냈다.

“호오, 재미있겠는데?”

그의 나직한 탄성에 옆에 앉아 있던 호혜린이 고개를 돌렸다.

“뭐가?”

호혜린이 알기로 자기 옆 자리에 앉은 사람은 남자에게 별 관심이 없는 사람이다. 그런데 그의 눈에 이채가 서리니 호기심이 인 것이다.

“쟤 말이야. 네가 보기엔 어때?”

그의 물음에 호혜린은 살짝 망사를 걷어 곽무한을 쳐다봤다.

“칫, 곰보잖아? 흉측해서 싫어.”

“얼굴이 흉측해서 싫어? 다른 이유가 아니고?”

미소년이 물었다.

“응. 그럼 언닌 저렇게 생긴 남자가 마음에 들어?”

“아니.”

“거봐.”

“음…….”

대답은 그렇게 했지만 미소년의 눈은 계속 곽무한에게 꽂혀 있었다.

호혜린은 그게 못마땅했던지 미소년의 얼굴을 자기 쪽으로 돌리며 물었다.

"옥풍랑(玉風浪) 오라버닌 왜 안 왔어?"

호혜린의 목소리엔 섭섭한 감정이 묻어 있었다.

"엄마 치마폭만 쫓아다니는 그 녀석? 그 코흘리개는 왜 찾아?"

미소년이 퉁명스레 물었다.

"언니잇! 그이더러 코흘리개라니, 무슨 말을 그렇게 해?"

호혜린의 아미가 한껏 치켜졌다. 그런데 동정용왕의 후인더러 언니라니? 남자더러 언니라고 부르는 건 분명 모욕이다. 그런데도 미소년은 아무런 표정의 변화가 없었다. 그럼 그는 남장(男裝)한 여인이란 말인가?

"그이? 너희 둘이 사귀니?"

미소년은 오히려 생긋 웃으며 호혜린에게 반문했다. 순식간에 호혜린의 얼굴이 붉게 물들었다.

"아, 아니."

"그런데 왜 그이야?"

"그, 그냥……."

계속된 추궁에 호혜린은 목덜미까지 붉히며 고개를 숙였다. 그러더니 한참 후 물기 젖은 얼굴로 고개를 든다.

"오라버닌… 날 잊어버렸대?"

미소년은 웃음이 났다.

철딱서니없는 개구진 동생. 그 번지르르한 언변에 호혜린이 넘어간 모양이었다.

“관심도 없대더라, 이것아.”

“그럴 리가… 그럴 리가 없어!”

눈물을 흘리며 도리질을 치는 호혜린을 보고 미소년은 따끔히 말해 줄 필요성을 느꼈다.

“린아야, 걔도 너랑 같은 과야. 여자 얼굴만 보는 애야.”

“와앙!”

호혜린은 얼굴을 감싸 쥐며 울먹였다.

‘내가 좀… 모질게 말했나?’

호혜린과 미소녀 동정용왕의 딸 은화연(殷花娟)은 서로 친했다.

두 사람끼리만 친한 게 아니라 양쪽 집안이 친했다. 옛날에 민강수채의 채주가 동정용왕에게 목숨 빚을 진 때문이었다.

그 이후로 양쪽 집안의 왕래가 시작되었는데 몇 해 전 부친을 따라 우연히 동정수채에 인사하러 왔던 호혜린이 은화연의 동생인 옥풍랑 은화준(殷花俊)에게 반한 것이다.

“아무튼 걔 주변에는 여자애들이 득실득실해. 그러니 마음 접어, 이것아.”

“칫. 싫어.”

호혜린은 샐쭉한 표정으로 고개를 휙 돌렸다.

“언니가 널 생각해서 하는 말이야. 그 녀석은 우유부단하기 짝이 없고 매일같이 응석만 부리는…….”

응석받이에게 혹해 있는 호혜린이 안타까워 동생의 단점에 대해 미주알고주알 이야기하려는데 갑자기 들려온 소리가 은화연의 말을 끊어 버렸다.

“이야압!”

촤르륵!

급히 고개를 들어보니 서릉채의 소채주가 쇠사슬을 붕붕 돌리며 곽무한을 위협하고 있었다.

"쳇, 언니는 저 사람을 좋아하지? 홍이다. 곧 나자빠질걸?"

곽무한이 위기에 몰린 걸 보자 호혜린이 혀를 내밀며 심술을 부렸다.

"후훗, 린아. 그래서 아직 네가 어리다는 거야. 쟤 눈을 봐. 아주 침착하잖아?"

"피, 눈에 고물이 붙어 있으니 제대로 보일 게 뭐야? 내가 보니 금방 피떡이 될 것 같은데?"

호혜린이 맞받아쳤다.

"두고 봐."

은화연은 생긋 웃으며 팔짱을 끼었다.

호혜린은 은화연의 모습이 너무 태연해 보여 고개를 갸웃거렸다.

"언니, 왜 저 사람보고 쟤라고 그래? 둘이 친해?"

"아니."

"아니라구? 홍, 내가 볼 땐 아닌 게 아닌데? 저런 아저씨를 보고 친구처럼 부르다니, 수상해. 수상해."

호혜린은 기회를 잡았다는 듯 묘하게 미소 지었다. 그러나 은화연은 피식 웃으며 가볍게 대꾸했다.

"쟤… 열여섯 살이야. 몰랐지? 메롱."

"말도 안 돼!"

그러나 말이 됐다. 그리고 그건 금방 증명이 됐다.

쉬이잇!

수세에 몰려 있던 곽무한이 갑자기 줄을 팅기며 몸을 하늘로 솟구쳤다. 그 순간 서릉채 소채주가 기다렸다는 듯 쇠사슬을 감아쥐더니 곽무한의 하체를 향해 다시 쏘아 올렸다.

"위험해!"

은화연이 깜짝 놀라며 자리를 박차는 순간,

"하하하하!"

허공에 뜬 곽무한은 낭랑한 웃음을 터뜨리며 대나무 끝으로 외줄을 찍었다.

티잉!

휘리릭!

믿지 못할 묘기였다.

가느다란 낚싯대 끝으로 정확히 외줄을 팅긴 곽무한이 그 반발력을 이용해 재차 회전을 하며 한 번 더 위로 솟구쳤다. 그와 동시에 곽무한의 손이 낚싯대를 묘하게 비틀었다.

시이잇!

낚싯줄은 기음을 토하며 낮게 원을 그려 서릉채 소채주의 발을 꽁꽁 묶어버렸다.

"으아앗!"

서릉채 소채주가 비명을 지르며 아래로 떨어졌다. 낚싯줄에 발이 묶여 중심을 잃어버린 때문이었다.

"으앗, 맙소사!"

밑에서 올려다보던 군중들은 또다시 이어질 참혹한 장면을 상상하며 고개를 돌렸다. 은화연과 호혜린도 마찬가지였다.

바로 그때,

“하하하하!”

곽무한의 웃음소리가 다시 터져 나왔다.

“아아, 세상에!”

“와아아! 신기다, 신기!”

관중들은 눈을 크게 뜨며 손이 부서져라 박수를 쳤다.

“머, 멋있다!”

호혜린은 멍한 표정으로 곽무한을 쳐다봤다.

지금 관중들의 갈채를 받으며 곽무한은 밧줄에 거꾸로 매달려 있었다. 그리고 피떡이 될 것만 같았던 서릉채의 소채주는 곽무한의 낚싯대 끝에 얹혀진 채 떨어질락말락 흔들리고 있었다.

이 믿을 수 없는 신기는 실로 눈 깜빡할 찰나에 벌어졌다.

서릉채 소채주가 비명을 지르며 떨어져 내리는 순간 공중에서 회전하던 곽무한이 빠르게 아래로 하강하며 발등을 밧줄에 걸었다. 그와 동시에 손목을 묘하게 틀어 낚싯줄을 휘감았다. 그러자 추락하던 서릉채 소채주의 몸이 빙그르르 낚싯줄에 감겨들었고, 그 틈을 이용해 곽무한이 낚싯대를 걷어 올렸다. 그 결과, 서릉채 소채주의 몸은 낚싯대 위에 달랑 얹혀 버렸다. 실로 기가 막힌 묘기였다.

“저, 저… 잘못하면 떨어지겠다!”

누군가가 곧 떨어질 듯 대나무 위에서 간당거리는 서릉채 소채주를 가리키며 말했다. 그러나 그건 기우였다.

“자, 받으시오!”

곽무한이 다시 한 번 손목을 팅겨 낚싯대를 휘둘렀다. 그러자 서릉채 소채주의 몸을 감고 있던 낚싯줄이 빠르게 풀렸다.

파라라락!

그 결과 서릉채 소채주의 몸은 정신없이 회전하며 단애 한쪽으로 떨어졌다.

"와아아!"

사람들은 다시 한 번 손이 부러져라 박수를 쳐댔다.

"저애가 바로 우리 적호채 출신이오! 이제 겨우 열여섯 살이란 말이오! 여러 형제들, 믿어지시오? 와하하하!"

사람들의 환호에 신이 난 흑사와 백곰이 어깨춤을 추며 외쳤다.

"세상에! 정말 열여섯 살이란 말이오?"

사람들은 눈을 휘둥그레 뜨며 그들 곁으로 몰렸다.

"어때? 내 말이 맞지?"

은화연은 생긋 호혜린을 향해 웃어 보이고는 밧줄로 향했다. 이제 그녀 차례였기 때문이다.

그녀의 상대는 호북의 청강채 소채주.

"한 수 배우겠소이다."

은화연은 무뚝뚝한 남자 목소리를 내며 줄 위로 올라섰다.

"뵙게 되어 영광입니다만 익히 들어왔던 옥풍랑의 모습과는 많이 다릅니다?"

같은 호북 바닥이다 보니 동생에 대한 귀동냥을 들은 모양이었다.

"흥, 소문은 원래 과소평가되기 마련이오."

은화연은 말이 끝남과 동시에 몸을 날렸다. 정체가 까발려지기 전에 승부를 내야 했다.

"오히려 과대평가된 것 같… 윽?"

녀석은 소문과는 달리 유약한 모습이라 안심하고 있었다. 그러다가 원앙퇴가 연거푸 날아오자 허둥지둥 몸을 틀며 피했다.

‘제기랄, 옥풍랑은 권법엔 젬병이라고 들었는데 도대체 어떻게 된 거야? 눈속임치고는 너무 대단한 실력이잖아?’

어떻게 되고 자시고 생각할 여유도 없었다. 갑자기 눈앞에 보랏빛이 가득했다.

“헉? 뭐, 뭐야?”

놈은 혼비백산해 몸을 허공으로 띄웠다.

‘도, 도대체? 옥풍랑의 장기는 쌍도술인데?’

두 개의 도로 휘두르는 쌍도술 대신 여인네나 쓸 법한 채대가 날아오니 당황할밖에.

참고로 채대는 여인의 허리를 묶은 띠다. 그리고 당시의 여인들은 허리띠를 몇 겹으로 감고 다녔다. 즉, 길이가 길다는 말이다. 기다란 채대를 코앞에 두고 몸을 허공으로 띄우면?

휘리리릭!

“아차!”

녀석은 발목이 감기고 말았다.

“타핫!”

손쉽게 청강채의 소채주를 잡은 은화연은 장난치듯 줄 아래로 폴짝 뛰어내렸다.

“으, 으아아아!”

줄을 경계로 채대를 쥔 은화연은 이쪽, 채대에 감긴 녀석은 저쪽으로 두 사람의 신형이 그네를 타듯 흔들렸다.

“아도옷!”

퍼퍼퍼퍽!

은화연은 발목이 묶여 거꾸로 대롱거리는 녀석의 몸을 사정없이 걷어챘다.

한 대 맞고 출렁 멀어졌다 다시 오면 또 출렁.

"와하하하! 완전 놀림감이네!"

관중들은 폭소를 터뜨렸다.

대롱거리는 몸에 쉴 새 없이 퍼부어지는 퇴법.

"크흑, 항복이오."

녀석은 코피를 줄줄 흘리며 손을 들고 말았다.

"알아서 내려오시오."

은화연은 개구쟁이처럼 미소 지으며 채대를 외줄에 묶어버리고는 유유히 내려왔다.

"동정수채의 승리요!"

독시효 임원영은 외줄에 묶인 채대를 낑낑 풀며 은화연의 승리를 선언했다.

'짜식, 약해 보이던데 생각 외로 잘 싸우네?'

은화연이 자기처럼 쉽게 승부를 지어버리자 곽무한은 그를 새삼스레 쳐다봤다. 여자라서 기감이 약하게 느껴진 줄도 모르고 그저 고개만 갸웃거리는 곽무한이었다.

다음 시합도 이상하게 빨리 끝났다.

참가자 중 가장 나이가 많은 저장채의 소채주가 무식하게 도끼로 상대의 팔을 잘라 버린 것이다.

"음, 일회전은 생각보다 훨씬 빨리 끝나 버렸군요. 내일 아침부터 바로 이회전에 들어가겠습니다. 이회전의 상대를 미리 알려 드리겠습니다. 오강채 소채주님과 저장채 소채주님이 서로 맞상대를 하시게 됐고, 동정수채의 소채주님과 적호채의 참가자가 맞상대를 하게 됐습니다.

내일은 될 수 있으면 피를 보지 않았으면 좋겠습니다."

독시효의 선언과 함께 참가자들은 해산했다.

은화연은 숙소로 돌아가는 곽무한의 뒷모습을 조용히 바라봤다.

'내일은 수중 대련이라고 했지? 과연 수영 실력은 어떨까? 기본은 되어 있어야 다치지 않을 텐데…….'

물에서는 동정용왕이라는 부친도 한 수 양보하는 은화연이다. 오죽했으면 물의 여왕이란 소리까지 들을까? 그러니 은화연은 자신이 곽무한에게 진다는 생각은 꿈에도 하지 않았다. 다만 어떻게 요리해야 그가 다치지 않을까 하는 생각뿐이었다.

그때 호혜린이 다가왔다.

"잉, 언니는 이번 시합에 왜 참가해?"

코맹맹이 소릴 내는 걸 보니 아까의 화가 다 풀렸나 보다.

은화연은 호혜린의 코를 살짝 비틀며 말했다.

"나야 당연히 널 지켜주려고 참가했지. 우리 예쁜 린아를 아무 놈에게나 시집보내 버릴 수는 없잖아."

"피, 누가 시집을 가기나 한대?"

호혜린이 입을 삐쭉였다.

"어머? 그럼 이번 우승자가 사윗감이 된다는 이야긴 뭐야?"

은화연이 고개를 갸웃하며 물었다.

"그냥 그렇다는 말이지 뭐. 아무리 아빠라도 내 승낙 없이는 절대 안 돼. 내가 상대를 마음에 들어해야 가능한 이야기지. 안 그러면 난 집을 확 뛰쳐나가 버릴 거거든. 그러니까 다 내 맘이란 말이지. 내 남자는 내가 고를 거야."

호혜린이 어깨를 으쓱거리며 대답했다.

‘글쎄… 그리 간단한 문제가 아닐 텐데…….’

은화연은 잠룡연의 배경이 그리 간단하지 않다는 걸 알고 있었다. 물론 부친과 동생의 이야기를 훔쳐 들은 것이지만…….

여름의 아침은 유난히 빨리 왔다.

일회전을 통과한 사람들은 민강채에서 준비한 아침 식사를 마치고 다시 불상 아래로 모였다.

“자, 밥들 든든히 드셨겠지요? 지금부터 수중 대련을 시작합니다.”

독시효가 앞으로 나서며 이회전 시작을 알렸다.

“자, 규칙은 아주 간단합니다. 저기 강물에 띄워놓은 배가 보이시죠?”

과연 강물에는 조각배가 한 척 떠 있었다.

“저 배 위에서 일각만 버티면 이기는 것이랍니다. 물론 병장기 사용도 가능하구요.”

말하자면 조각배를 차지하기 위해 피나는 혈투를 벌이라는 것이었다.

“자, 신호가 울리면 시작하십시오.”

첫판은 오강채와 저장채였다.

“셋, 둘, 하나! 시작!”

치열하게 눈싸움을 벌이던 두 사람은 신호가 울리자 번개같이 물속으로 뛰어들었다.

촤촤촤! 첨벙!

두 사람이 동시에 뛰어든 강물에는 곧 소용돌이와 함께 물거품이 일었다.

"와아아! 오강채다!"

사람들은 먼저 배 위로 올라서는 오강채 소채주 비천어룡(飛天魚龍) 소욱기(昭昱起)를 보고 환호를 보냈다. 그러나 이내 환호는 긴장으로 변했다. 저장채의 소채주가 도끼를 휘두르며 배 위에 오르는 것을 본 때문이었다. 벌써 물속에서 한판 붙었는지 그의 허벅지엔 핏물이 가득했다.

"타핫!"

카카캉!

불똥을 튀기며 맞부딪친 도끼와 분수자.

두 사람의 승부는 쉽게 끝날 듯했다.

물속에서라면 수중 병기인 분수자가 당연히 유리했지만 배 위에서는 도끼가 훨씬 유리했기 때문이다.

중인들의 예상처럼 승부는 그렇게 흘러갔다.

오강채의 소욱기는 점점 뱃고물로 밀려나고 있었다.

"후후후! 끝이다, 이놈!"

부아앙!

저장채의 소채주가 눈을 빛내며 도끼를 휘둘렀다.

"아!"

멀리서 볼 때 오강채의 소채주 소욱기의 운명은 여기서 끝나는 것같이 보였다. 그러나 이변이 생겼다.

휘리릭!

그의 몸이 아슬아슬하게 도끼를 피하는가 싶더니 그의 손에서 분수자가 힘차게 뻗어 나왔다.

카캉!

중인들의 예상대로 도끼에 부딪친 분수자가 위로 팅겨났다. 바로 그 때,

"크헉!"

갑자기 저장채의 소채주가 목을 감싸 쥐며 비틀거렸다. 뭐가 어떻게 됐는지도 모를 찰나간에 벌어진 일이었다.

"야합!"

멍한 중인들의 귀로 찢어질 듯한 소욱기의 기합성이 들려왔다.

그는 힘차게 도약해 비틀거리고 있는 저장채 소채주의 턱을 강하게 걷어차 버렸다.

풍덩!

저장채 소채주는 피를 뿜으며 강물 속으로 사라졌고 오강채의 소채주 비천어룡은 배 위에서 미소를 지으며 손을 흔들고 있었다.

"오강채의 승리요!"

독시효는 흐뭇한 표정으로 승리를 선언했다.

"말도 안 돼! 뭔가 암수가 있었소!"

뒤늦게 정신을 차린 저장채 수하들이 격렬하게 항의했다.

분명 자신들의 소채주가 이기고 있던 결투였다. 그런데 갑자기 목을 감싸 쥐며 쓰러지다니? 암수가 아니면 있을 수 없는 일이었다.

그러나 항의는 받아들여지지 않았다.

"우린 수중호걸들이오. 수중에서는 무수한 전투가 벌어집니다. 승부는 어떤 난관도 예측하고 극복해 내야 하는 법. 그게 바로 물길에서 밥을 빌어먹는 자들의 운명입니다."

독시효는 다시 한 번 오강채의 승리를 확인하며 매정하게 고개를 돌려 버렸다.

"으음… 승부라……."

곽무한은 오강채의 소채주가 승리를 거두는 장면을 봤다. 저장채의
항의대로 암수가 있었다. 그러나 독시효의 말을 듣고 보니 그럴듯했
다. 적호채의 생활에서 보고 듣고 배운 게 바로 승자의 법칙이었다.

민강채 역시 수적. 수적들의 세계에서는 이긴 사람의 말이 곧 법이
었고 정의였다.

"다음 차례는 동정수채와 적호채요."

곽무한은 호흡을 가다듬으며 앞으로 나섰다.

"꼬마야, 멋지게 싸워보자."

미소년 은화연이 어깨를 툭 치며 미소를 보내왔다.

'짜식, 친한 척하기는…….'

곽무한은 민강으로 오던 날 밤의 그 장면을 분명히 기억하고 있었
다. 치사하게 술을 먹이고 비겁하게 자신을 물에 빠뜨린 놈.

"시작!"

신호가 떨어지자마자 곽무한은 강물로 뛰어들었다.

풍덩!

두 사람이 사라진 강물에는 하얀 물거품만 일어났다.

'과연… 동정수채의 후인과 싸워 이길 가능성이 있을까?'

적호채 사람들은 조바심이 가득한 표정으로 조각배만 쳐다봤다.

부글부글.

물거품이 잔뜩 일어났다.

촤촤촤!

곽무한은 공기의 저항을 덜 받으려고 한참을 잠수한 상태로 헤엄치

며 앞으로 나아갔다. 그런데,

좌르륵!

옆에서 물살이 일렁였다. 보나마나 그 자식이다.

'어쭈? 빠른데?'

곽무한은 옆도 돌아보지 않고 팔과 허리, 다리에 힘을 줬다.

쿨렁쿨렁.

물살은 빠르게 뒤로 물러났다.

'이제 뒤로 처졌겠지?'

슬쩍 고개를 돌렸다. 그러다가 깜짝 놀랐다.

'안녕.'

녀석이 배시시 징그러운 미소를 보내며 손을 흔들고 있었다.

'짜식이?'

곽무한은 인상을 확 구기며 고개를 돌려 본격적으로 피부 호흡을 전개했다.

부그르르.

물속에서 잠자던 기운들이 환호성을 지르며 몸으로 스며들고 있었다.

'가자!'

이때부터 가볍게 손을 놀렸지만 물은 저항을 하지 않았다. 그냥 부드럽게 몸속으로 스며들기만 할 뿐이었다.

'어라? 저 녀석 좀 봐?'

저렇게 빠른 속도라니? 은화연은 자존심이 팍 상했다.

'좋아, 나도 전력을!'

은화연은 고개를 한번 물 밖으로 빼냈다가 심호흡을 하면서 전신 내공을 움직이기 시작했다.

좌르륵!

물살이 빠르게 뒤로 물러났다. 그러나 곽무한을 따라잡기란 불가능했다.

'칫! 주는 술을 마다하고 벌을 받겠단 말이지?'

은화연은 이를 깨물며 채대를 풀었다. 배 위에서 승부를 보려는 의도였다. 채대는 물결을 따라 하늘거렸다.

"푸확!"

물 밖으로 고개를 내미니 녀석이 배 위에서 빙글거리고 있었다.

"차앗!"

은화연은 힘차게 강물을 박차며 뛰어올랐다. 마치 잉어가 몸을 비틀며 폭포를 뛰어오르는 것 같았다.

"어서 와."

녀석은 여전히 낚싯대를 들고 있었다.

자신이 배 위로 올라서는 걸 멀거니 구경하더니 천천히 낚싯대를 앞으로 밀었다.

"조심해!"

그 말이 시작이었다.

시이잇!

낚싯줄이라고 가볍게 볼 게 아니었다. 사납게 공기를 찢어왔다.

'서, 설마?'

그랬다. 한번 채대로 부딪쳐 보니 과연 낚싯줄에 기가 실려 있다. 절대 가볍게 볼 수 없는 경지였다. 은화연은 안색을 돌변시키며 낚싯줄을 피해갔다.

시이잇! 시이잇!

낚싯줄은 독사마냥 옷자락을 베고 머리카락을 날렸다.

'치익! 뭐 이딴 자식이 다 있어?'

십팔 년간 소중히 길러온 머리카락이었다. 애지중지하던 머리카락이 매정한 녀석의 손에 의해 산산이 날아가자 은화연은 점점 열이 받았다.

"야, 이 개자식아!"

급기야 성질을 주체치 못한 은화연이 허공으로 뛰어오르며 채대를 날렸다. 나름대로 정면 승부를 건 것이었다.

그 순간,

시이잇!

은빛 광채가 얼굴로 날아들었다. 기가 실린 그 낚싯줄이었다.

'엄마야!'

은화연은 덜컥 심장이 떨어지는 느낌이었다.

'얼굴은 안 돼애애!'

자기도 모르게 채대를 팽개쳐 버리고 얼굴을 가렸다.

'……'

한참을 기다려도 예상했던 느낌이 없었다.

은화연은 손가락 사이로 눈을 떠봤다.

"기권해."

녀석이 낚싯대를 거두며 웃고 있었다.

'이, 이런 치욕이!'

은화연은 얼굴이 확 붉어졌다.

아무리 여자의 몸이라지만 무인으로서 얼굴을 다치는 걸 겁을 내다니…….

"이 자식아, 지금부터 시작이야!"

열이 받은 은화연은 이왕지사 망신당한 몸이다 싶어 혼신의 힘을 기울여 바닥을 찍어버렸다.

콰지지직!

십 년간 연마해 온 권의 위력은 대단했다.

순식간에 갑판을 뚫어버렸다.

콸콸콸!

배에 물이 스며들기 시작했다.

"이 자식아, 물속에서 본격적으로 붙어보자!"

은화연이 물속으로 뛰어들며 외쳤다.

"어라? 성깔이 있는 놈이군."

곽무한이 피식 웃으며 강물로 뛰어들었다.

부그르르.

물거품이 눈앞을 가린다.

슉!

거품 속에서 날카로운 기운이 날아왔다.

'웃?'

곽무한은 슬쩍 허리를 젖혀 날아드는 물체를 피했다.

피리리릭!

이번엔 부드러운 기운이 다가왔다.

'으랏차차!'

곽무한은 손으로 막으려 했다. 그런데 손에 뭔가가 감겨왔다.

'어? 채대? 힘 싸움 하자는 건가?'

곽무한은 팔뚝에 불끈 힘을 줬다. 그러자 단전에서 강한 폭발력이 뿜어져 나왔다.

우우우웅!

은화연은 당황했다. 갑자기 채대가 꿈틀거리는가 싶더니 강한 거력이 전해져 온 것이다.

'맙소사! 말도 안 돼! 전신 공력을 다 내뿜었는데도?'

아무리 당겨도 꿈쩍하기는커녕 오히려 딸려가고 있었다.

'에잇, 그렇다면!'

은화연은 결심을 굳혔다. 아까 던졌다가 회수한 비녀를 다시 움켜쥐었다. 몸의 힘을 빼고 딸려가면서 상대의 힘을 역이용해 비녀로 찌르려는 생각이었다.

'그래도 살살 찔러줄게.'

은화연은 회심의 미소를 지으며 온몸의 힘을 뺐다.

그러나 맙소사! 오판도 이런 오판이 없었다.

촤아악!

녀석의 당기는 힘은 상상을 초월했다.

'어머머머머?'

은화연이 당혹스런 비명을 터뜨리기도 전이었다.

와락!

'꺄아아악!'

벌써 은화연의 몸은 곽무한에게 안기는 신세로 변해 버렸다.

외간 남자에게 안기다니? 은화연은 너무 기가 막히고 놀라 순간적으로 넋을 잃어버렸다. 그러나 악몽은 그때부터 시작이었다.

은화연이 소녀 특유의 수치심과 당황으로 멍해 있는 순간,

화악!

갑자기 아랫도리가 허전해져 왔다.

은화연은 심장이 튀어나올 정도로 놀랐다. 정신적인 충격으로 하늘이 노랗게 보일 정도였다.

"끄, 끄아아아!"

은화연은 미친 듯이 비명을 질렀다. 이곳이 물속인 것도 잊어먹었다.

그런데 이놈, 점입가경이었다.

철썩! 철썩!

볼기짝에 불이 확확 일어났다.

'끄아아! 이 변태! 치한! 꼬르륵!'

은화연은 치미는 분노와 수치심을 주체치 못해 그만 기절하고 말았다.

졸지에 역사에 길이 남을 치한으로 전락해 버린 곽무한.

그는 도대체 왜 이런 짓을 했을까?

곽무한은 순수했다.

그놈의 술 한잔 나눠 먹은 정이 뭔지 배 위에서 싸울 때 눈물을 글썽이며 달려드는 '자식'을 보니 조금 불쌍한 생각이 들었다. 그래서 넌 상대가 안 되니 그만 물러나라는 뜻에서 손속을 늦춰줬다. 그런데도 이 '자식'은 바락바락 기를 쓰며 물속에서 붙잔다.

물속에 들어서자마자 공격을 받았다. 그것까진 참을 수 있었다.

그런데 다시 허리띠를 던지며 줄다리기를 하잔다.

물 하면 곽무한, 힘 하면 또 곽무한이 아닌가?

역시나 조금 버티는가 싶더니 확 딸려온다.

‘어떡할까?’

곽무한은 딸려오는 은화연을 보면서 순간적으로 고민했다.

‘확 목을 뽑아버려?’

잔인했다.

‘허리를 반으로 접어줘?’

마찬가지였다.

‘마혈을 짚어버려?’

익사시킬 순 없으니 다시 끌고 올라가야 했다. 귀찮았다.

‘가볍게 쥐어박아 줘?’

계속 덤빌 놈이었다. 더 귀찮았다.

‘에라!’

그래서 결정한 거였다. 그냥 옷을 벗겨 가볍게 볼기짝을 몇 대 두들겨 주면 불알 찬 사내로서 부끄러워 두 번 다시 덤비지 않을 것 같았다. 그러면 싸움 끝. 피 한 방울 흘리지 않고 승부를 낼 수 있는 절묘한 방법이었다.

그런데 여기서 가장 큰 문제는 곽무한이 아직도 그 ‘자식’이 여자라는 사실을 알아차리지 못했다는 것이다.

하긴 물속에서의 싸움, 그것도 상대가 정신 차리기 전에 볼기짝을 두들겨 놓아야 한다는 사명감에 불타 있던 곽무한으로서는 은화연의 앞쪽에 관심을 가질 이유가 전혀 없었다.

‘됐다. 이 정도면 못 덤비겠지?’

곽무한은 은화연의 엉덩이를 깐 바지를 들고 유유히 수면 위로 올라갔다.

“엿차!”

그리고 배를 뒤집어 구멍 난 부위에 바지를 쿡 쑤셔 박고 그 위로 올라섰다.

"와아아아!"

환호성은 언제 들어도 기분이 좋았다.

모든 사람이 '예' 라고 할 때 '아니오' 라고 하는 사람이 있다.

호혜린이 그 '아니오' 에 속한 소녀였다.

배 위에서 곽무한과 은화연이 싸울 때 많은 사람들은 '이변이다' 라며 곽무한에게 엄지를 치켜세워 보였다. 그러나 호혜린은 슬그머니 웃어주고 말았다.

'바보들, 언니가 봐주고 있는 것도 모르고……'

다른 사람도 아닌 동정용왕의 딸이다. 그것도 호북 지역의 날고 긴다는 후기지수들도 그녀만 보면 꼬리를 말 정도의 무공을 지닌 은화연이다. 듣기로 신비한 은거 여고수에게 무공을 배웠다던가? 아무튼 동정용왕조차 혀를 내두를 정도라고 했다. 그러니 호혜린이 보기에는 은화연이 곽무한을 봐주고 있는 게 분명했다. 그런데,

'어라라라?'

상황이 점점 이상하게 변해갔다. 갑자기 언니가 얼굴을 감싸 쥐지를 않나, 배를 부숴 버리며 고래고래 고함을 지르질 않나.

'음… 연극이야, 연극. 너무 망신 주면 안 되니까 억지로 이긴 듯이 보이려는 모양이야.'

그래도 호혜린은 은화연을 믿었다.

그런데,

"와아아아!"

저 환호성은 뭐란 말인가? 그리고 유유히 배 위에 올라서서 주변의 환호에 답하는 저 남자는 또 뭐란 말인가? 그것도 구멍 난 배를 뒤집어 공기를 밀폐시킴으로써 다시는 가라앉지 않도록 조치까지 취하며.

은화연은 한참 뒤에 나왔다.

괴이하게도 파리하게 질린 표정이었다.

물론 옷은 다 입고 있었다. 구멍 막이로 쓰인 바지를 용케 찾아낸 모양이었다.

"언니, 정말 저 사람, 아니, 쟤를 좋아하는구나? 일부러 져줄 정도로. 맞지?"

호혜린은 쪼르르 은화연에게 달려가 확신에 찬 표정으로 물었다.

"저 개새끼, 죽여… 버릴 거야!"

은화연의 대답이 이상하게 나왔다. 살기가 풀풀 날렸다.

"에이, 언니, 나한텐 진실을 말해 줘도 돼. 쟤를 좋아해서 일부러 봐 준 거지? 그치?"

짜악!

다시 묻다가 뺨에 시뻘건 손도장만 받았다.

"어, 언니, 왜 이래?"

"앞으로 내 앞에서 절대 저 새끼 이야기 하지 마! 그렇지 않으면 너라고 해도 절대 용서치 않을 거야!"

돌아온 대답은 얼음장 같았다.

호혜린은 도무지 이해할 수가 없었다. 항상 자기에게 상냥하던 언니가 갑자기 나찰귀로 변해 버리다니…….

'칫! 동정수채의 천방지축 말괄량이라던 소문이 거짓말이 아니었어.

어디 두고 봐! 아무리 언니라지만 감히 날 때렸단 말이지?

드디어 민강수채의 장중보옥 아가씨가 열이 받아버렸다.

'좋아, 무슨 일이 있었는지는 모르겠지만 쟤를 내가 차지하고 말겠어!'

호혜린은 멀어지는 은화연을 보면서 오도독 이를 갈아붙였다.

제15장
음모와 반전

음모와 반전

은화연이 떨어짐으로써 결승전은 오강채의 소채주 비천어룡 소욱기와 적호채의 곽무한이 붙게 됐다.

'으음… 다행이긴 한데… 저 녀석이 너무 세단 말이야.'

독시효 임원영은 행가래를 받고 있는 곽무한과 어깨를 늘어뜨린 채 사라지는 은화연을 번갈아 보면서 이맛살을 찌푸렸다.

독시효가 잠룡연을 기획한 이유는 무엇보다 무림 세력을 등에 업은 금사상채의 세력 확장을 견제하기 위함이었다. 그게 가장 급한 발등의 불이었지만 또 다른 복잡한 사정도 있었다.

알다시피 민강수채 관할 지역 중 최고 노른자위는 의빈이다.

의빈은 금사강이 장강으로 바뀌는, 즉 대륙으로 향하는 물길의 기점이었다. 그러다 보니 엄청난 물동량을 자랑했다. 그래서 이 지역은 항상 수적들이 군침을 흘리는 곳이었다.

여기서 민강수채의 고민이 시작됐다.

최근 들어 금사상채의 세력 확장에 신경을 곤두세우다 보니 미처 의빈 지역을 돌아보지 못했다. 그러다 보니 인근 지역의 막강 수채인 타강채(沱江寨)와 가릉채(嘉陵寨)가 공공연히 도발을 시작해 왔다.

금사상채를 막자니 타강채와 가릉채가 도발하고 타강채와 가릉채를 막자니 금사상채가 장강으로 입성하려고 하고. 결국 민강수채의 입장으로는 이러지도 저러지도 못하는 사면초가의 형국이 되어버린 것이다.

이대로 가다가는 있는 밥그릇까지 몽땅 빼앗기겠다 싶어 기획한 것이 바로 잠룡연이었다. 잠룡연을 통해 가능성있는 수채와 동맹을 맺어 이 위기를 타개하자는 취지였다. 물론 성과가 좋으면 한걸음 더 나아가 타강채와 가릉채도 쓸어버리고.

몇 날 며칠의 논의 끝에 수뇌부에서는 잠룡연에 대한 하나의 의견 일치를 봤다. 그게 뭔고 하니, 보다 많은 수채들의 참여를 유도하되 막판에 가서는 자신들과 연합할 수채를 밀어주자는 것.

그중에서 최적의 상대로 꼽힌 것이 바로 동정수채와 오강채였다.

오강채는 터전이 귀주 쪽이라 자기들 밥그릇인 사천 쪽과는 아무런 이해관계가 없어서 좋았다. 더구나 가릉강과도 장강을 경계로 남북으로 나뉘어 대치 중이니 금상첨화였다. 게다가 자기들이 금사상채에 의해 무너지면 그들의 다음 목표는 오강채가 될 게 불 보듯 뻔한 상황. 그러니 오강채가 자신들의 협력 제의를 마다할 이유가 없었다.

물론 최상의 협력 상대는 채주들끼리 친분이 있는 동정수채였다.

그러나 지리적으로 너무 멀기도 하려니와 동정수채는 연합 상대로 너무 버거웠다. 잡아먹히지 않으면 다행일 정도였다.

　물론 상황이 상황인지라 오는 걸 말릴 수는 없는 노릇. 그런데 천만다행이도 옥풍랑 대신 천방지축 은화연이 왔다. 수뇌부는 모두 안도의 한숨을 내쉬었다. 비무초친의 성격이니 은화연이 이기더라도 무효로 선언하고 오강채를 선택하면 되었기 때문이다.

　그런데 다된 밥에 코를 빠뜨려도 유분수지, 조그만 물길에서 왔다는, 그것도 소채주 신분도 아닌, 더더구나 수적 신분조차도 아닌, 겨우 견습생 신분인 저놈은 너무 강해 보였다. 막말로 독시효 자신과 비슷해 보이는 무위인 것이다.

　‘고작 열여섯 살짜리가 벌써 저 정도이니 나중에 무위가 더 늘어나면 그땐 대공자님과 후계자 자리를 놓고 문제가 생길 소지가 많다. 게다가 적호채 따위가 다 뭐냐? 족보조차 없는 찌꺼기들이 모인 곳 아니냐? 물길조차 제대로 모르는 촌무지렁이들을 데리고 흉험한 전투를 치러야 할 판이다. 그건 안 돼! 절대 안 돼! 뭔가 수를 짜내야 해.’

　독시효 임원영은 모종의 결심을 굳혔다. 서둘러 채주인 호불태에게 달려갔다.

　“음? 무슨 일인가?”

　배불뚝이 호불태는 천하태평이었다.

　다섯 명의 처첩들에게 둘러싸여 질펀하니 술을 마시고 있었다.

　“저… 긴히 드릴 말씀이 있어서…….”

　독시효는 마나님들을 훔쳐보며 말했다.

　“흥! 우리가 있으면 할 말을 못하나요? 그냥 여기서 말해요!”

　쨍 튀는 목소리. 호혜린의 모친인 셋째 부인 유씨였다.

　“아가씨의 종신 대사가 관련된 일이라…….”

　“그러면 저는 더 더욱 있어야 하겠군요.”

콧대 높은 목소리. 채주의 총애를 받고 있어선지 도무지 경중을 가리지 못한다.

"음… 다들 나가 있어."

다행히 채주가 자신의 눈빛을 알아봤다. 째진 눈은 더욱 째지고 튀어나온 눈은 금방이라도 굴러 떨어질 듯한. 중대한 일이 발생했을 때만 나오는 특유의 버릇이었다.

"…하게 되어버렸습니다. 그래서 소양단장독(銷陽斷腸毒)을 쓰려 합니다. 채주님의 재가가 필요합니다."

"음? 소양단장독? 그것까지 필요해?"

호불태의 안색이 와락 일그러졌다.

소양단장독이란 수백 년 묵은 독물들에게서 뽑아낸 독액과 시체에서 나오는 시독을 섞어 십 년간 숙성시킨 독으로 호불태가 운남의 만독장(万毒莊)에서 거금을 주고 사 온 것이다. 이름 그대로 사람의 내부로 침투, 양기를 태우고 장을 토막 내어 버리는 무시무시한 독약인데, 가장 큰 특징은 색깔도 없었고 냄새도 없어 당하기 전에는 아무런 징후를 발견할 수 없다는 점이었다. 더구나 당하고 나서도 겉으로는 멀쩡했기에 시체를 갈라 보기 전에는 사인을 짐작하기가 어려운 독이었다. 그래서 수채 내에서도 쉬쉬하는 무서운 독약이었다.

"제 판단으로는 꼭 필요합니다."

독시효는 힘주어 고개를 끄덕였다.

"으음… 소문나면 시끄러워질 텐데……."

호불태가 조금 망설이듯 말했다.

극독을 사용한 게 들통나면 지탄을 면치 못하는 건 두 번째 문제고 정파 놈들이 꼬투리를 잡을 수 있는 상황이다.

"촌놈들입니다. 처리가 끝나면 그 일행들을 쥐도 새도 모르게……."

"으음……. "

호불태는 침음성을 흘리며 잠시 생각에 잠겼다.

"그런데… 그 녀석이 안 쓴다고 하면 말짱 도루묵이잖나?"

마지막 고비였다.

독시효는 확신하듯 말했다.

"그럼 직접 불러 의중을 물어보지요. 분명히 할 겁니다."

"음… 그럴까?"

잠시 후 앞짱구에 주걱턱 소욱기가 들어왔다.

"평소 존모하던 채주님을 뵙게 되어 삼생의 영광입니다."

녀석은 번지르르하니 말을 잘했다.

"내일 결승, 자신있나?"

가벼운 대화가 오간 후 호불태가 심각한 어조로 물었다.

"물론입니다."

녀석은 자신만만했다.

"천에 하나, 만에 하나 지게 되면 어찌할 텐가?"

독시효가 물었다.

"접시 물에 코 박고 죽겠습니다."

"자신감은 좋아. 그러나 채주님이나 내가 원하는 답은 아니야."

"…그럼?"

소욱기는 뭔가 뇌리를 스치는 생각이 있어 조심스레 물었다.

"채주님의 영애가 마음에 드는가?"

"물론입니다. 제 이상형이십니다."

"진심으로 민강수채의 사위가 되고 싶은가?"

"예. 이미 부친께도 말씀드렸습니다. 이기기 위해 뼈를 묻고 혼을 사르겠습니다."

듣고 있던 호불태는 소욱기의 대답이 마음에 들었다.

"그 말이 진심인가 확인하겠다. 쓰겠느냐?"

호불태는 품속에서 조그만 약병을 꺼내 보였다.

소욱기의 눈이 번쩍 빛났다.

"자존심이 상하지만… 만사불여튼튼이라, 좋습니다! 독하지 않으면 장부가 아니고 매사는 확실한 게 나은 법이죠!"

"좋아, 그 기질이 마음에 드네. 조심히 다루게."

호불태는 기꺼운 표정으로 약병을 건넸다.

"혹시 아가씨가 거부하시면……."

소욱기가 나가자 독시효는 내친김에 속으로 우려하던 바를 물었다.

"걱정 마. 어차피 계집애는 출가외인이야. 우리에겐 큰애가 있잖은가?"

호불태가 배를 툭툭 두드리며 말했다.

"그렇죠. 대공자께서 계시지요."

독시효는 그제야 안심한 표정으로 돌아섰다.

민강수채의 음모가 깊어가는 밤이었다.

방으로 돌아온 은화연은 눈물만 줄줄 흘렸다.

십팔 년간 고이 간직해 왔던 순결이 한순간에 무너지다니…….

'이익, 아무리 생각해도 도저히 용서할 수 없다!'

은화연은 당장이라도 뛰쳐나갈 듯 주먹을 불끈 쥐었다. 그러나 한 가지 생각을 떠올리고는 곧 풀어버렸다.

'이미 알몸을 보인 처지로 어찌 그놈과 다시 얼굴을 맞댄단 말인가? 지금도 창피해서 고개를 못 들 지경인데……. 이 원수를 어떻게 갚는다?'

망설이는 순간 뇌리에 사부의 무시무시한 신위가 떠올랐다.

휘하에 수많은 마인들을 거느리며 그들을 쥐락펴락 하는 그 무시무시한 신위가.

'그래, 결심했어. 아빠에겐 말해 봤자 콧방귀도 안 뀌실 테고 사부님께 말씀드려 녀석의 목을…….'

한참 이를 악물던 은화연은 이내 고개를 저었다.

'아니, 아니야. 보나마나 사부님은 녀석의 목을 단번에 뎅겅 잘라 버리고 마실 거야. 그렇게 쉽게 죽여 버리기엔 내가 너무 원통해. 그럴 바엔 차라리…….'

은화연은 고민 끝에 결론을 내렸다. 사부에게 무공을 더 배워 자기 손으로 직접 처리하기로.

'마지막으로 녀석에게 내 진면목이나 알려주자.'

복수하려는 마당에 얼굴은 왜?

알 수 없는 게 여자 마음이라더니 자기 미모를 보여줌으로써 조금이나마 상처받은 자존심을 보상받으려는 의도였다. 이율배반적이라는 생각도 들었지만 본능이 그걸 원하고 있었다.

은화연은 천천히 남장을 지워 나갔다.

사르륵사르륵.

옷도 갈아입고 화장까지 했다.

팔랑!

동경을 보며 한 바퀴 돌아봤다.

자기가 봐도 너무 예뻤다.

맑고 큰 눈에 콧등에 내려앉은 귀여운 매력 점, 단내가 뿜어져 나올 것 같은 도톰한 입술. 월궁의 항아가 지상으로 내려온 것 같았다.

사박사박.

은화연은 하늘거리는 옷을 입고 곽무한의 숙소로 방문했다.

"누, 누구쇼?"

은화연을 본 흑사는 가슴이 철렁한 미모라 침을 흘리며 물었다.

"넌 꺼지고 곽가 놈 나오라 그래!"

표독스레 돌아온 은화연의 대답.

"쌍! 뭐 이런 년이!"

흑사는 분김에 주먹을 휘두르다,

퍽!

"꼬르륵!"

한 방에 골로 갔다.

"곽무한, 나와! 이 변태, 치한 같은 개자식아!"

도무지 나올 기미가 없자 은화연은 분기탱천해 빽 소리를 지르고 말았다.

곽무한은 그제야 어슬렁어슬렁 귓구멍을 후비며 걸어나왔다.

"우물우물… 누구세요?"

볼을 움썩이며 말하는 걸 보니 밥 먹다 나온 모양이었다.

은화연은 기가 막혀 자기 얼굴을 곽무한의 코앞에 바싹 들이밀었다.

"음? 향기 좋네? 저 아세요?"

여전히 곽무한은 자신을 못 알아본다.

"으으으! 이, 이, 이 개자식이!"

은화연은 마음 한편으론 안심이 되었지만 다른 한편으론 기가 막혔다. 이 해태 눈깔을 가진 놈이 도무지 못 알아보니 자신을 뭐라고 소개해야 할지 모르겠다.

너랑 술 마시던 남자?

미모의 여인이 아니라 술꾼으로 알까 봐 안 되겠다.

조금 전 너와 싸운 사람?

녀석이 발가벗긴 기억을 다시 떠올릴까 봐 그것도 안 되겠다.

그래서 궁여지책으로 당시의 금기인 꽃다운 처녀 이름을 발설하고 말았다.

"나, 은화연이야, 새꺄!"

그러나 돌아온 대답은 참혹했다.

"근데요?"

차라리 멀뚱한 표정이나 짓지 않았으면 부아라도 덜 치밀었을 것이다.

소, 닭 보듯 하는 곽무한의 시선에 은화연은 졸도할 것만 같았다.

자신의 미모에도 무덤덤하니 자존심이 상한 것이다.

"이, 이, 이… 우와아앙! 이 거머리, 말미잘, 해삼, 변태, 치한, 음침 사악한 개망나니 자식아! 내가 살아 있는 한 절대로, 맹세코 널 용서하지 않겠다! 갈기갈기 찢어 죽이고 밟아 죽이고 삶아 죽일 것이다! 두고 봐! 두고 봐아아아!"

은화연은 새파래진 얼굴로 저주를 퍼붓곤 어둠 속으로 사라졌다.

"난데없이 왜 저러지? 머리가 살짝 돈 여자 아냐?"

곽무한은 멀어져 가는 은화연을 보며 고개를 갸웃거렸다.

참고로 곽무한은 미추의 개념이 없었다.

철들고 본 여자라고는 미루와 매옥의 까무잡잡한 얼굴뿐이니 그럴 만도 했다. 화장한 여자 얼굴은 난생처음이라 너무 생소했다.

이런 곽무한에게 은은한 화장과 꽃단장으로 완전 변신한 은화연을 그때 그 미소년으로 알아봐 달라는 것은 고목나무에 꽃이 피기를 기대하는 것보다 더 어려운 일이었다.

더구나 곽무한의 기억 속에는 환상 속의 물귀신으로 설아의 매력적인 얼굴이 새겨져 있으니 은화연이 그렇게 예뻐 보이지도 않았다.

좌우간 곽무한은 본의 아니게 은화연의 가슴에 못을 박고 말았다.

아침이 밝았다.

둥둥둥!

분위기를 돋우는 북소리가 울려 퍼졌다.

결승전이라 그런지 호불태가 앞으로 나서며 일장 연설을 시작했다.

"동도 여러분들께 고하오! 드디어 오늘 대망의 결승전이 벌어지게 됐소! 모두 역사에 길이 남을 명승부를 바라는 마음에서 힘껏 두 사람을 격려해 주시기 바라오!"

"와아아아!"

관중들의 열띤 환호성 속에 곽무한과 소욱기 두 사람이 등장했다.

"마지막 승부는 말씀드렸다시피 만장 단애에서 강물로 뛰어내리는 절벽 입수요. 그러나 결승전이니만큼 그냥 뛰어내리진 않겠지요? 다들 추호도 눈을 떼지 마시고 끝까지 지켜봐 주시길!"

독시효가 까마득한 절벽을 가리키며 말했다.

'그냥 뛰어내리지 않는다고? 그럼 낙하 순간에 싸우란 말인가?'

미처 사전 설명을 듣지 못한 곽무한은 고개를 갸웃거렸다. 그러나 소욱기는 이미 알고 있었는지 묘한 웃음을 흘린다.

'쳇, 뛰어내리면서 낚싯대를 휘두를 순 없고…….'

곽무한은 사방을 두리번거리다가 조그만 나무 막대기를 챙겼다.

한 자 반의 크기.

품속에 딱 들어갈 크기였다.

'이거면 뭐 아쉬운 대로…….'

막대기를 챙긴 곽무한이 몸을 돌리려는데 독시효가 말렸다.

"두 사람은 채주님과 소저께 인사를."

결승전이라 그런지 별의별 순서도 많았다.

곽무한은 독시효의 안내에 따라 상석을 향해 꾸벅 인사를 했다. 그런데 이상했다. 호불태가 인사를 받기는커녕 오히려 인상을 찌푸렸다.

"푸하하! 세상에 그렇게 인사하는 법이 어딨냐?"

소욱기는 포권으로 인사하지 않고 머리를 숙여 인사하는 곽무한을 보며 배를 잡았다.

"이렇게 하는 거다, 애송아!"

소욱기는 보라는 듯 멋들어지게 포권을 해 보였다.

'칫, 인사야 아무려면 어때.'

곽무한이 입을 삐쭉 내미는데 갑자기 상석에서 눈웃음이 날아들었다. 고개를 들어보니 호혜린이 자신에게 한쪽 눈을 깜빡여 보이는 것이 아닌가?

'뭐야? 눈병 걸렸나?'

곽무한은 멀뚱히 바라봤다.

반면 호혜린은 흐뭇했다. 곽무한의 멀뚱한 표정을 보고 자기에게 넋이 나갔다고 생각했다.

‘후훗, 영광일 거다. 네가 어디 가서 이런 미인에게 눈짓을 받아보겠니?’

호혜린은 진한 미소를 한 번 더 보여주다가 휙 고개를 돌렸다.

호혜린의 눈웃음을 자신에게 보내는 거라 착각한 소욱기가 헤벌레 미소를 지어온 때문이었다. 좌우간, 여차저차 상견례가 끝나자 독시효가 두 사람을 안내했다.

“자, 두 사람은 위로 오르시오!”

절벽 꼭대기는 가파랐다. 바람까지 거셌다.

“준비! 시작!”

저 아래에서 깃발이 내려졌다.

‘쩝, 시시하네.’

수도 없이 연습한 종목이라 그런지 전혀 긴장감이 들지 않았다.

곽무한은 가볍게 발을 굴렸다.

소욱기도 마찬가지로 발을 굴렸다.

파파파파팟!

바람 소리가 귀를 아프게 울려왔다.

힐끔 눈을 돌리니 녀석이 두 팔을 모은 채 쭉 내려오고 있었다.

‘녀석도 자신있는 모양이네?’

사십 장.

떨어져 내리자면 금방인 높이였다. 그러나 그냥 떨어지면 가루가 되는 높이이기도 했다. 어느 정도 높이에서 속도를 줄여야 했다. 그런데도 녀석이 그냥 내려가고 있다는 말은 신법이나 회전에 자신있다는 이야기.

‘몇 번 더 뛰어내려야 결판이 나겠군.’

곽무한이 이렇게 생각할 때였다.

갑자기 녀석이 두 손을 쭉 뻗었다.

반짝!

녀석의 소매에서 빛이 났다.

'음?'

온몸의 신경이 갑자기 곤두섰다. 위험 신호였다.

아니나 다를까.

피웅!

녀석의 소매에서 뭔가가 빠르게 날아왔다.

'음? 윽!'

시야에 잡히는 게 없어 의아해하는데 뭔가 축축한 게 발등을 적셔왔다.

핑그르르!

'어, 어?'

갑자기 몸에서 힘이 쭉 빠져나갔다.

곽무한은 가슴이 철렁했다.

"꼬마야, 잘 가거라!"

녀석이 손을 흔들며 회전을 시작했다.

"암습?"

곽무한은 가슴이 서늘해져 왔다. 동시에 가슴에 불길이 치솟았다.

'으드득! 치사한 새끼!'

그러나 불타오르는 분노도 추락을 막지는 못했다.

쐐애애액!

귀를 찢는 바람 소리. 수면까지는 십오 장 높이.

‘아, 안 돼!’

곽무한은 처음으로 공포를 느꼈다.

뇌리에 피떡이 되어 죽어간 노구의 모습이 떠올랐다.

‘이익!’

단전을 발동시켜 봤다. 그러나 전혀 움직이지 않았다.

‘맙소사!’

절망으로 몸부림치는 순간,

우우우웅!

갑자기 눈에 파란 빛이 비쳤다.

목걸이였다.

목걸이가 환한 광채를 내뿜기 시작한 것이다.

‘헉! 이게 무슨 조화야?’

목걸이에서 빛이 나오고 난 뒤 그토록 움직이지 않던 단전이 다시 발동되기 시작했다.

“좋아, 네놈이 날 건드렸단 말이지? 그것도 비겁한 수를 써서?”

곽무한의 눈에 회전하고 있는 소욱기가 들어왔다.

곽무한은 놈을 노려보며 품속에서 나무 막대기를 꺼냈다.

꽈드득!

곽무한의 팔뚝에 힘줄이 불끈 솟았다.

이때까지 곽무한은 오성 이상의 힘을 써본 적이 없었다.

무조건 삼 푼의 힘을 숨기라는 과자안의 말을 듣고 난 이후부터 몸에 밴 습관이었다.

그러나 오늘 곽무한은 처음으로 모든 힘을 모았다.

“타하아압!”

곽무한의 입에서 용의 울부짖음 같은 괴성이 터져 나왔다 .

그 소리가 어찌나 컸던지 정신없이 회전하고 있던 소욱기는 놀라 중심을 잃을 뻔했다.

"헉? 무슨 소리야?"

설핏 망막에 곰보 얼굴이 확 다가왔다.

"으허헉!"

꿈인가 싶었다. 있을 수 없는 일이었다.

그러나 현실이었다. 믿을 수 없게도 정말 놈은 코앞으로 다가오고 있었다.

그것도 회전하면서 다가오는 게 아니라 허리를 비트는 간단한 동작으로.

'그, 금리도천파(金鯉倒千波)!'

소욱기는 기절할 듯 놀랐다.

그랬다. 순간적으로 몸을 비트는 그 탄력으로 다시 몸을 띄우는 것은 일류고수급이나 펼칠 수 있다는 금리도천파의 신법이 분명했다.

충격은 계속됐다.

"이 치사한 새끼! 받아랏!"

심장이 튀어나올 듯 끔찍한 기합 소리, 그리고 기합성과 함께 날아오는 시퍼런 빛.

봤다 싶은 순간 벌써 머리에 끔찍한 충격이 전해져 왔다.

"허억!"

소욱기는 눈을 부릅떴다.

퍼퍼퍼퍽!

갑자기 사위가 벌겋게 변했다.

'분명히 나무토막인데… 나무토막이 어째서 칼 빛인 거지?'

소욱기가 마지막으로 느낀 의문이었다.

촤아악!

강물로 피분수가 떨어져 내렸다.

첨벙첨벙!

물보라도 치솟았다, 두 번이나.

"마, 맙소사!"

지켜보던 관중들은 자리에서 벌떡 일어났다.

"세상에! 믿을 수가 없어! 도저히 믿을 수가 없어!"

독시효는 강물을 바라보며 사시나무 떨듯 몸을 떨었다.

강물에는 금빛 잉어마냥 몸을 비튼 곽무한이 한 번 더 허공으로 치솟은 후 제비도 울고 갈 우아한 공중 회전으로 내려오고 있었다.

'검기! 초급 단계였지만 분명히 검기였어!'

독시효는 경악한 표정으로 내심 부르짖었다.

상상을 뛰어넘는 곽무한의 무공에 놀란 건 독시효뿐만이 아니었다.

흑수교 호불태도 충격에 휩싸였다.

'독… 소양단장독이 안 통하다니! 설마 전설의 만독불침지체란 말인가? 그건 도저히 있을 수 없는 일이야. 도대체 어떻게 그 극독을 해독했단 말인가? 그것도 순간적으로.'

그러다가 반짝 곽무한의 목걸이를 발견했다.

'혹시?'

흑수교 호불태는 곽무한의 목에 걸린 목걸이를 유심히 봤다.

분명 어딘가에서 본 듯한 목걸이였다.

'어디였지? 무척 중요한 곳에서 본 듯한데……'

호불태가 기억을 더듬는 사이,

"채주님, 오늘의 승자입니다."

어느새 정신을 수습한 독시효가 곽무한을 데려왔다.

"큼, 큼, 우승을 축하하네."

"축하해."

떨떠름한 호불태의 목소리완 달리 호혜린의 목소리는 하늘 끝을 날고 있었다.

"네, 감사합니다."

곽무한은 머쓱한 표정으로 고개를 숙이려다 아까의 일을 생각해 포권을 취했다.

"킥킥."

호혜린은 웃음을 터뜨리다가 손가락을 까딱이며 곽무한을 불렀다.

"얘, 너, 이리 좀 와봐."

처음엔 듬성듬성 얽어 있는 얼굴이 징그러웠지만 난다 긴다 하는 상대를 펑펑 넘어뜨리다 못해 은화연까지 물리친 사내. 드디어는 최종 결승에서까지 우승한 사내. 호혜린은 조금 전 곽무한의 신비로운 입수 장면을 보고 한눈에 반해 버렸다. 이젠 곰보 자국마저 멋있어 보였다.

그러나 곽무한은 눈이 돌아가지 않았다.

"그냥 거기서 말씀하세요. 잘 들려요."

미처 예상치 못한 대꾸에 호혜린의 얼굴이 와락 굳어졌다.

'이게?'

발끈한 호혜린. 그냥 참고 있을 성격이 아니다.

"야! 오라면 와봐!"

손가락을 다시 한 번 까딱였다.

"싫어. 오려면 네가 와."

곽무한은 심드렁한 표정으로 고개를 저었다.

처음부터 반말지거리라 기분이 좋지 않았는데 이제는 별 뜻 없이 대꾸한 말에 계집애가 발끈하니 기분이 확 상했다.

"이, 이게……!?"

호혜린은 무안하기도 하고 창피하기도 해서 몸을 바르르 떨었다.

"음, 자네는 예의가 조금 부족하군. 일단 이리로 가까이 와보게."

가뜩이나 성에 안 차던 녀석이 딸아이에게까지 무안을 주자 호불태가 표정을 일그러뜨리며 곽무한을 불렀다. 곽무한은 그제야 움직였다.

'저 자식이?'

호혜린은 자기 말에는 콧방귀만 뀌던 곽무한이 부친의 말에는 순순히 따르자 두 눈에 쌍심지를 켰다. 그러나 부친 앞이라 차마 소리를 지르지는 못하고 뱁새눈을 떠 곽무한을 노려봤다.

곽무한을 부른 호불태는 찌푸린 표정 그대로 입을 열었다.

"적호채라 들었네."

"예."

익히 아는 사실을 재차 확인하는 이유는 뭘까?

답은 금방 나왔다.

"자네가 잠룡연에서 우승했으니 내 딸아이를 데려갈 권리가 있네. 그러나 아비 된 입장으로 딸아이에 대한 지참금도 못 받고 보낼 순 없는 노릇, 황금 오백 냥만 내게."

은자 열 냥이면 네 식구가 한 달 동안 일 안 하고도 살 수 있는 시절이다. 그런데 황금 오백 냥이라니? 은과 금의 교환 비율이 이십 대 일이니 은자로 환산하면 물경 만 냥에 이르는 금액이다. 적호채의 오 년

운영 경비보다 많은 금액이었다.

'말도 안 돼! 원래 우승자는 바로 사윗감으로 삼겠다고 공포까지 한 마당에 이런 조건을 내세우는 이유가 뭐야?'

뒤에 배석해 있던 적호가 당황한 얼굴로 물으려는 찰나,

"전 돈이 없는데요?"

순진한 곽무한이 벌써 대답을 해버렸다.

"돈이 없다? 허허허, 이게 말이나 되는 소린가?"

"이건 우리 민강수채를 능멸하는 처사지요."

호불태와 독시효는 손발이 착착 맞았다.

막 볼멘소리로 항의하려던 적호는 능멸이란 단어가 나오자 가슴이 덜컥했다. 민강수채의 힘이라면 적호채를 짓밟는 건 순간이다.

"어이쿠! 저 녀석이 아직 철이 없어서 함부로 주둥이를 놀렸나 봅니다. 돈은 제가 무슨 수를 써서라도 구해오겠습니다."

지참금 운운은 퇴짜를 놓기 위한 구실에 불과하다는 걸 아직 눈치채지 못한 적호가 앞으로 나서며 고개를 조아렸다.

"무슨 수를 써서라도? 자네 지금 누굴 놀리나?"

호불태는 걸렸다 싶어 곧바로 차가운 살기를 날렸다.

"저, 정말 몰랐습니다. 말미를 주십시오."

적호가 연신 허리를 숙이며 사정을 할 때 호혜린이 끼어들었다.

"아버지, 무슨 소리예요? 전 재랑… 재랑……."

소녀 특유의 수줍음으로 차마 결혼하고 싶다는 이야기는 못하고 얼버무렸지만 호혜린의 뜻은 분명했다.

호불태와 독시효의 표정이 순간적으로 썩은 간 빛으로 변했다.

"린아야, 조금만 기다려 보거라. 다 너를 위해 하는 소리야. 넌 촌구

석에 가서 돈 한 푼 없이 죽도록 고생하며 살고 싶니?"

호불태는 재빨리 딸아이에게 전음을 보냈다.

'아뇨.'

호혜린은 잠시 궁리하다 고개를 살래살래 흔들었다.

호불태는 안도의 한숨을 내쉬며 다시 입을 열었다.

"그래, 언제까지 말미를 주면 되겠나? 내일? 모레?"

"그, 그게 한 달 정도는……."

적호가 암담한 표정으로 대답하려 했다. 그러나 바로 그때였다. 곽무한의 입에서 심드렁한 목소리가 나왔다.

"전 쟤랑 결혼할 마음이 없는데요."

삽시간에 좌중의 표정이 뜨악해졌다.

가장 당황한 건 호혜린이었다.

"왜, 왜? 도대체 왜?"

울 듯한 표정으로 물었다.

"원래 결혼할 생각도 없었고 네가 너무 건방져서 싫어."

우승자가 민강수채의 사위가 된다는 걸 여기 와서 안 곽무한이었다.

애초부터 결혼할 생각이 없기도 했지만 이렇게 모질게 말한 건 처음부터 명령조로 말을 던져 온 호혜린이 마음에 들지 않았기 때문이다. 더구나 아직도 엄마의 상냥하고 자상한 모습을 기억하고 있는 곽무한으로서는 결혼할 대상으로 엄마 같은 여자를 생각하고 있었기 때문이기도 했다.

호혜린은 곽무한의 대답에 기가 막혔다.

"이, 이 촌놈이!"

급기야 호혜린이 바락 성질을 부렸다.

"내가 촌놈이면 넌 못된 계집애다!"

곽무한도 지지 않았다.

"까아악! 아, 아빠, 재 좀 봐요!"

호불태에겐 절호의 기회였다. 평소 같았으면 이 자리에서 죽여 버렸겠지만 보는 눈이 너무 많았다. 더구나 잠룡연의 우승자이니 죽이긴 뭣했다. 그리고 목걸이가 자꾸만 눈에 밟혔다.

"에잉, 딸아이를 마다하다니 불쾌하기 짝이 없군! 없었던 일로 하세!"

호불태는 짐짓 옷자락을 떨치며 자리에서 일어났다.

적호는 사색이 되어버렸다. 길길이 날뛸 철면노호의 얼굴이 눈에 아른거렸다.

"저, 저, 잠시만. 진노를 거두……."

말도 끝나기 전에 곽무한이 기름을 끼얹어 버렸다.

"저도 좋아요. 없었던 일로 해요. 처음부터 재가 마음에 안 들었거든요."

곽무한은 벌써 일어서고 있었다.

호불태는 기가 막혔다. 이리되면 자기들이 오히려 거절당한 셈이 아닌가? 체면이 망가진 호불태. 물불 가릴 형편이 아니었다.

"이런 방자한 놈!"

퍼퍼펑!

호불태는 노기를 기화로 팔성 공력을 기울여 장풍을 뿌려 버렸다.

"쿨럭!"

장풍을 정통으로 맞은 곽무한이 피를 토하며 넘어졌다.

'음? 죽지 않았어?'

호불태는 곽무한이 시커먼 피를 쏟으면서도 몸을 일으키자 눈에 이채를 발했다. 그러나 주변의 눈이 있어 또 손을 쓰기는 뭣했다.

"그나마 우승자라 봐준다! 어서 꺼져라! 아니면 당장 목을 칠 테다!"

호불태는 서슬 푸르게 외쳤다.

"틀렸습니다, 채주님. 갑시다. 애초부터 저희가 마음에 들지 않은 거예요."

"맞습니다. 갑시다."

흑사와 백곰이 곽무한을 일으키며 말했다.

적호는 피눈물을 머금고 물러나왔다.

호불태는 어깨를 늘어뜨리며 떠나는 적호 등을 노려보다가 독시효를 돌아보며 빠르게 명을 내렸다.

"차라리 잘됐군. 장강의 고기 밥으로 만들어주면 되겠어. 그와 동시에 오강채에 시신을 넘겨주며 전말을 고해. 아예 적호채란 이름을 지워 버리지 뭐. 아참, 그리고 다음달에 있을 수중호걸연에 추가로 공지를 해라. 그 대회에서 우승한 수채의 후계자에게 딸아이를 준다고."

"그러지요."

독시효는 고개를 끄덕였다.

"아참, 그리고……."

돌아서던 호불태가 다시 고개를 돌렸다.

"황어가 그려진 목걸이에 대해 상세히 탐문을 벌여봐. 분명히 어디선가 본 기억이 나."

"예."

"아, 녀석들 처리할 때 혹시 모르니까 그 꼬마 녀석은 생포하는 방향으로 해. 왠지 찜찜한 기분이 들어."

"피해가 좀… 생길 텐데요?"

이미 곽무한의 무공을 본지라 독시효는 고개를 갸웃거리며 재차 확인했다.

"그래 봤자 아직 애야."

"예."

음모가 다시 펼쳐졌다.

그리고 밤.

"까아아아악! 약 올라! 그 거지 발싸개 같은 자식이! 곰보에다 평생 장가도 못 갈 것같이 생긴 꼴뚜기 자식이 감히 날 거절해! 으아아악!"

호혜린은 치미는 분노를 주체치 못해 밤새도록 고함을 질러댔다.

그리고 호혜린이 밤새도록 고함을 지르는 동안 복면을 뒤집어쓴 수십 명의 인영이 수채 문을 나섰다. 곽무한 일행을 추적, 살해하려는 민강수채의 인물들이었다.

*　　　　*　　　　*

삐이꺽삐이꺽!

조그만 배가 장강을 따라 흐르고 있었다.

곽무한 일행이 탄 배였다.

배 한 척 없이 쫓겨나다시피 한지라 아직도 민강수로의 중간이었다.

사위는 조용하니 들리는 것이라곤 노 젓는 소리뿐.

'음… 너무 조용해.'

적호는 달을 가린 먹구름을 보면서 왠지 불길한 생각이 들었다.

"무한인 좀 어때?"

적호는 그런 기분을 털어버리려는 듯 뒤를 돌아보며 말했다.

"괜찮습니다."

의외로 곽무한이 직접 대답해 온다.

"괜찮아? 흑수교의 장력을 직접 맞고도?"

호불태의 별호가 흑수교인 이유는 살인적인 장풍 때문이었다. 그의 장풍을 맞고 살아난 사람이 드물어서 '검은 손의 상어'라는 흑수교로 불리게 된 것이다.

"네, 운기조식을 하니 금방 괜찮아지던데요?"

"으음……."

적호는 곽무한의 무위를 짐작해 보려다 포기했다. 날마다 상상을 초월하며 무섭게 늘어나는 놈이니 생각해 봤자 머리만 아플 듯했다.

"태상채주 앞에서는 호불태의 장력을 받아냈다는 이야기는 하지 마라."

겨우 그 말만 하고 돌아섰다.

곽무한은 과자안에게 듣던 말을 다시 들으니 새삼스러웠다.

'꼭꼭 숨기자. 완전히 숨기자. 이제부터는 목숨이 걸린 일이 아니라면 절대 무공을 다 드러내지 말자.'

곽무한은 속으로 되뇌며 낚싯줄을 던졌다.

"이 녀석, 넌 긴장도 안 되냐?"

흑사가 뒤통수를 치며 물었다.

"긴장을 왜 해요, 몸만 굳어질 뿐인데?"

"녀석, 무공귀다운 대답이군."

흑사는 입맛을 다시며 돌아섰다.

어느새 일행들에게 무공귀라 불리는 곽무한이었다.

곽무한은 조용히 호흡을 가다듬었다.

근래 들어 부쩍 묘용이 많음을 알게 된 피부 호흡이었다.

스으으.

강바람이 스며들고 밤 공기가 스며들었다.

'저 달까지!'

곽무한은 눈을 반개해 달로 의념을 보냈다.

쏴아아!

느낌뿐이었지만 먹구름을 뚫고 달빛이 스며드는 기분이었다.

'잠룡연이 도움이 됐어.'

곽무한은 외줄 격투와 수중 대련, 그리고 절벽 입수를 겪으며 코앞에서 많은 죽음을 목격했다. 내색하진 않았지만 그 충격 때문인지 부쩍 커버린 느낌이었다.

'그런데 그 정신 나간 여자는 누구지?'

곽무한은 서서히 의념을 미친년처럼 고함지르다 저주를 남기며 사라진 은화연에게 모았다.

'얼굴 반을 가득 메운 눈망울, 콧등에 내려앉은 점, 그리고 또…….'

신기했다. 의념이 점점 은화연의 얼굴을 만들어내고 있었다.

'음?'

막 은화연의 얼굴이 또렷해질 무렵 미미한 공기의 파동이 느껴졌다.

'살기!'

곽무한은 눈에 불을 번쩍이며 낚싯대를 거머쥐고 자리에서 일어났다.

"음? 왜 그래?"

그 서슬 탓인지 모두가 놀란 얼굴로 일어났다.

"적인 모양입니다."

곽무한은 뒤도 돌아보지 않고 대답하고는 풍덩 물속으로 뛰어들었다.

"무한아, 혼자선 위험해!"

적호와 흑사, 백곰 등도 물속으로 뛰어들었다.

잠시 후 물속에서는 치열한 접전이 벌어졌다.

그중 압권은 곽무한이었다.

난생처음 싸워보는 적과의 실전.

비무대회도 아니고 연습도 아니었다.

아차 하는 순간에 목숨에 오가는 실제 전투였다.

시이잇!

곽무한은 물속에서 쉴 새 없이 낚싯줄을 휘둘렀다.

낚싯줄이 만든 하얀 원은 죽음의 포승인 양 그 어느 수중 병기보다 조용하고 빠르게 적의 목을 베고 가슴을 갈랐다.

그리고 곽무한이 펼친 피부 호흡은 어찌나 강력했던지 나름대로 물귀신이라는 놈들을 모조리 강심으로 끌고 가 올챙이배로 만들며 수장시켜 버릴 정도였다.

결국 민강수채 놈들은 미처 곽무한 등이 기다리고 있는 줄도 모르고 다가오다 강바닥에 숨어 있던 곽무한 등의 기습에 의해 모두 전멸하고 말았다.

*　　　*　　　*

"뭣이라? 어찌 됐다고?"

호불태는 어찌나 놀랐던지 마시던 찻잔을 떨어뜨리고 말았다.

"예, 그것이… 그것이… 다 죽었습니다."

"말도 안 돼! 사십 명이 한꺼번에?"

호불태는 고함을 지르며 벌떡 일어섰다. 그 기세에 호불태가 앉았던 의자가 산산이 박살나고 말았다.

"모두 시체로 변해 강물 위로 떠올랐답니다. 그 사실로 미루어보건대 물속에서 당한 것 같습니다."

"마, 맙소사! 물귀신이라 불리는 우리 아이들이 오히려 물에서 당해? 그걸 나보고 믿으란 말이냐?"

호불태는 도저히 믿기지 않는 독시효의 말에 버럭 고함을 질렀다.

독시효는 찔끔하면서도 계속 말을 이었다.

"문제는 그게 아니라… 서른 명의 사인이 비슷했습니다. 한 사람에게 당했다는 말이죠. 아무래도… 돌봐주는 사람이 있는 것 같습니다."

"서른 명의 시신이 비슷해?"

"예, 열 명 정도가 호흡 곤란으로 죽었고……."

"개 방구 같은 소리!"

물에서라면 물고기들과 대화를 나눌 정도인 수하들이 호흡 곤란으로 죽다니 당키나 한 소린가? 그러나 독시효는 설명 대신 계속 말을 이었다.

"나머지 스무 명 정도는 예리한 병기에 당했습니다. 그것도 머리카락보다 가는 병기에……."

"머리카락보다 가는 병기?"

"예, 추정컨대 상상도 못할 도의 고수입니다. 도법을 경지에 이르도록 연마한 자만이 그렇게 예리한 상처를 남길 수 있습니다."

독시효의 생각은 틀렸다. 곽무한의 낚싯줄이 만든 결과였다.

그러나 이 자리에 독시효 아닌 다른 사람이 있었더라도 그렇게 생각할 수밖에 없었을 것이다. 설마 하니 낚싯줄로 사람을 베었다고 그 누가 상상할 수 있으랴. 그러니 독시효가 도법의 고수가 도운 것이라고 오해할 만했다.

"물속에서 그 정도의 도법을 발휘할 정도라면……."

"대적 불갑니다. 절대 적으로 돌리면 안 되지요."

"끄응……."

호불태는 현기증을 느끼며 자리에 털썩 주저앉고 말았다.

"별수없이 놈들의 뒤처리를 오강채에 맡길 수밖에요."

"끄응, 그들이 움직일까?"

"아들을 잃은 원한도 있을 테고 아가씨까지 이용하면 움직이지 않을까요? 명분과 실리가 동시에 쥐어지니……."

"음……."

"형식적으로나마 수중호걸연에 참석하라고 하구요."

두 사람의 대화는 밤늦게까지 이어졌다.

제16장
갈림길

갈림길

은화연은 자욱한 운무 사이로 솟아오른, 사부가 은거하고 있는 무이산에 도착했다.

"휘유, 대단한 운무네."

무이산의 구름은 계절에 따라 천만 가지의 자태를 자랑한다고 하더니 과연 그랬다. 어릴 적 우연히 사부를 만나 이곳에 대한 설명을 듣긴 했지만 직접 찾아오기는 처음이었다.

은화연은 땀을 뻘뻘 흘리며 거대한 연못들과 시구가 새겨진 암벽들을 지났다. 그러자 눈앞에 천신이 도끼로 내리찍은 듯한 암봉이 나타났다.

"저 암봉을 지나야 한댔지?"

은화연은 사부의 모습을 그리며 암봉으로 오르는 길을 찾았다.

"휘유! 절경이구나!"

　암봉 뒤편에는 상상 밖으로 팔뚝만한 굵기의 대나무 숲과 하늘 높이 치솟은 잣나무, 두터운 목피로 전신을 두른 소나무 숲이 무성했다. 그리고 숲을 지나자 웃자란 들풀과 각양각색의 꽃들이 어우러진 넓은 초지가 나타났다.

　"여기서 부르면 됐댔지? 사부님! 사부니임!"

　은화연은 초지 끝 자락에서 무저갱처럼 쩍 입을 벌리고 있는 절곡을 내려다보며 고함을 질렀다. 그러나 한참을 기다려도 아무런 반응이 없었다.

　"이상하네? 분명히 여기랬는데?"

　은화연이 다시 고함을 지르려는 순간,

　크르르!

　갑자기 등 뒤에서 짐승의 포효성이 들려왔다.

　가슴이 철렁한 은화연은 채대로 손을 가져가며 조심스레 고개를 돌렸다.

　"헉!"

　은화연은 고개를 돌리자마자 기겁성을 터뜨리며 자리에 주저앉고 말았다. 하얀 표범들이 번개같이 자신을 덮쳐 오고 있었기 때문이다.

　"능청아! 부끄럼쟁이야! 멈춰!"

　바로 그때 구원의 목소리가 들려왔다. 옥구슬 굴러가는 듯한 목소리. 사부였다.

　"우와앙! 사부님!"

　은화연은 갑자기 설움과 반가움이 북받쳐 눈물을 터뜨리며 사부에게 뛰어갔다.

　"호호, 우리 귀염둥이 제자구나. 어서 온. 반갑구나, 반가워."

은화연의 등을 토닥토닥 두드리며 미소를 짓는 여인. 이제 갓 서른이 넘었을까? 그녀는 환상적인 미모를 지녔다.

기러기가 날아가듯 살짝 휘어진 눈썹에 흑요석처럼 크고 짙은 눈망울, 거기다가 쪽마늘처럼 오뚝한 코에 도드라니 선 고운 입술.

은화연과 닮은 부분이 있다면 코 위에 내려앉은 매력 점이었다.

"흑흑, 보고 싶었어요, 사부님."

은화연은 응석 부리듯 계속 사부의 품속으로 파고들었다.

"훔… 네가 안 하던 짓을 하는 걸 보니 뭔가 문제가 생겼구나. 무슨 일이지?"

사부는 귀신같았다.

"아녜요. 아무 일도 없었어요. 그냥… 무공을 좀 더 배우려고 왔어요."

"흠? 무공? 지긋지긋해서 더 배우기 싫다더니?"

은화연에게 사부라 불린 여인은 살짝 눈을 흘기며 풀잎을 따다 물었다.

"그게… 이젠 배우고 싶어졌어요."

은화연은 뺨을 붉히며 기어들어 가는 목소리로 대답했다.

"흠… 그래? 뭐, 그렇다면 동부로 가서… 누구얏? 나와!"

갑자기 그녀가 고개를 홱 돌렸다. 그러자 숲 속에서 까무잡잡한 괴인들이 기어나왔다.

"화왕신녀(花王神女)시여!"

괴인들은 사부를 보자마자 고개를 조아렸다.

"야, 화진걸, 파추룽! 너희들 또 왔어?"

사부의 눈꼬리가 확 휘었다.

'누굴까? 보아하니 묘족 같아 보이는데? 화왕신녀라면 만독장이 떠받드는 신녀잖아? 그녀는 우화등선했다는 전설 속의 여인인데?'

은화연은 고개를 갸우뚱했다. 사부가 화왕신녀라 불리니 이해가 되지 않았던 것이다.

"시, 신녀님, 제게 손자가 태어나서 축원을 부탁드리러……."

"저는 이번에 아들놈이 결혼을 하게 되어서……."

연신 고개를 숙이는 괴인들. 그러고 보니 머리카락이 녹색이었다.

'헉! 묘족에 녹색 머리카락! 게다가 화씨와 파씨라면 만독장 최고 수뇌부만 세습하는 성씨잖아? 서, 설마……?'

은화연이 짐작한 그 설마가 맞았다. 두 사람은 만독장의 당금 장주와 장로였다.

"미치겠네. 야, 이 자식들아, 내가 몇 번이나 말했냐? 난 너희가 떠받드는 화왕신녀 따위엔 관심없댔잖아! 그 이야긴 사부와 함께 하늘나라로 도망쳐 버린 화왕성모(花王聖母), 화련 언니에게나 하란 말이야! 난 철담마후(鐵膽魔后)야, 철담마후!"

철담마후!

무림인들이 알면 가슴이 철렁해 귀를 틀어막으며 도망칠 이름이었다. 부인과 함께 하늘로 등선해 이미 전설이 되어버린 그 이름 검선(劍仙) 이지환의 제자이자 지금은 해산하고 없지만 오십 년 전 사파 최대의 세력이었던 철마성의 성주이자 강호 최대의 신비 문파인 군룡문의 안주인이 바로 그녀였다. 거기다가 치명적인 극독만 다룬다는 만독장의 신녀의 신분까지.

철담마후는 신분도 신분이었지만 특유의 막무가내식 손속 때문에 더 유명했다. 천고의 영물인 하얀 백표 두 마리를 거느리고 다니며 그 누구라도 마음에 들면 그가 천하의 악당이라도 끼고 돌고 마음에 들지 않으면 소림사의 장문인이라도 혼찌검을 내어버리는 희대의 마녀요 요녀가 바로 그녀였다.

만약 그녀가 당시의 군룡문의 문주이자 녹림십팔채의 태상호법이며 황실을 수호하는 천추신검령(千秋神劍領)의 영주였던 호영신검을 만나지 않았다면 분명코 무림의 공적이 됐으리라.

'마, 맙소사! 우리 사부가 전설의 철담마후였어? 그럼 도대체 사부님의 지금 나이가 몇이란 소리야?'

은화연은 너무 놀라 뒤로 까무러칠 것 같았다.

이제껏 마인들을 휘하에 둔 은거 고수로만 알고 있었던 자신이 한심할 지경이었다.

"신녀 누님, 제발 옛정을 생각해서라도……."

"신녀 누님, 제발……."

은화연은 이제 더 이상 놀랄 힘도 없었다.

천하의 만독장 장문인과 장로가 사부더러 누님이란다.

하긴 정말 철담마후라면 나이가 벌써 예순은 훨씬 넘었으니…….

'복수는… 복수는 거저 먹기야!'

은화연은 뛰는 가슴을 진정시키느라 애를 먹었다.

*   *   *

자갈밭은 한여름 뙤약볕에 달아올라 무척 뜨거웠다.

장직은 오랜만에 자갈밭으로 나섰다.

그동안 수채 깊숙한 곳에 위치한 폭포 근처에서 철면노호의 집중 지도를 받느라 정신이 없었기 때문이다.

"젠장, 굉장히 덥군."

장직은 땀을 닦다가 귀를 쫑긋했다.

크르르! 컹컹!

이 소리. 분명히 늑대의 울음소리였다.

'곽무한 그 자식이 키우던 그 늑대!'

장직은 소리가 들려오는 쪽으로 걸음을 재촉했다.

'요것들 봐라?'

장직은 수채 근처의 호숫가에 이르러 얼굴을 찌푸렸다.

커다란 잣나무 아래 미루와 매옥, 무견이 청랑과 놀고 있었다.

'휴식 시간인가?'

슬쩍 고개를 돌려보니 그런 것 같았다. 아이들이 모두 그늘에 모여 한담을 나누고 있었다.

'이것들이 독호 부채주께서 출타하시니 아예 겁이 없군.'

장직은 한참 매옥과 미루를 노려보다가 다시 시선을 청랑에게로 향했다.

'그러고 보니 움직이는 상대를 대상으로 한 연습은 전혀 해본 적이 없군.'

장직은 손에 비수를 쥐었다.

'가뜩이나 내 실력을 시험해 볼 기회가 없어 안타까웠는데 잘됐다. 저 늑대새끼에게 비도술을 시험해 보자.'

장직은 야릇한 흥분을 느꼈다. 곽무한이 아끼는 녀석이라 더 그랬다.

장직은 잠시 숨을 고르다가 눈을 번쩍 빛내며 세 개의 비도를 날렸다.

피피핏!

청랑의 목과 다리를 노리며 쾌속하게 날아가는 비도.

캬앙!

비도 소리에 놀란 청랑은 재빨리 몸을 틀었다. 그 바람에 비도는 청랑의 발을 스치고 아슬아슬하게 지나갔다.

'캬오오! 어떤 녀석이?'

청랑이 갈기를 세우며 고개를 돌렸다.

청랑의 눈에 심술궂게 생긴 얼굴이 들어왔다. 그놈은 살기 띤 눈으로 다시 반짝이는 물체를 치켜들고 있었다.

크와앙!

청랑은 포효를 터뜨리며 장직을 향해 몸을 날렸다.

"앗! 청랑! 안 돼!"

뒤늦게 매옥과 미루가 비명을 질렀다. 그러나 이미 청랑은 장직의 어깨를 물어뜯고 있었다.

"이를 어째, 이를 어째."

매옥과 미루가 발을 동동 굴렀다. 장직의 어깨가 피투성이로 변하고 있기 때문이었다.

크르릉! 캬오오!

청랑은 장직의 어깨를 사정없이 물어뜯었다.

"으아악! 이 빌어먹을 늑대새끼가! 사람 살려!"

어깨가 바스러지는 느낌이었다. 장직은 죽어라 비명을 질렀다.

"청랑! 그만 해!"

급기야 매옥과 미루가 청랑을 뜯어냈다.

바로 그 순간,

“이 하찮은 미물이!”

슈슈슉!

허공에서 쩌렁쩌렁한 호통 소리가 들려오더니 거센 경력이 청랑에게 날아들었다.

“태상채주님!”

장직은 반색한 표정으로 외쳤고,

캬앙!

뒷다리에 장력을 얻어맞은 청랑은 구슬픈 비명을 터뜨리며 멀리 달아났다.

“재빠른 녀석이군. 괜찮으냐?”

철면노호는 청랑을 노려보다가 장직을 일으켰다.

“못난 모습을 보여 죄송합니다.”

장직은 어깨를 매만지며 고개를 푹 숙였다.

“음… 이만하길 다행이다. 다행히 뼈는 상하지 않았구나.”

장직의 상처를 돌봐준 철면노호는 매옥과 미루를 매섭게 노려봤다.

“감히 허락도 받지 않고 짐승을 불러들이다니! 이것들에게는 사흘간 물 한 모금 주지 말고 땡볕에 묶어버려!”

“태상채주님, 잘못했어요.”

뒤늦게 미루가 애원했지만 철면노호는 들은 척도 하지 않고 본채로 사라졌다. 철면노호가 사라지자 장직은 기세등등해졌다.

“이놈의 계집애들, 너희들 때문에 내 어깨가 이렇게 됐잖아. 어쩔 거야? 물어내! 어서 물어내란 말이야!”

장직은 매옥과 미루의 뺨을 때리며 마구 화풀이를 했다.

“너무한 거 아냐? 우린 그냥 청랑과 놀고 있었을 뿐이야. 비도를 날린 네 잘못이잖아?"

매옥이 부푼 뺨을 만지며 항의했다.

"이게 말대꾸를? 너희들이 늑대새끼를 끌어들이지 않았으면 내가 왜 비도를 던져? 아저씨, 더 볼 것도 없어요. 자갈밭 한가운데 묶어버려요!"

장직은 다가오는 친위대들에게 매옥 등을 떠넘기고는 그늘에서 쉬고 있는 아이들에게 다가갔다.

"훈련 안 하고 뭣들 하는 거야? 모두 일어섯!"

'젠장, 한동안 조용하다 싶더니…….'

아이들은 안색을 흐리며 뙤약볕으로 나왔다.

"이야압!"

"타하앗!"

다시 기합성이 시작됐다.

아이들을 몰아내고 그늘을 차지한 장직은 상처 입은 어깨를 어루만지며 아이들을 감독하기 시작했다. 미루는 그 모습에 약이 올랐다.

"흥! 두고 봐. 무한 오빠가 돌아오면 너 따윈 다시는 힘도 못 쓰게 될걸?"

미루는 들으라는 듯 소리를 질렀다. 그러나 장직은 콧방귀만 뀌었다.

"흥, 곽무한? 차라리 그 녀석이 빨리 왔으면 좋겠다. 이번에 돌아오면 그 녀석, 무시무시한 처벌을 받게 될걸?"

"피, 겁나면 겁난다고 말해, 허풍 떨지 말고!"

미루가 약이 올라 소리쳤다. 그러나 장직은 비웃음을 흘렸다.

"후후후, 잘 들어. 너희들 아직도 곽무한을 믿고 있는 모양인데 그 녀석은 돌아오면 죽은 목숨이나 마찬가지야. 녀석이 겁없이 무공만 믿고 날뛴 걸 내가 태상채주께 다 고해 바쳤거든. 무슨 말인지 알아? 녀석은 이제 이곳에서 살아남지 못해. 알고나 있어. 호호호호.”

“말도 안 돼!”

“말이 되나 안 되나 지켜봐. 푸하하하하!”

장직은 이죽거리는 웃음을 남기고 사라졌다.

꼬맹이 미루는 장직이 남기고 간 말에 더럭 겁이 났다. 그래서 창백한 낯빛으로 매옥에게 물었다.

“언니, 저 녀석 말이 사실이면 어쩌지?”

“정말 사실이면 달아나라고 하지 뭐.”

매옥이 이를 악물며 대답했다.

“잉, 그러다 잡히면?”

미루는 걱정 띤 목소리로 다시 물었다.

“무한 오라버닌 안 잡혀!”

“응, 하긴…….”

미루는 확신에 찬 매옥의 말에 고개를 끄덕였다. 그러나 금방 시무룩한 표정으로 변하며 고개를 푹 숙이고 말았다.

쨍쨍!

뜨거운 햇살은 자갈밭을 달궜다.

매옥과 미루, 무견은 뜨거운 태양 빛을 못 견뎌 조금씩 신음을 흘렸다.

청랑은 햇살 쏟아지는 늑대 굴 입구에서 아이들을 내려다봤다.

‘크르르! 아예 저 인간을 죽여 버리는 건데… 아이고, 아파라.’

청랑은 철면노호와 장직이 사라진 본채를 한참 노려보다가 다리를 절뚝이며 계곡으로 사라졌다.

청랑이 찾는 것은 시원한 과일이었다.
곽무한이 없는 동안 자기와 놀아준 친구들, 지금은 뙤약볕 아래에서 고통받고 있는 미루와 매옥을 위해서였다.
'크릉! 향기가 짙어지고 있어.'
청랑은 한 발 한 발 과일 향기가 나는 곳으로 걸어갔다.
빽빽한 송림을 지나 우거진 수풀로 들어서니 과연 주렁주렁 과일을 달고 있는 나무가 보였다.
'크릉. 저거다!'
청랑은 주먹만한 은백색의 과일을 노리고 힘껏 도약했다. 그런데 과일을 막 입에 넣으려는 찰나, 나무 위에서 뭔가가 번쩍하더니 시커먼 게 눈앞으로 휙! 날아왔다.
깜짝 놀란 청랑은 재빨리 허리를 비틀어 땅바닥으로 되돌아왔다.
놀란 가슴을 추스르고 보니 거대한 금빛 성성이가 잔뜩 화난 표정으로 가슴을 두드리고 있었다.
'끼깅!'
청랑은 가슴이 철렁했다.
제아무리 흡혈청랑이 강하다 한들 도검불침의 피부에, 만년거암이라도 단숨에 부숴 버리는 괴력의 금모성성이에겐 당할 재간이 없었다.
끄와악!
청랑이 꼬리를 말고 있는 동안 금모성성이가 붉은 안광을 번쩍이며 날아왔다. 양팔로 땅을 한 번 짚는가 싶었는데 단숨에 코앞이었다.
'끼깅! 달아나자!'

청랑은 황급히 몸을 돌렸다.

그런데 아뿔싸, 저건 또 누구란 말인가?

청랑이 몸을 튼 뒤쪽에는 진주 같은 까만 눈망울에 기이한 눈빛을 빛내고 있는 설아가 서 있는 게 아닌가?

'끼기깅! 크, 큰일났다.'

청랑은 설아를 알고 있었다. 옛날에 무리를 이끌 때 계곡에서 몇 번 마주치기도 했고 곽무한을 공격할 때 그녀가 이끄는 백호에 의해 혼쭐이 나기도 했다.

설아를 본 청랑은 결국 오금이 저려와 버쩍 얼어버렸다.

빠카칵!

그 덕분에 뒤통수에 불벼락 같은 통증이 엄습했다.

청랑은 세상이 하얗게 변하는 느낌을 받으며 일 장 밖으로 나뒹굴고 말았다.

"금왕 아줌마, 잘했어요. 드디어 저 못된 녀석을 잡았군요."

설아는 차가운 한기를 내뿜으며 청랑에게 다가갔다.

"털북숭이와 할아버지를 잡아먹으려고 한 나쁜 녀석! 그리고 우리 귀여운 아가들을 마구 잡아먹는 녀석! 어디 혼 좀 나봐라!"

설아는 품속에서 가느다란 침을 꺼냈다.

'끼깅!'

청랑은 기겁을 했다. 기다란 침을 꺼내 드는 설아의 눈빛이 너무 무서워 보였다. 청랑은 얼른 사지를 버둥거리며 애원하는 표정을 지었다.

"이잉, 이 녀석, 마음 약해지게 왜 눈물을 글썽이지?"

설아는 침술로 청랑의 혈맥을 찔러 당분간 움직이지 못하게 만들려고 했다. 설아 성격으로 봤을 때 엄청난 징계 조치였다. 그러나 설아는 청랑의 눈빛을 보고는 그만 마음이 흔들려 버렸다. 그러고 보니 예전의 그 흉맹스럽던 눈빛이 아니었다. 많이 부드러워져 있었다.

"잉, 자꾸 그렇게 쳐다보니 찌를 수가 없잖아."

망설이는 설아의 눈에 청랑이 노리던 은백색 과일이 들어왔다.

"과일? 아, 그럼 아가들 대신 과일을 먹으려고? 아유, 이뻐라. 입맛을 바꿨구나! 좋아, 이번 한 번만 봐줄게. 대신 두 번 다시 우리 아가들을 잡아먹거나 털북숭이를 괴롭히면 혼을 내줄 거야. 알았지?"

설아는 협박이랍시고 눈을 크게 떠 보이며 침을 집어넣었다. 그러고는 생긋 웃음으로 은백색 과일을 내밀었다.

"자, 배가 고팠던 모양이니 어서 먹어."

'컹! 뭔 소리래?

일단 주니 받긴 했다만 왜 손뼉까지 치며 좋아하는지 이유를 모르겠다. 그러나 얼른 이 자리를 피해야겠다는 생각에 청랑은 조심스레 과일을 물고 뒤돌아섰다.

"음? 그러고 보니 다리를 다쳤네?"

설아는 절룩이는 청랑을 보고 마음이 아팠다.

"이리 와봐. 내가 고쳐 줄게."

설아는 청랑을 불러 세웠다.

"아파도 조금만 참아. 알았지?"

다시 침을 꺼내 든다.

'켁?

청랑은 깜짝 놀라 과일을 떨어뜨렸다.

그러나 죽이려는 게 아니고 다리 부근에 침을 놓는다. 처음엔 아팠지만 조금 시간이 지나자 다리가 시원해져 왔다.

"어머? 과일을 아직도 안 먹었네? 왜 안 먹지?"

설아는 청랑이 떨어뜨린 과일을 보며 잠시 의아해했다. 그러나 지레짐작으로 이내 활짝 웃었다.

"아, 이런 바보. 양이 모자란 모양이구나? 자, 이것도 먹어."

설아는 품속에 지니고 있던 영과 천음실을 꺼내 청랑에게 주었다.

'크왕?

청랑은 눈이 번쩍 뜨였다. 영과임을 알아본 것이다.

청랑은 입이 쩍 벌어져 허겁지겁 천음실을 먹었다.

갑자기 온몸에 힘이 뻗치는 것 같았다.

'쿠오오!'

힘이 부쩍 솟은 청랑. 순간 아까 뒤통수를 맞은 기억이 났다.

찌리릿!

갈기를 세우며 금모성성이를 노려봤다.

그러자 기분이 와락 나빠진 금모성성이는 입을 크게 벌리며 마주 노려봤다.

'끼깅.'

청랑은 재빨리 꼬리를 말았다.

녀석의 입 냄새를 맡아보니 자기보다 영과를 더 많이 처먹은 놈이었다.

"호호, 싸우지들 마."

설아가 웃으며 두 짐승의 기 싸움을 말렸다.

'이것마저 먹어버려?

청랑은 바닥에 고이 놓인 은백색 과일을 두고 고민했다. 은백색 과일에서도 은은한 영기가 느껴졌다.

'그러나 의리가 있지.'

청랑은 힘없이 과일을 물고 돌아섰다.

"어머, 기특해라. 나중에 먹으려고 아끼는 거 좀 봐."

설아는 숲 속으로 사라지는 청랑을 보며 웃었다. 그러다가 갑자기 한 사람의 웃는 얼굴이 떠올랐다. 늑대를 본 때문이었다.

'그 애… 어디로 가버렸을까?'

곽무한의 얼굴을 못 본 지도 벌써 두 달이 넘었다. 설아는 가슴에 물밀듯한 그리움이 몰려오는 것을 느끼며 멍하니 서 있었다. 그러다가 무슨 생각이 났는지 금왕을 돌아봤다.

"해지기 전에 할아버지가 말한 약초를 찾아야 해요, 금왕 아줌마. 이번에는 저쪽으로 가봐요."

설아는 한숨을 내쉬며 다시 약초를 찾았다.

*　　　*　　　*

"에휴우, 이제 어쩐다?"

절벽 위 조그만 모옥에서 나지막한 한숨 소리가 나왔다.

설아의 조부인 채 노인이었다.

지금 채 노인이 땅이 꺼져라 한숨 쉬는 이유는 설아 때문이었다.

믿기지 않게도 이제는 더 이상 설아에게 가르칠 게 없었다.

설아는 채 노인이 평생 익혀온 의술은 물론이고 죽은 자의 혼까지 되돌린다는 전설의 비방 천외옥환회혼지술까지도 이제 극성에 이르러 실제 사람을 상대로 치료해 보는 과정만 남았다.

사실 그쯤 되면 채 노인이 덩실덩실 춤을 춰야 옳았다.

자신의 평생 숙원이 이루어진 마당이니 고민할 이유가 없었다.

물론 채 노인도 기쁘고 흐뭇했다. 이게 꿈인가 현실인가 하여 자다가도 벌떡 일어나 뺨을 꼬집어볼 정도였다. 그러나 시간이 갈수록 채 노인이 고민할 수밖에 없는 이유가 있었다.

채 노인에게 가장 큰 고민은 더 이상 설아에게 외출을 금지시킬 명분이 없다는 것이었다.

벌써 설아의 나이 열넷.

만약 이 외진 절벽 꼭대기가 아니었다면, 아니, 자신이 역모로 쫓기는 신세만 아니었다면 설아의 몸가짐을 조신시켜 혼처를 알아볼 나이였다. 그게 당시의 법도요 여인의 일생에 있어 바람직한 방향이었다.

그런데 이런 궁벽한 골짜기에 처박혀 있으니 채 노인으로서는 여간 고민이 아니었다.

'이래서야 혼사는 둘째 치고 도무지 사람과 어울려 살 팔자가 못 되겠구나.'

그래서 며칠 전 채 노인은 설아를 설득해 봤다.

'예쁜 귀염둥이야, 이 할아비 소원이란다. 이제 그만 세상으로 내려가자꾸나.'

얼마 전 마을로 내려가 보니 세월이 흐른 탓인지 수배령이 해제되어 있었다. 게다가 인근 마을에 의원이 없어 자신과 설아의 의술이라면 재물은 못 모아도 그럭저럭 유복한 생활은 할 수 있을 것 같았다.

그러나 빌어먹을.

'싫어요!'

좋아할 줄 알았던 손녀딸이 펄쩍 뛰며 반대했다.

'전 아가들과 노는 게 더 좋아요.'

말도 안 되는 소리였다.

'이것아, 사람은 사람들과 어울려 살아야 한다.'

마을로 내려가면 왜 좋은지, 마을에서 살면 어떤 재미가 있는지 여러 가지 사례를 예로 들며 설명을 했다. 그러나 손녀딸의 반응은 똑같았다.

'휴우우······.'

덕분에 채 노인의 고뇌는 깊어만 갔다.

게다가 이제는 의술까지 익힌 손녀딸은 보란 듯 한술 더 떴다.

그 대화가 있은 직후부터는 아예 대놓고 온 동네 짐승들을 끌어들여 치료를 해주고 있었다.

결국 고민하던 채 노인이 궁여지책으로 생각해 낸 게 바로 단환(丹丸) 제조였다. 무슨 구실로든 설아와 동물들을 조금이라도 더 오래 떼어놓으려는 발버둥이었다. 그러나 단환 제조는 시도를 안 하느니만 못했다.

'빌어먹을, 뭔 짐승들이 그렇게 개 코인지… 에효오!'

설아는 찾아오라고 시키는 약초마다 금방 가져왔다.

짐승들과 떨어뜨려 놓으려고 시킨 일을 오히려 짐승들을 이용해 번개같이 찾아오는 것이었다. 그러니 이젠 단환 제조도 거덜날 처지. 뭔가 특단의 조치가 필요했다.

'혼자서는 아무리 생각해 봐야 소용없으니······.'

채 노인은 결국 옷을 갖춰 입고 마을로 내려갔다.

용문 선착장 주변 마을은 오가는 행인들로 북적였다.

‘근래 들어 마을이 점점 커지는구나. 좋은 일이야.’

채 노인은 선착장 주변을 둘러보다가 허름한 객잔으로 들어갔다.

“어서 옵서!”

점소이 녀석이 얼른 자리를 안내했다.

“간단한 차나 한잔 주게.”

채 노인은 가볍게 주문을 하고는 주변을 둘러봤다. 말상대가 될 만한 사람을 찾으려는 것이었다.

‘옳거니!’

마침 맞은편 자리에서 소채를 먹고 있는 여승들이 보였다.

여승들은 모두 세 사람으로 선장(禪杖)을 손에 든 곱게 늙은 스님이 한 명, 천으로 된 두루마리를 어깨에 멘 젊은 스님이 두 명이었다. 채 노인은 자신의 몸가짐을 살펴보고는 조심스레 여승들에게 다가갔다. 그리고 공손히 읍을 하며 입을 열었다.

“저어… 스님, 소인이 한 가지 여쭈어봐도 되겠습니까?”

막 소채를 집어 들던 늙은 여승, 아미파의 장로 신분인 경진 사태(驚振師太)는 낯선 목소리에 천천히 고개를 돌렸다.

보아하니 허름한 촌부.

“예, 말씀하시지요.”

경진 사태는 미소를 머금으며 고개를 끄덕였다.

“저어기… 제게 손녀딸이 하나 있습니다. 근데 이 녀석이…….”

채 노인은 한숨을 섞어가며 하소연하듯 자신의 고민을 읊어댔다.

“호오, 그런 기사가?”

경진 사태는 동물들과 대화를 나눈다는 손녀딸 이야기에 호기심을 표했다. 옆에서 듣고 있던 경진 사태의 제자 묘진(卯珍)과 묘운(卯雲)도

마찬가지 표정이었다.

이야기에 흥미를 느낀 그들은 채 노인을 자기들의 빈자리에 앉혔다.

"그렇다면 시주의 말씀은 여자애들이 가장 재미있어할 재주가 뭔지 궁금하단 말씀이시구려."

"예, 그렇습니다."

채 노인은 경진 사태의 단아한 웃음을 보며 급히 들이키던 찻잔을 내렸다. 스님의 반짝이는 눈빛을 보니 뭔가 답이 나올 것 같았기 때문이다. 그러나 스님의 입에서 나온 말은 예상 밖이었다.

"그 아이에게 무공을 가르쳐 봄이 어떻겠습니까?"

"예? 지금 무공이라고 하셨습니까?"

채 노인은 펄쩍 뛰며 고개를 저었다.

"당치 않습니다, 당치 않아요. 여자애가 어찌 무공을 배운다며 설쳐 댄단 말입니까? 비록 지금은 비록 몰락했지만 제 손녀딸은 명문가의 여식입니다. 행여라도 그런 말씀 마십시오!"

말로는 모자랐는지 채 노인은 아예 팔까지 휘휘 휘저었다.

'애석하구나. 이런 기회를⋯⋯.'

옆에서 듣고 있던 묘진은 이 어리석은 촌부를 보고 탄식했다.

득도한 자신의 스승 경진 사태의 입에서 무공이라는 이야기가 나올 정도면 문하로 받아들이고 싶다는 의중의 표현이었다.

이는 정말 드물고도 드문 일이었다. 아미파 최고의 고수이자 여자의 몸으로 강호십대고수에 드는 경진 사태. 그 문하가 될 기회를 단번에 날려 버리는 저 무식함이라니⋯⋯.

"으음⋯ 그럼 시주께서 원하시는 것은?"

"여자 아이가 배울 만한 것으로 추천해 주시면 은혜를 잊지 않겠습니다."

'여자 아이가 배울 만한 것이라……'

채 노인의 말에 경진 사태는 잠시 고민을 했다.

동물들과 대화가 가능하다는 말은 정신 감응이 된다는 말. 그렇다면 상단전이 일반인보다 엄청나게 발달되어 있다는 말과도 같다. 이는 무림인들이 바라 마지않는 천부적 자질로 선택받은 자들에게만 내려지는 하늘의 은혜였다. 경진 사태는 이 촌부가 말한 여자 아이와 인연을 맺고 싶었다.

'뭐가 좋을까, 뭐가……'

코흘리개 시절에 속세를 떠난 고승이니 속세의 풍물에 대해 아는 게 얼마나 되랴? 그러나 다행히 경진 사태는 묘안을 찾아냈다.

"음(音)을 배우면 어떻겠습니까?"

"음이라구요?"

"사, 사부님!"

경진 사태의 말에 채 노인은 고개를 갸웃했다. 그러나 묘진과 묘운은 눈을 둥그렇게 뜨며 사부를 쳐다봤다.

젊은 여스님들의 반응에 채 노인은 뭔가 느낌이 왔다.

'말 한마디 없던 젊은 여스님들이 저렇게 놀랄 정도라면 좋은 것인 모양이다.'

"좋습니다. 그게 낫겠습니다."

채 노인은 기회를 놓칠세라 크게 고개를 끄덕였다.

'맙소사!'

묘진과 묘운은 울상이 되어 사부를 쳐다봤다. 어느새 경진 사태가 품속에서 빛바랜 책자를 꺼내고 있었기 때문이다.

"만상조화보(萬象造化譜)라 합니다."

경진 사태는 내민 것은 얇은 악보(樂譜)였다.

"어이쿠, 직접 책까지 주시다니……."

채 노인은 공손히 악보를 받아 들고는 쓰윽 훑어봤다.

물론 음에 까막눈인 채 노인이니 본다고 뭘 알 수 있으랴?

채 노인이 책을 펼쳐 본 이유는 범상치 않은 세월의 흔적 때문이었다.

가장자리가 너덜너덜하고 글씨가 희미하기 짝이 없는 걸로 미루어 족히 수백 년은 넘어 보였다.

"아이고, 이런 귀한 물건을……."

채 노인은 황공해 몸 둘 바를 몰랐다.

"아닙니다. 이걸 구해오는 날에 시주를 만나게 된 걸 보니 하늘의 안배인 듯합니다."

경진 사태는 입을 가리며 웃다가 몇 가지 당부의 말을 일러주었다.

"오백 년 전 천음선자(天音仙姿)라는 분이 계셨는데 그분의 유물이랍니다. 본 파와 인연이 있어 우연히 입수하게 되었답니다. 주의할 것은 절대 남들에게 보이지 말고 심산에서 익혀야 한다는 겁니다. 그렇지 않으면 살신지화(殺身之禍)를 입게 됩니다."

"심산에서요? 게다가 살신지화까지? 아이구, 그럼 안 되겠습니다."

채 노인의 바람은 손녀딸과 함께 마을로 나오는 게 아니었던가? 그런데 심산에서 익혀야 하다니……. 게다가 살신지화의 위험까지……. 그렇다면 아무리 좋은 것일지라도 그림의 떡이나 마찬가지라 생각되어 얼른 책자를 탁자 위에 내려놓고 말았다.

"맙소사! 이 귀한 것을……!"

비록 사부가 쉽게 구한 듯 이야기했지만 만상조화보를 구하기 위해 아미파가 투자한 시간과 인력이 얼마였던가?

묘진과 묘운은 그걸 가볍게 내주는 사부나 또 그걸 단박에 물리치는 노인이나 도저히 이해가 되지 않았다. 그러나 경진 사태는 과연 기인이었다. 그 귀한 비급을 허름한 촌부가 거절하는데도 낯빛의 동요가 전혀 없었다. 오히려 차분히 거절하는 연유를 물었다.

'세상에! 겨우 마을로 나오기 위해 저 귀한 보물을 거절한단 말인가?'

묘진과 묘운은 기가 막혀 입을 쩍 벌렸다. 그러나 경진 사태는 조용히 미소를 머금었다. 이 노인이 벽창호같이 구는 이유를 알아낸 때문이었다. 이제 그 이유를 알았으니 노인의 생각만 바꿔주면 되는 것.

경진 사태는 천천히 본신 내공을 움직였다. 그러자 경진 사태의 몸에서 환한 후광이 비쳤다.

"어이쿠! 이제 보니 신승이셨군요!"

채 노인은 경진 사태의 몸에서 갑자기 광채가 쏟아지자 연신 이마를 탁자에 찧었다.

경진 사태는 벌벌 떠는 채 노인의 모습을 보며 슬머시 미소를 짓다가 진기가 실린 은은한 목소리로 말했다.

"노인의 염려가 너무 과하시군요. 그만한 재주를 가진 손녀시라면 심산 절벽 아니라 절해고도에 있어도 하늘이 그 배필을 내려줄 것입니다. 그것도 인세에 드문 짝으로요. 그러니 전혀 걱정하실 필요 없습니다."

마귀의 혼백을 무너뜨리기 위해 만들어졌다는 아미파의 신공 대범음신공(大梵音神功)이 고작 촌부의 마음을 움직이기 위해 쓰여졌다.

"아이쿠! 알겠습니다, 알겠습니다."

물론 대범음신공의 효과는 직방이었다. 채 노인은 정신없이 고개를 숙였다.

"가시다가 비파를 하나 사시지요. 비파를 위해 만들어진 곡이랍니다. 그리고 손녀따님에게 언제고 기회가 되면 아미파의 경진 사태를 꼭 한 번 찾아오라고 전해주십시오."

"그러겠습니다. 아미파의 경진 사태… 헉? 아미파?"

아무리 채 노인이 촌무지렁이로 숨어 살았다지만 구대문파 중의 하나인 아미파를 어찌 모르랴? 깜짝 놀란 채 노인이 고개를 쳐들었지만 탁자엔 어느새 향 냄새만 가득할 뿐 인적이 없었다.

"신인(神人)이셨구나. 하늘이 이 늙은이를 위해 보내주신 신인이셨어."

채 노인은 망연히 빈자리를 바라보다 허겁지겁 악보를 챙겨 넣고 객잔을 나섰다. 당연히 비파를 사기 위해서였다.

툭!

워낙 급히 나선 때문일까? 채 노인은 누군가와 어깨를 부딪쳤다.

"이크! 죄송하오, 죄송하오."

아직 신인을 본 충격과 흥분에서 채 벗어나지 못한 채 노인. 누군가 살필 겨를도 없이 정신없이 사과부터 했다. 그때 귀에 들려온 목소리.

"괜찮아요."

컬컬한 목소리였다.

"음?"

정신을 차리고 보니 육 척 체구의 사내였는데 소년 같기도 했고 청년 같기도 했다.

"큼, 큼, 나도 실수를 하긴 했다만 덩치가 산만한 녀석이 이런 힘없는 노인도 못 피하다니, 눈은 뒀다 어디 쓰려……."

채 노인은 머쓱한 기분을 털어내려 몇 마디 쏘아붙이다가 입을 다물고 말았다. 그 청년 같은 소년의 눈자위의 흉터 자국을 본 때문이었다. 그리고 보니 얼굴도 온통 얽어 있는 곰보였다.

'이크, 꿈에 볼까 무섭다!'

"큼, 큼, 조심해라."

채 노인은 괜히 재수없다는 생각이 들어 얼른 자리를 떴다.

"이상한 노인이군."

곽무한은 못 볼 걸 봤다는 표정으로 걸음을 재촉하는 노인을 지그시 바라보다 객잔 안으로 들어갔다.

"여기다!"

변복한 적호가 객잔 구석에서 손을 흔들었다.

곽무한은 서둘러 자리에 합석했다. 배를 묶고 오느라 늦은 것이다.

제17장
분노의 계절

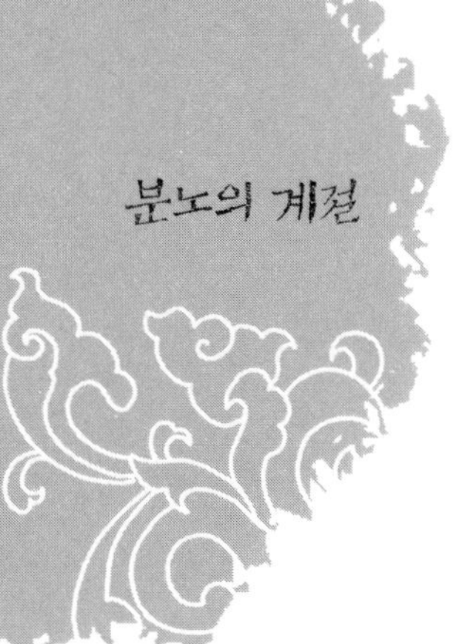

분노의 계절

장직은 비도를 만지작거렸다.

"안 돼! 제발 하지 마!"

찢어질 듯한 매옥의 고함 소리가 들려왔다. 그러나 장직은 귀를 후비며 능청스레 미소를 지었다.

"아, 아, 걱정할 필요 없어! 내 실력을 믿어보라니깐!"

장직은 귀를 후빈 손가락을 후 불고는 손가락 사이에 비도 한 자루를 꽂았다. 그리고는 정면을 노려봤다.

"흑흑, 제발 하지 마. 다시는 말대꾸 안 할게. 다시는 안 놀릴게. 으왕!"

미루가 사지를 벌벌 떨며 울었다. 울고 있는 미루의 머리 위에는 돼지 오줌보가 묶여 있었다.

"흥, 이미 늦었어. 그러나 너무 떨 필요는 없어. 이 어르신네의 솜씨를 보면 깜짝 놀랄 테니까.”

장직은 미루에게 싸늘히 대꾸해 주고는 천천히 팔을 치켜 올렸다.

“너, 너, 내가 풀려나기만 하면 절대 그냥 안 둘… 으앗!”

무견은 장직을 노려보며 펄펄 뛰다가 장직의 손에서 흰 빛이 번쩍이자 사색으로 변해 눈을 감아버렸다.

쒸이잇! 퍽!

섬뜩한 소리가 들려왔다.

“우와아앙! 엄마아! 흑흑흑!”

뒤이어 동생의 흐느끼는 울음소리가 터져 나왔다.

“미, 미루?”

무견은 떨리는 눈으로 동생을 쳐다봤다.

다행히도 장직이 날린 비도는 돼지 오줌보를 터뜨렸다. 그러나 오줌보가 터지면서 흘러내린 물줄기가 동생의 얼굴을 가득 적셔놓았다.

“이, 이 빌어먹을 개자식! 널 절대 용서치 않을 거야!”

“푸훗, 한주먹 거리도 안 되는 녀석이 앙앙불락거리기는.”

장직은 비웃음을 던지며 미루의 머리맡에서 비도를 뽑아냈다. 그때 갑자기 얼굴에 침이 날아들었다.

“악마 같은 자식! 널, 널… 으아앙!”

미루가 침을 뱉으며 울어댔다.

“요게!”

화가 치민 장직. 그는 눈을 부릅뜨며 뺨을 때리려다 생각을 바꿨다.

“흥! 아직도 혼이 덜 났단 말이지? 좋아, 그렇다면!”

“까아악! 이 나쁜 자식!”

녀석이 이번에는 조그만 호두 알을 올려놓는다. 미루는 정신없이 고개를 흔들었다. 그러자 녀석이 얼굴까지 꽁꽁 묶어버린다.

"읍, 읍!"

미루가 발악을 했지만 장직의 힘을 당할 수는 없었다.

"이 더러운 자식! 천벌을 받을 거야!"

매옥이 소리쳤지만 역시나 들은 척도 않는 장직. 다시 손에 비도를 꽂았다.

"이번엔 세 개를 동시에 날려주마!"

장직은 킬킬거리며 손을 치켜들었다.

"이 나쁜 놈, 넌 벼락을 맞아 뒈……!"

미루가 발악을 하다 눈을 둥그렇게 떴다. 매옥과 무견도 마찬가지다.

'흐흐, 겁먹었군.'

장직은 비도를 날리기 위해 힘껏 손을 뒤로 젖혔다. 바로 그때,

쫘드득!

손아귀에 엄청난 고통이 밀려왔다.

"으아아악! 누, 누구야?"

장직은 비명을 지르며 몸을 틀었다. 그러나 팔이 꺾여 누군지 볼 수가 없었다.

"우와앙! 무한 오빠!"

"오라버니!"

귀를 울리는 목소리. 장직은 가슴이 철렁했다.

"무, 무한이구나? 벌써 돌아왔… 쿠에엑!"

뒤를 돌아보다 팔이 우두둑 꺾였다. 엄청난 고통이 밀려왔다.

"너, 너, 왜 이래?"

바닥으로 나뒹굴던 장직의 눈에 시뻘겋게 불타오르는 곽무한의 눈빛이 제일 먼저 들어왔다. 장직은 뒷걸음을 치며 몸을 떨었다. 그러나 곽무한은 그냥 보고 있지 않았다.

번쩍!

"쿠에에에엑!"

장직은 비명을 지르며 몸을 새우처럼 말았다.

눈앞에서 흰 빛이 번쩍인 순간 복부에 엄청난 고통이 밀려온 것이다. 어찌나 고통스러웠던지 숨이 컥컥 막혀오고 토사물이 올라왔다.

그러나 그 고통은 뒤이어 날아든 고통에 비하면 장난이었다.

빠칵!

턱에 거대한 작살이 꽂히는 느낌이었다.

"끄아아악!"

장직은 거품을 물며 뒤로 쿠당탕 나자빠졌다. 그러나 비몽사몽간에 다시 엄습하는 고통.

우두둑!

"끄아아아아!"

도저히 형용이 불가한 엄청난 고통이었다.

"끄아아아! 내 팔… 내 팔… 으아아아아!"

장직은 완전히 뒤로 꺾여 괴이하게 덜렁이는 팔꿈치를 보다가 정신을 잃고 말았다.

"무슨 소리야?"

장직의 비명 소리를 들은 친위대들이 우르르 몰려나왔다.

"헉! 저놈은?"

친위대들은 미루와 매옥을 풀어주는 곽무한을 보고 저마다 살기를 띠었다.

"손을 멈춰!"

친위대들은 곽무한을 에워싸며 흉흉한 목소리로 말했다.

"왜?"

곽무한은 등을 돌린 채 물었다.

"흐흐흐, 그 계집년은 태상채주님의 명으로 처벌받고 있는 거야. 손을 떼는 게 좋을걸?"

한 놈이 앞으로 나서며 말했다.

"처벌? 풋!"

곽무한은 피식 웃음을 터뜨리며 미루와 매옥의 밧줄을 풀었다.

"이 자식이 하지 말라는데도?"

쐐애액!

호통 소리와 함께 한 녀석이 도를 휘둘러 왔다. 그러자 곽무한의 눈에서 번쩍 빛이 뿜어졌다.

콰드득!

"죽고 싶어?"

바람같이 몸을 틀어 도를 흘려 버린 곽무한은 놈의 주먹을 움켜쥐며 말했다.

"끄으윽! 이 자식, 이거 안 놔?"

꽈지지직!

녀석이 고함치는 순간 곽무한의 팔뚝에 굵은 힘줄이 돋았다.

"끄아아아아!"

녀석은 짓뭉개진 주먹을 움켜쥐고 바닥을 구르며 고통에 몸부림쳤다.

“저 빌어먹을 자식이 또? 모두 뭐 해?”

친위대 놈들이 일제히 달려왔다.

“이 망아지 자식! 명년 오늘이 네놈 제삿날이다! 흐흐흐!”

친위대들은 살기를 내비치며 곽무한을 에워쌌다.

“오, 오빠!”

서슬 푸른 친위대들을 보며 미루와 매옥이 몸을 떨었다.

“걱정 마. 하루살이들이야.”

말이 끝남과 동시에 곽무한의 신형이 폭발하듯 튀어 나갔다.

“저 새끼, 조져!”

친위대들도 일제히 곽무한에게 부딪쳐 갔다.

“이야아압!”

곽무한의 입에서 기합성이 터져 나왔다. 그와 동시에 곽무한의 신형이 꺼지듯 바닥으로 가라앉았다.

콰드득!

“으아악!”

달려오던 곽무한이 앉아버리는 바람에 맨 선두에서 달려오던 친위대 두 놈이 서로의 어깨에 칼을 꽂으며 비명을 질렀다. 그 찰나의 순간 곽무한의 신형이 튕기듯 날아올라 두 사람의 턱을 가격해 버렸다.

콰자작!

“꾸에엑!”

두 놈은 피를 뿜으며 나뒹굴었다. 그러나 그 순간 곽무한의 손이 움직여 녀석들의 어깨에서 도를 뽑아냈다. 그와 동시에 곽무한의 발은 쓰러진 놈들의 가슴뼈를 밟고 있었다.

우두둑!

놈들의 가슴을 밟아버린 곽무한. 그는 그 힘을 받아 허공으로 뛰어 올랐다.

"저, 저놈?"

친위대들은 일시지간 말을 잃고 허공을 올려다봤다.

"크허헉!"

가슴뼈가 함몰된 놈들의 비명 소리는 한참 뒤에서야 터져 나왔다.

"차아앗! 첩첩세!"

기합성과 함께 아래로 쇄도하는 곽무한은 마치 돌풍 같았다.

콰자자작!

거침없이 회전을 일으키며 하강한 곽무한은 사방으로 도를 휘둘렀다. 그 힘이 어찌나 강하던지 맞부딪친 놈마다 손목을 만지며 뒤로 물러났다. 그러나 곽무한은 그 틈을 노렸다. 빛살처럼 몸을 날리며 물러나는 놈들의 허리를 베고 허벅지를 찍어갔다.

"끄아악!"

팔꿈치로 비명 지르는 놈의 턱을 으깨 버리고 재주 부리듯 뒤로 돌아 옆구리를 찔러 들어오는 놈의 관절을 꺾어버렸다.

우두둑!

"끄허헉!"

비명 소리가 난무하고 칼 빛이 사방에 서리쳤다. 그러나 친위대들의 칼은 귀신이라도 씌었는지 연신 헛손질이었고, 곽무한은 좌로 우로 몸을 틀며 번개같이 움직였다.

쐐애액!

서거걱!

소름 돋는 소리가 늘어날 때마다 비명 소리도 높아졌다.

"이, 이, 이놈!"

당황한 친위대들이 사생결단을 내듯 가슴을 열고 다가왔다. 그러나 이미 겪어본 바가 있던 곽무한은 망설임없이 가슴을 찔러 버리며 배를 걷어차 도를 빼냈다.

쇄애액! 파파팡!

도가 앞으로 뻗칠 때 발은 뒤로 뻗어지며 놈들의 배를 찌르고 가슴을 부숴놓았다.

"으으으……."

피투성이가 되어 쓰러진 동료의 숫자가 열 명이 넘어가자 친위대들은 주춤주춤 뒤로 물러났다. 그러나 곽무한은 활활 타오르는 눈빛으로 오히려 앞으로 돌진해 갔다.

쾌쾌콱! 쾌쾌콱!

곽무한의 도가 휘둘러질 때마다 친위대들은 이리 몰리고 저리 몰리기 시작했다. 그러다가 한 명이라도 발을 헛디뎌 동료와 떨어지면 어김없이 곽무한의 칼이 날아갔다.

"으으으, 악귀 같은 놈!"

이제 친위대들은 몸서리를 치며 곽무한과 거리를 벌렸다.

"흥! 나더러 악귀라고? 애들이 이렇게 당하고 있어도 나 몰라라 하던 것들이 나더러 악귀라고?"

곽무한은 북풍한설처럼 차갑게 소리치며 장직에게 걸어갔다.

"으으, 사, 살려줘!"

곽무한과 친위대들 간의 싸움 소리 때문에 겨우 정신을 차린 장직. 몰래 기절한 척하고 있다가 곽무한이 걸어오자 입에 거품을 물며 사정했다. 피에 젖은 곽무한이 마치 저승사자처럼 느껴진 때문이었다.

“살려달라고?”

곽무한은 장직의 멱살을 틀어쥐며 입꼬리를 씨익 올렸다.

그 모습에 장직은 만년빙굴에 빠진 기분이었다.

숨통을 컥컥 조여오는 저 팔뚝. 화염 이글거리는 저 눈빛.

장직은 곽무한이 금방이라도 자기 목을 꺾어버릴 것 같아 눈물 콧물을 짜냈다.

“친구, 우린 친구잖아. 컥, 컥.”

친구라는 그 한마디에 목을 조여가던 곽무한 손이 순간적으로 멈칫했다.

“하나뿐인 고향 친구. 나머진 다… 다 죽었잖아. 컥, 컥.”

하나뿐인 고향 친구…….

스르륵!

곽무한의 팔에서 힘이 풀어졌다.

“고, 고마워, 무한아. 정말 고마워. 흑흑.”

장직은 목을 어루만지며 눈물 콧물을 닦았다. 그러나 바로 그때, 곽무한의 발이 힘차게 허공으로 올랐다가 아래로 내리 찍혔다.

콰지직!

“쿠엑!”

장직의 얼굴이 거세게 땅바닥을 찍고 튕겨났다.

와락!

곽무한은 장직의 멱살을 다시 잡아 올렸다.

“오냐, 살려는 주지. 그러나 말이야.”

곽무한은 잠깐 말을 끊었다가 주먹을 불끈 쥐었다. 그리고는 장직의 얼굴에 속사포처럼 주먹을 퍼부었다.

퍼퍼퍼퍼퍽!

“커커커커컥!”

장직의 얼굴은 순식간에 피 범벅으로 변해 버렸다.

“동생들을 괴롭힌 빚은 갚아야지!”

서늘한 목소리와 함께 곽무한의 무릎이 장직의 턱을 사정없이 강타해 버렸다.

빠직!

턱 부서지는 소리가 섬뜩하게 장내를 울렸다.

“꾸에엑! 흐그그그……..”

처절한 비명을 지르며 수십 바퀴를 구르던 장직. 그는 결국 고통에 못 이겨 눈을 까뒤집으며 혼절하고 말았다.

“이 잔인한 놈!”

물러났던 친위대들이 치를 떨며 다시 다가왔다.

“잔인해? 내가?”

곽무한은 피식 웃으며 도를 세웠다.

“아이들을 상대로 목숨을 시험하는 것은 괜찮고 그런 인간을 혼내주는 것은 잔인하단 말이지? 좋아, 정말 잔인한 게 뭔지 보여줄까?”

차가운 목소리와 함께 곽무한이 몸을 날리려는 찰나 등 뒤에서 울음 섞인 목소리가 들려왔다.

“오빠, 그만……..”

미루의 목소리였다. 곽무한은 아차 싶어 뒤를 돌아보다 석고상처럼 굳어버리고 말았다.

“으음……..”

어느새 미루와 매옥의 곁에 딱딱한 표정의 철면노호가 서 있었다.

‘너무… 흥분했어.’

곽무한은 스스로를 자책했다. 그러나 후회는 아무리 빨라도 늦는 법.

"녀석이 애들을 상대로 비도술 연습을 하고 있었습니다."

곽무한은 턱짓으로 장직을 가리켰다. 그러나 철면노호의 표정은 변함이 없었다.

"씨알도 안 먹히는 소리 집어치우고 먼저 무릎을 꿇어라!"

한 자 한 자 끊으면서 말하는 철면노호의 눈에서 붉은빛이 일렁거렸다.

"으음……."

곽무한은 한동안 입술을 깨물다가 천천히 무릎을 꿇었다. 철면노호의 손이 미루의 천령개(天靈蓋) 위에 놓여 있었기 때문이다.

"흑, 오빠……."

미루의 울음소리가 들려왔지만 곽무한의 귀엔 아무것도 들리지 않았다. 그저 분한 표정으로 철면노호만 노려보고 있었다.

"건방진 놈… 묵호!"

철면노호는 곽무한의 눈을 차갑게 노려보다가 씹어뱉듯 과자안을 불렀다.

"대형……."

과자안은 주저하는 표정으로 철면노호를 돌아봤다.

"내가 할까?"

재차 씹어뱉는 철면노호의 목소리엔 잔뜩 날이 서 있었다.

‘휴우, 그가 손을 쓰면 필히 폐인으로 만들고 말 것이니 차라리 내가…….’

과자안은 탄식성을 삼키며 곽무한에게 다가갔다. 그러나 곽무한은 자신은 본 체 만 체 철면노호만 노려보며 미동도 않고 있었다.

"그만큼 스스로를 다스리라고 했건만……."

과자안은 안타까운 표정으로 곽무한의 마혈을 찍었다. 그러자 철면노호의 눈에서 번갯불이 번쩍였다.

"묵호, 지금 날 시험하는 거냐?"

과자안은 자신에게 쏟아지는 지독한 살기에 당황하며 얼른 입을 열었다.

"대형, 일단 잠룡연의 결과라도 들어보시고……."

"잠룡연이라……. 좋아."

'휴우…….'

비록 얼마간의 말미에 불과했지만 과자안은 안도의 한숨을 내쉬었다.

"적호는 어디 있나?"

철면노호의 서슬 푸른 목소리는 이제 장내로 향했다.

모두 서로를 돌아보며 고개를 갸웃거리는 사이 누군가가 외쳤다.

"경계망을 점검하고 계십니다! 곧 오실 겁니다!"

뒤늦게 장내에 도착한 흑사와 백곰이었다.

"경계망? 날 놀리는 것이냐? 멀쩡한 경계망을 갑자기 왜 돌아본단 말이냐?"

철면노호의 차가운 질문에 흑사가 대답하려는 순간 적호가 들어섰다. 그는 엉망이 된 장내를 보고 흠칫 놀란 표정을 짓다가 노호에게 고개를 숙였다.

"대형, 늦었습니다. 무슨 일이라도?"

비명 소리가 그만큼 시끄러웠으니 적호가 못 들을 리는 없었다. 그러나 상황이 이렇게 급격하게 돌아갈 줄은 몰랐던지라 얼른 고개를 숙인 것이다.

"경계망을 둘러보고 왔다고? 이유가 뭐지?"

철면노호는 거두절미하고 심문조로 나왔다. 적호는 순간적으로 얼굴이 벌게졌다. 이 많은 수하들 앞에서 이렇게 묻는 건 채주로서의 체면조차 세워주지 않겠다는 말. 그렇다면 숫제 똘마니 취급이 아닌가?

적호는 치미는 분노를 가까스로 삼키며 천천히 입을 열었다.

"추적자가 있어서 그랬습니다."

"호오, 추적자?"

철면노호의 목소리가 묘하게 올라갔다.

"예, 민강수채 쪽에서……."

적호는 다시 한 번 이를 악물며 고개를 숙였다.

"민강? 민강에서 왜?"

철면노호의 눈빛이 갑자기 착 가라앉았다. 그 모습을 본 과자안은 가슴이 철렁했다. 철면노호가 저런 눈빛일 때는 그 누구도 말릴 수 없었다. 적호도 그걸 아는지 가늘게 몸을 떨고 있었다.

"말하라, 뭣 때문인지."

아주 낮은 목소리였다. 정신을 집중하지 않으면 도저히 알아들을 수 없는 소리로 바로 옆 사람에게 속삭이는 듯한 목소리였다.

"잠룡연에서 문제가 생겼습니다."

"문제? 잠룡연에서?"

철면노호의 눈꼬리가 순간적으로 꿈틀거렸다.

'안 돼!'

과자안은 속으로 비명을 지르며 재빨리 적호와 곽무한의 앞을 막아섰다.

"대형, 끝까지 들으시고… 제발……."

"끝까지… 라……."

푸스스.

철면노호가 서 있는 자리에서 하얀 연기가 피어올랐다.

'내공이 급격히 늘어나셨다. 그렇다면 내상을 다 치료하셨다는 말?

과자안은 놀란 눈으로 철면노호를 한번 쳐다보다 슬쩍 한 발 옆으로 물러났다. 그러자 적호가 잔뜩 기죽은 목소리로 입을 열었다.

"무한이가 잠룡연에서 우승을 했습니다. 그런데……."

"그런데?"

"그런데… 놈들이 어이없는 요구를 해왔습니다. 황금 오백 냥을 내놓으라고……."

"황금 오백 냥? 정말이냐?"

우승이란 말에 희색을 짓던 철면노호가 눈을 모으며 물었다.

"그렇습니다. 그래서 말미를 달라고 했더니 단번에 거절하더군요. 그 이후 놈들의 공격이 시작됐습니다. 그걸 뿌리치고 오느라고 이렇게 늦은 것입니다."

"으음, 이런 말도 안 되는 일이! 뜬금없이 황금 오백 냥을 부르고 살인멸구까지 시도해? 그렇다면 우릴 개좆으로 봤단 말인데……."

철면노호는 예상을 벗어난 결말에 한동안 침음성을 흘렸다. 반면 적호는 등에 식은땀이 흘렀다. 곽무한이 호불태의 성질을 건드리는 바람에 놈들의 공격이 시작됐다는 이야기는 쏙 빼버린 것이다. 물론 곽무한 때문이 아니었더라도 호불태가 살인멸구를 시도했을 테지만.

“좋아, 그렇다면 잠룡연에 놈들의 다른 의도가 있었다고 치고 그들의 공격을 너희들의 힘으로 뚫고 나왔단 말이지?”

가슴 철렁한 질문이었다.

“다행히 물길에서 싸움이 벌어졌습니다. 우리 아이들이 물에선 그 누구보다 강하지 않습니까?”

적호는 곽무한의 활약을 숨겼다.

“음… 그래?”

철면노호는 완전히 믿는 눈치는 아니었다. 그러나 천천히 고개를 끄덕이고는 시선을 곽무한에게 돌렸다.

“일단 저놈의 단전을 폐하고 절벽에 거꾸로 매달아놓아라. 그리고 이 계집들도 가둬 버리고. 저것들을 나중에 한꺼번에 처리한다.”

“대형!”

청천벽력 같은 소리였다. 그러나 철면노호의 눈빛은 싸늘하기만 했다.

“놈은 내가 원하는 결과를 가져오지 못했다! 더구나 동료와 선배를 초주검으로 만들었다. 도저히 용서할 수 없는 행위다!”

다시 불을 뿜는 눈길.

“후우우, 미안하구나.”

과자안은 한숨을 내쉬다가 빠르게 곽무한의 단전 부위를 찍었다.

“묵호, 지금 뭐 하는 거지?”

철면노호가 갑자기 싸늘한 호통성을 터뜨리며 다가왔다.

과자안이 곽무한의 단전을 완전히 파괴하지 않고 일시적으로 막은 것을 알아챈 것이다.

과자안은 잠시 당황한 표정을 짓다가 곽무한의 앞을 막아서며 대답했다.

"대형, 아까운 아입니다. 마지막 기회를……."

"마지막 기회? 흐흐흐, 동료를 해하고 선배를 해한 놈에게 마지막 기회라고?"

철면노호의 눈이 하얗게 번들거렸다.

"저놈도 뉘우치고 있을 겁니다. 제발 마지막 기회를……."

과자안이 다시 애원할 때였다.

"난 뉘우칠 게 없어요!"

곽무한의 입에서 찬물을 끼얹는 소리가 나왔다.

"이, 이 바보 같은 놈!"

과자안은 고함을 지르다 곽무한의 이글거리는 눈빛을 보고는 이내 체념해 버렸다. 절대 고집을 꺾을 눈빛이 아니었다. 그러니 이젠 더 두고 볼 것도 없었다. 십년공부가 도로 아미타불이었다.

그러나 기적이 생겼다.

곽무한이 오기로 내뱉은 말이 상황을 예상 밖으로 끌고 갔다.

"뉘우칠 게 없다고? 정말 뉘우칠 게 없다고?"

곽무한의 말을 듣자마자 철면노호가 장력을 뿌리려던 손을 딱 멈췄다. 그리고는 섬뜩한 표정으로 곽무한을 노려봤다.

"후후후, 좋아. 그렇다면 평생을 뉘우치게 해주지. 평생을……."

말이 끝남과 동시에 철면노호는 곽무한의 단전을 향해 장력을 뿜었다.

퍼퍼퍽!

"푸화악!"

곽무한의 입에서 피가 물줄기처럼 뿜어져 나왔다. 동시에 곽무한의 몸이 나무토막처럼 뒤로 넘어갔다.

"무한 오빠!"

"오라버니!"

미루와 매옥이 비명을 터뜨렸다. 그러나 곽무한은 계속 피만 토할 뿐 일어나지를 못했다.

'그나마 다행이다. 손속에 사정을 두셨어.'

과자안은 철면노호가 곽무한의 단전을 완전히 파괴하지는 않아 내심 가슴을 쓸어내렸다. 그러나 안도하기엔 아직 일렀다. 철면노호가 기괴하게 웃고 있었기 때문이다.

철면노호는 기이한 웃음을 머금은 채로 곽무한에게로 걸음을 옮겼다.

"후후후, 네놈은 이제부터 평생 동안 지옥에서 뒹구는 기분을 느끼게 될 게다."

"우우욱! 무슨 소리지? 쿨럭!"

곽무한은 울컥울컥 피를 토하며 철면노호를 노려봤다.

"후후후, 애송아, 잘 들어. 난 지금 내가 옛날에 당한 것과 똑같은 방법을 네놈에게 쓰려고 해. 무슨 말인지 알아?"

"몰라."

"몰라? 흐흐, 이 겁없고 어리석은 놈!"

콰지직!

철면노호는 비릿한 웃음과 함께 곽무한의 얼굴을 사정없이 밟아버렸다. 그리고는 속삭이듯 말했다.

"지금 네놈의 목을 따버리는 건 네놈에게 너무 자비를 베푸는 것 같단 말이야. 그래서 생각한 방법이지. 아마 네놈에게는 상상도 못할 지

옥의 형벌이 될 거야. 그러나 그 방법이 바로 내가 주는 마지막 기회
야. 아주 고통스러운……. 흐흐흐."

철면노호는 조용히 미소 짓더니 뒤를 돌아봤다.

"내 방에 가보면 붉은색 약병이 있다. 그걸 가져와!"

"예, 태상채주님."

지렁이가 부리나케 달려갔다.

'설마… 설마?'

과자안은 말을 잃었다.

지렁이가 갖고 온 약병. 거기에는 하얀 벌레들이 꿈틀거리고 있었
다.

"이놈들은 일명 죽음의 몸부림이라 불리는 혈음고(血陰蠱)야. 어때?
귀엽지? 앞으로 너와 지내게 될 놈들이니 인사나 나눠."

철면노호는 약병을 곽무한의 코앞에서 흔들어 보이며 으스스한 미
소를 지었다.

"혈음고?"

곽무한은 손톱만한 벌레가 꾸물거리는 걸 보자 지독한 역겨움을 느
꼈다. 그래서 자기도 모르게 반문했다.

"흐흐흐, 이놈들은 고독(蠱毒)의 일종이야. 지독한 놈들이지. 불에
태워도 죽지 않고 도검으로 내려쳐도 죽지 않는 놈들이거든. 게다가
이놈들의 먹이가 뭔지 알아? 사람의 오장육부야. 특히 너 같은 애송이
들의 보들보들한 내장은 더 좋아할걸?"

철면노호는 말이 끝남과 동시에 곽무한의 턱을 벌리고 송충이같이
생긴 벌레 한 마리를 집어넣었다.

"으으읍!"

곽무한이 몸부림치는 순간 벌레는 꾸물꾸물 기어 입속으로 들어가 버렸다.

"흐흐, 나머지는 이것들에게."

"까아악! 시, 싫어요, 태상채주님! 제발······."

미루와 매옥이 벌레들의 징그러운 모습에 기겁하며 고개를 돌렸다. 그러나 철면노호는 사정없이 벌레를 집어넣어 버렸다.

"자, 이제 네놈이 겪게 될 지옥에 대해서 설명해 주지. 네놈이 먹은 것은 암컷이야. 아주 음기가 강하지. 그래서 매달 보름만 되면 발광을 하며 수컷들을 불러. 그런데 말이야······."

철면노호는 슬쩍 미루와 매옥을 턱짓하며 말을 이었다.

"수컷들은 저년들이 먹었거든? 그러면 어떻게 해? 혈음고들을 서로 만나게 해줘야 고통이 줄어들겠지? 그러나 절대 못 만나. 왜? 내가 막을 거니까. 그럼 어떻게 될까? 암컷이 발광을 하며 네 오장육부를 뜯어먹어. 게다가 수컷을 찾는 액을 막 뿜어대지. 그게 네 몸에 어떤 결과를 일으킬까?"

철면노호가 곽무한에게 바짝 눈을 갖다 댔다. 살 떨리는 눈빛이었다.

"그 액이 누적되면 네 몸속의 양기가 미친 듯이 들끓어. 무슨 말인지 알아? 나중에 넌 색마가 된다는 말이야. 보름달이 뜰 때마다."

"으아아! 이 개자식!"

곽무한은 고함을 지르며 혈음고를 토해내려 했다. 그러나 마혈을 짚인 몸인데다 고독(蠱毒)은 벌써 몸속에 달라붙었는지 미동조차 하지 않았다. 철면노호는 비릿한 표정으로 계속 말을 이었다.

"후후, 아직 멀었어. 조금만 더 들어봐. 네가 그 정도인데 저 계집들은 어떨까? 흐흐, 안심해. 천만다행이도 수컷들은 액을 뿜으며 발광까지 하지는 않아. 다만 네가 보고 싶어 미칠 정도가 되지. 온몸을 피가 나도록 긁어대며. 그런데 말이야, 이놈의 고독들은 어찌 된 족속들인지 수컷들이 암컷에게 목을 매달고 살아가. 무슨 말인지 알아? 네가 죽으면 이년들도 곧바로 죽어버린단 말이지. 그것도 칠공에 시커먼 피를 쏟으며."

"오, 오빠?"

미루와 매옥의 표정이 하얗게 변해 버렸다. 철면노호는 그 모습을 보며 스산하게 웃었다.

"자, 이제 이 독을 푸는 방법을 가르쳐 주지. 방법이란 다른 게 없어. 내가 명하는 대로 움직이고 행동해. 그러면 내가 해독하는 방법을 가르쳐 주지. 내가 이 독에 당하고도 살아남은 사람이거든. 뭐, 물론 나는 이 독에 당할 때 하독(下毒)하던 놈이 당황하는 바람에 암수를 동시에 집어넣어 그렇게 고통스럽진 않았어. 다만 오장육부가 뜯겨져 나가는 고통과 내공을 잃어가는 고통에 몸부림친 정도야. 그러다 보니 저놈들의 습성과 두려워하는 게 뭔지를 알지."

철면노호는 잠시 말을 끊고는 지렁이에게 명을 내렸다.

"저 계집들을 수채 지하의 무기고에 가둬 버려!"

"무기고 말입니까? 알겠습니다."

지렁이가 미루와 매옥을 끌고 갔다.

수채 지하에 있는 무기고는 지키는 놈들 숫자도 문제지만 입구가 강철로 되어 있었다. 그러니 열쇠를 손에 넣지 않으면 절대 빼낼 수가 없었다.

"이봐, 동생들을 이용하지 말고 차라리 지금 날 죽여! 그게 훨씬 남자답잖아? 안 그러면 넌 내게 끔찍한 보복을 당하게 될 거야! 내가 두렵지 않아?"

곽무한은 이를 갈며 소리쳤다.

"호호호, 네깟 애송이가 두려워? 웃기는 소리."

철면노호는 느물느물 웃으며 곽무한의 귀를 아프게 비틀었다.

"애송아, 앞으로 네게 명령이 내려질 것이다. 수행하든 안 하든 그건 네 자유다. 그러나 내 명을 이행하면 고통을 줄여줄 약을 줄 것이고 그렇지 않으면 너와 저 계집들은 온갖 고통에 몸부림치다 구천을 떠도는 원귀가 될 것이다. 뭐, 그것도 네놈이 죽어버리면 다 소용없게 된다만……. 자, 결정은 네가 해라."

"으드득!"

곽무한은 다시 이를 갈았다. 그러나 눈빛은 많이 가라앉아 있었다.

자기 혼자 죽는 건 아무런 상관 없지만 동생들까지 죽게 된다니 몸에 힘이 빠진 것이다.

"크하하하하! 좋아. 이제 좀 부드러워졌군. 일단 첫 번째 명령은 사흘 뒤에 내리마. 그때가 마침 보름이니 혈음고가 선사하는 고통을 먼저 겪어봐! 어이, 이 자식을 절벽에 매달아놔."

철면노호는 통쾌한 웃음을 터뜨리며 지렁이에게 명을 내렸다.

'흥! 혈음고? 일단 내가 죽지만 않으면 동생들은 무사하단 말이지? 으드득! 두고 봐! 난 결코 죽지 않을 테니! 오장육부가 뜯겨져 나가는 고통? 난 이미 고통 따위엔 익숙해!'

곽무한은 절벽으로 끌려가며 속으로 복수를 다짐했다.

'끄으으, 왜, 왜 저놈을 안 죽이지? 난 분명히 놈의 무공을 알려줬는데?'

장직은 끌려가는 곽무한을 보면서 철면노호를 원망했다.

그러나 장직은 원망할 필요가 전혀 없었다.

곽무한에게 가해진 보름달의 저주는 상상을 초월했던 것이다.

한여름 밤, 곽무한이 매달린 절벽.

절벽 꼭대기에 불그스름한 달이 떠올랐다.

달이 떠오름과 동시에 혈음고의 저주가 시작되었다.

처음엔 소리없이 시작됐다.

사르륵사르륵.

점차 소름 끼치는 소리가 들린다 싶더니 수만 마리의 불개미 떼가 오장육부를 갉아먹는 듯한 고통으로 변해갔다. 그 고통은 점차 전신으로 번져 가면서 급기야는 온몸 구석구석을 송곳으로 찌르고 불칼로 저미는 듯한 통증으로 변해갔다. 도저히 참을 수도 없고 견딜 수도 없는 통증이었다.

"끄으으……."

곽무한은 다급히 목걸이를 쳐다봤다. 그러나 고독은 생물체여선지 목걸이엔 아무런 빛이 나지 않았다.

곽무한은 아득한 절망감이 엄습해 옴을 느꼈다.

시간이 흐를수록 곽무한의 눈은 금방이라도 튀어나올 듯 변해갔고 입에서는 연신 거품과 비명 소리가 터져 나왔다.

"끄아아아아아아!"

곽무한이 매달린 절벽에서부터 시작된 비명성은 수채를 둘러싼 모든 절벽들과 바위산을 울리며 처절한 메아리를 만들었다.

"끄아아! 제발, 제발 날 죽여, 이 개자식아!"

절벽에 거꾸로 매달린 곽무한은 사지를 떨며 몸부림을 쳤다. 그 바람에 곽무한의 몸은 암벽 모서리에 찢기고 갈려 피 범벅으로 변해갔다.

"으아아아! 죽인다! 다 죽인다! 모조리 죽인다! *끄아아아!*"

저주를 내뱉듯 몸부림치는 소리는 어찌나 소름이 끼쳤던지 수적들은 모두 귀를 틀어막으며 몸서리를 쳤고 아이들은 밤잠을 못 이루며 공포에 떨었다.

"이거였어. 과연 태상채주님이야. 푸하하!"

장직은 원망을 거두고 덩실덩실 어깨춤을 췄다.

"아으윽!"

미루와 매옥도 고통받긴 매한가지였다. 그러나 곽무한의 처절한 비명성을 들으며 이를 악물고 참았다. 저 쇠심줄 같은 곽무한이 저렇게 비명 지를 정도라면 도대체 그 고통이 어느 정도인지 상상이 갔기 때문이다.

"*끄아아아아아아!*"

절벽을 울린 비명성은 잠자던 청랑을 깨웠다.

크르르!

청랑은 바람처럼 날아 절벽 위에 올라섰다.

소리가 위치를 전했고 바람이 냄새를 전해왔다.

캬오오!

청랑은 혈인으로 변한 곽무한을 보고 눈에 불을 켰다.

청랑은 바람처럼 달렸다.

절벽을 내려가다 어느 높이에서 힘차게 몸을 날렸다.

콰드득!

청랑은 곽무한의 발목을 묶은 밧줄을 무는 데 성공했다.

청랑은 이빨로 밧줄을 물어뜯었다.

"처, 청랑?"

곽무한은 고통에 몸부림치면서도 청랑을 알아봤다.

첨벙!

청랑은 고통에 몸부림치는 곽무한을 등에 태우고 강물을 헤엄쳐 갔다.

끼잉끼잉!

곽무한을 늑대 굴로 데려오는 데 성공한 청랑은 사지를 떠는 곽무한을 보고 가슴이 덜컥 내려앉았다.

"끄으으!"

주인은 지금 숨이 넘어갈 듯해 보였다. 땅바닥을 벅벅 긁다 못해 자신의 몸을 쥐어뜯고 있었다. 청랑은 그 모습을 보고 모종의 결심을 했다.

'크르르! 조그만 소녀!'

청랑은 자기 발을 고쳐 준 설아를 떠올렸다.

캬오오!

결심을 굳힌 청랑은 설아를 만난 계곡을 향해 몸을 날렸다.

*　　　　*　　　　*

설아는 입을 삐죽 내밀고 있었다.

"쳇, 할아버지는 도대체 어딜 가신 거지?"

조부가 말도 없이 사라지는 일은 가끔씩 있었다. 그러나 이번처럼 며칠씩 걸린 적은 처음이었다. 그러니 설아는 점점 걱정이 되었다.

"한밤중이니 백아를 부를까?"

설아가 모옥 문을 열고 나서자 산왕이 꼬리를 흔들며 다가왔다.

크르릉!

산더미만한 체구로 코를 비벼오는 산왕.

"아유, 간지러워. 갑자기 왜 안 하던 짓을 하고 그러니? 응?"

설아는 산왕이 왜 이러는지 알면서도 짐짓 모른 체했다.

산왕은 용케도 자신이 외출하려는 것을 알아차린 것이다. 지금 같은 행동은 산왕 특유의 투정이었다. 근래 약초를 캐러 다니면서 금왕과만 어울려 다닌 것에 대한 질투도 섞여 있었다.

크르릉!

이젠 꼬리로 목을 간질이고 혀로 얼굴까지 핥아온다.

"아유, 아유. 알았어, 알았어. 너랑 같이 갈게. 까르르."

설아는 결국 웃음을 터뜨리며 산왕의 등에 올라탔다.

"이끼계곡으로 가보자."

아마도 마을로 내려가셨다면 이끼계곡을 통해 가셨으리라 생각한 설아는 산왕의 귀를 당겼다.

크와앙!

오랜만에 설아와 함께하는 외출. 신바람이 난 산왕은 정신없이 땅을 박찼다.

"아유, 어지러워. 천천히 좀 달려."

설아가 막 산왕을 세우려는 찰나 산왕이 먼저 걸음을 멈췄다. 그리고는 한쪽을 노려보며 사납게 울부짖었다.

크르르!

"어머, 왜 그래?"

설아는 산왕이 노려보는 곳으로 시선을 돌렸다. 그곳엔 푸른 털의 늑대가 쭈뼛한 표정으로 서 있었다.

"어머, 너는 그때 그?"

설아가 아는 체를 했다. 그러나 청랑은 슬금슬금 뒷걸음을 쳤다.

'끼깅, 잘못 걸렸어.'

청랑은 백호가 무서웠다. 예전에 백호에게 호되게 당한 기억이 남아 있어 사지가 덜덜 떨릴 지경이었다. 그래서 조심조심 뒷걸음질을 치는 것이었다.

"산왕, 가만있어 봐. 쟤도 착하게 살기로 한 애야."

설아는 폴짝 산왕의 등에서 뛰어내려 청랑에게 다가갔다.

"왜? 또 배가 고파서 그래? 과일을 줄까?"

설아다운 질문이었다.

청랑은 과일 향기에 혹해 침이 꿀꺽 넘어갔지만 고개를 가로저었다.

"싫다구? 음, 그러고 보니 안색이 안 좋아 보이는구나. 어디가 아파?"

청랑은 눈을 빛내며 고개를 끄덕였다. 그리고는 애원하는 표정으로 설아의 치맛단을 물었다.

쿠와앙!

갑자기 빛살이 번쩍하더니 거대한 발톱이 날아들었다.

끼기깅!

청랑은 일 장 밖으로 튕겨 나갔다.

겨우 눈을 뜨니 이글거리는 노란 눈동자가 바로 코앞이었다.

끼깅.

청랑은 싸울 의도가 전혀 없다는 표시로 네 활개를 벌리며 드러누웠다. 바로 그때 천상 선녀의 목소리가 들려왔다.

"산왕, 물러나! 날 물려고 한 게 아니야!"

설아는 사뿐사뿐 걸어와 자신을 일으켜 주었다.

끼잉끼잉.

청랑은 다시 한 번 설아의 치맛단을 잡아끌었다.

"보자, 아무 이상 없는데?"

청랑은 재빨리 고개를 저었다.

"네가 아픈 게 아니라 네 주인이 아프다구?"

설아는 잠시 고민하는 표정을 짓다가 고개를 살래살래 흔들었다.

"미안하구나. 네 주인이 누군지 모르겠지만 지금은 내가 바쁜 일이 있단다. 내일 네 주인을 이리로 데려오면 안 될까?"

설아는 할아버지 걱정 때문에 따라나서기가 망설여졌다.

끼잉! 끼기깅!

청랑은 다급한 표정으로 연신 치맛단을 잡아끌었다. 바로 그때 산왕이 목울음을 터뜨렸다.

크왕!

"음? 할아버지 냄새가 난다고?"

설아는 반가운 표정으로 고개를 돌렸다.

저 모퉁이에서 채 노인이 걸어오고 있었다.

"할아버지, 도대체 어딜 가셨어요?"

설아는 조부를 반겼다.

"아이구, 미안하구나. 일찍 온다는 것이… 헉! 설아야, 위험해! 어서 떨어져!"

채 노인은 손녀를 안으려고 달려오다 청랑을 발견하고는 깜짝 놀라 소리쳤다. 예전의 그 흉포한 모습을 기억한 것이다.

"아니에요, 할아버지. 얘, 이제 착해졌어요."

"무슨 소리! 어서 옆으로 물러나! 산왕, 뭣 하는 거야, 어서 저놈을 때려잡지 않고!"

조부는 사색이 되어 소리쳤다.

설아는 청랑과 조부를 번갈아 쳐다보며 난처한 표정을 지었다.

"휴우… 오늘은 정말 안 되겠구나. 네 주인이 얼마나 아픈지 모르겠지만 우선 이걸 먹여보렴."

설아는 품속에서 천에 싸인 조그만 단약을 내밀었다.

"어허, 그래도 물러나지 않고!"

이제 조부는 펄쩍펄쩍 뛰고 있었다. 그 서슬에 산왕이 청랑에게 다가섰다.

끼잉!

청랑은 눈물을 머금고 설아가 주는 단약을 물고 뒤돌아섰다.

"할아버지……."

"이것아, 짐승들을 가까이 하지 말라고 내가 그만큼 입이 닳도록 말했지 않느냐?"

크르릉!

산왕이 확 째려봤다.

"흠, 흠, 산왕과 백아는 예외고……."

그러고 보니 손녀딸도 시무룩한 표정이다. 채 노인은 잠시 머쓱한 표정을 짓다가 무슨 생각이 들었는지 눈에 활기를 띠었다.

"자, 자, 설아야, 이것 좀 보거라."

채 노인은 바쁘게 짐 보따리를 풀어 뭔가를 꺼내 보였다.

"어머? 그게 뭐예요?"

과연 손녀딸의 표정이 순식간에 밝아졌다.

"헐헐헐, 비파란다. 멋진 소리를 내는 악기지."

채 노인은 가슴을 활짝 펴며 비파 줄을 퉁겨 보였다.

디리리링!

아름답게 울려 퍼지는 비파음은 순식간에 설아의 마음을 사로잡아 버렸다.

"와아! 너무 신기해요!"

설아는 깡충깡충 뛰며 조부에게 비파를 넘겨받았다.

"자, 이걸 다루는 책도 가져왔단다."

"책이요?"

"그래, 만상조화보라 하더구나."

"어떻게 하는 거예요?"

설아의 눈이 반짝반짝 빛났다.

"험, 험, 나도 모른다."

채 노인은 얼굴을 붉혔다.

"힝, 그런 대답이 어디 있어요?"

"네가 한번 연구해 보거라. 책도 있잖느냐."

"치……."

디리링!

입을 삐죽이는 것도 잠시, 설아는 비파음에 취해 연신 함박웃음을 지었다. 채 노인은 비파를 퉁기며 기뻐하는 설아를 보자 '이제야 됐구나' 하는 생각에 하늘로 날아갈 것 같은 기분이었다.

'허허허, 배우는 데 십 년은 걸린다고 했지? 그때가 되면 설아의 나이가 조금 늦긴 하지만 뭐, 천상의 배필이 나타난다고 했으니 참을 만하지. 허허허.'

채 노인은 드디어 설아를 동물들과 떼어놓을 수 있게 됐다는 생각에 연신 흐뭇한 미소를 지었다. 그리고 밤하늘의 별들을 쳐다보며 하늘이 점지해 줄 설아의 배필을 마음껏 상상했다.

제18장
죽음의 명령

곽무한은 고통에 몸부림치다 은연중에 동굴을 떠올렸다.

'버섯, 물…….'

눈 녹듯 시원하게 녹아들던 버섯과 찰랑이던 샘물이 몸서리치게 그리웠다.

'끄으, 이 녀석은 어디 갔어, 주인이 이토록 힘들어하는데?'

곽무한은 비몽사몽간에 청랑을 찾으며 겨우 몸을 추슬렀다.

걸음을 옮기는 순간에도 온몸에 불길이 확확 이는 듯했고 사지 육신이 미친 듯이 가려웠다. 그러나 이를 악물며 물속으로 뛰어들었다.

첨벙!

그나마 물속에 들어가니 조금 나아진 기분이었다.

'후우웁! 후우웁!'

내공이 전혀 모아지지 않아 억지로 피부 호흡을 했다.

처음에는 고통 때문에 혼란스러워 그런지 아무런 느낌이 없었으나 시간이 흐를수록 물의 기운이 전신 모공으로 빨려들었다.

'크으으, 그나마 조금은 낫군.'

물은 그 자체로 음의 성질을 가져서 그런지 잔뜩 달구어진 양기를 조금은 가라앉혔다.

곽무한은 사력을 다해 헤엄쳐 둔덕으로 올랐다.

'저 바위산을 넘어서⋯⋯.'

무슨 정신으로 걸었는지도 몰랐다.

송곳으로 쑤시듯, 개미가 일제히 물어뜯듯 하는 고통과 아랫도리에서 치미는 열기를 억지로 참으며 걷다 보니 어느 순간에는 머리 속이 하얗게 변하는 기분이었다.

휘우웅!

잠깐 정신을 차리니 어느새 이끼 낀 절벽.

첨벙!

곽무한은 소용돌이 속으로 몸을 던졌다.

쿠르르르!

소용돌이가 몸을 휘말았지만 걱정은 없었다. 이제는 피부 호흡 덕분에 몇 시진 동안은 숨 안 쉬고도 버틸 수 있었다.

콰아아!

붉은 빛이 눈에 들어왔다.

곽무한은 소용돌이를 벗어나려고 팔다리를 움직였다. 그러나 내공이 받쳐 주지 않으니 뚫고 나갈 방법이 없었다.

'끄으윽!'

곽무한은 안간힘을 써 단전을 일깨웠다. 극심한 통증이 느껴졌다.

그러나 단전이 움직이기는커녕 칼로 난도질하는 고통만 일어났다.

'끄윽! 어쩌지?'

곽무한은 이제 혼절할 지경이었다.

혈음고가 날뛰는 고통만 해도 정신이 없을 지경인데 단전까지 고통스러우니 견딜 방법이 없었다. 그러나 그때 기적이 일어났다.

쏴아아!

뭐든지 한계에 다다르면 다른 길을 찾게 되는 것일까?

막힌 혈맥을 자꾸 움직이다 보니 미처 단전으로 스며들지 못하고 남아 있던 구엽음양과의 기운과 피부 호흡으로 받아들인 기운들이 하나로 뭉쳐지며 단전으로 통하는 하나의 맥을 뚫었다.

'헉! 단전이 뚫렸어!'

비록 전부가 아닌 하나의 맥에 불과했지만 곽무한은 뛸듯이 기뻤다. 하나가 뚫렸으면 둘도 뚫을 수 있는 것. 그렇다면 금제된 내공을 회복하는 것은 시간문제라는 생각이 들었다.

'좋아, 이 정도만 해도 어디냐.'

움직일 수 있는 내공은 겨우 삼성 수준. 그러나 곽무한은 새로운 희망을 느끼며 소용돌이를 뚫고 동굴 안으로 들어섰다.

은백색 모래사장을 지나 조그만 동굴 안으로 들어가니 향긋한 냄새가 코를 찔러왔다. 예전에 먹어본, 눈처럼 시원하던 버섯 향기였다. 곽무한은 비틀거리는 걸음으로 버섯을 찾아 입속에 마구 집어넣었다.

"크으윽!"

뱃속에서 혈음고가 요동을 쳤다. 애타게 찾는 수컷 대신 차가운 버섯이 들어오니 난리를 피우는 것이었다. 그러나 곽무한은 계속 버섯을 입 안에 우겨 넣었다. 뱃속은 난리가 날지라도 숨넘어갈 듯하던 열기는 많이 가셨기 때문이다. 곽무한은 내친김이라 싶어 샘물도 마구 들이켰다. 물론 뱃속이 몽땅 뜯겨져 나가는 것 같은 고통은 더욱 가중되었다.

"크아아!"

결국 곽무한은 배를 잡고 나뒹굴었다. 바로 그때, 동굴 안에서 심혼을 울리는 음파가 들려왔다. 혈뢰도가 부르는 소리였다.

곽무한은 홀린 듯 다가가 도를 뽑아 들었다.

곽무한이 도를 거머쥐자마자 손잡이에서 끔찍한 열기가 뿜어져 나왔다.

"으아아아아!"

열기는 너무 뜨거웠다. 혼백을 활활 달궈왔다. 그러나 그것도 잠시, 곧 시원한 느낌이 들었다. 치미는 열기 탓인지 그토록 요동치던 혈음고가 다소 진정된 때문이었다. 그러나 그 느낌은 순간이었다. 시간이 흐를수록 곽무한의 얼굴이 붉게 변했다. 이제는 온몸을 태워 버릴 듯한 양기가 용솟음친 때문이었다.

"크아아악!"

곽무한은 사지를 덜덜 떨며 괴로워하다가 고통을 참기 위해 본능적으로 도를 휘둘렀다.

콰콰쾅!

곽무한이 휘두른 도는 동굴 벽을 마구 갈라갔다.

돌 가루가 날리고 먼지가 일어났다.

고통으로 인해 혼백이 거의 나간 곽무한은 무아지경으로 도를 휘두르며 괴성을 질렀다. 그런데 이상한 것은 곽무한의 눈에서 점점 홍광이 짙어진다는 것이었다. 예전에 곽무한의 뇌리 속을 파고든 그 빛이었다.

"크아아아!"

츠츠츠츠!

홍광이 짙어지면서 곽무한의 도세가 점점 바뀌어갔다.

폭풍멸절도법에서 벽라대제가 곽무한의 뇌리 속에 심어놓은 참마뢰와 단천뢰, 수라혈뢰의 도세를 뿌려 나가고 있었다. 원을 그리다가 직선으로 뻗치고 기이한 각도로 휘어지며 사선을 그려가는 초식의 연결들. 그 초식들이 펼쳐지기 시작하자 혈뢰도의 색깔도 점점 변해갔다. 도극에서 붉은 빛이 넘실거리며 사방을 갈라가는 것이었다. 그리고 그 도세는 혀를 내두를 정도의 위력을 발휘하기 시작했다.

츠츠츠츠츠!

도극에서 뿜어져 나온 광채가 닿는 곳마다 동굴 벽이 소리없이 갈라지기 시작한 것이었다. 그러다가 어느 순간, 탈진한 곽무한은 힘없이 바닥으로 무너져 내렸다. 다행히 모든 진원을 소비하며 칼춤을 춘 곽무한의 얼굴에는 고통의 빛이 사라지고 평온함만 가득했다.

*   *   *

"뭣이라구요?"

과자안의 표정이 급변했다.

적호는 고개를 숙인 채 안색을 찌푸렸다.

"뭘 그리 놀라나? 이 정도도 많이 봐준 거야."

철면노호는 찻잔을 들이키며 담담히 말했다. 그러나 듣는 사람들은 모두 곤혹스런 표정이었다.

"대형, 그럴 바에야 차라리 무한이의 단전을 폐쇄하고 채의 규율대로 사지를 끊는 게 낫지 않습니까?"

과자안이 벌게진 얼굴로 항의했다. 그러나 철면노호는 과자안의 항의를 웃음으로 받아넘겼다.

"말했잖나, 그건 너무 자비를 베푸는 것이라고."

"이번 결정은 도저히 대형답지 않습니다. 도대체… 도대체……."

과자안은 말을 잇지 못했다.

"묵호, 흥분하지 말게. 자네 말대로 그놈이 뛰어난 자질을 갖고 있다면 거기에서도 살아날 테니까 말이야."

철면노호는 찻잔을 내려놓으며 다시 한 번 미소를 지었다. 그 대답이 하도 어이가 없었던지 과자안은 멍한 표정만 짓고 있었다.

적호는 철면노호를 보면서 속으로 욕을 퍼부었다.

'도대체 말도 안 돼. 아무리 무한이가 잘못했다지만 고작 열여섯 살짜리를 앞세워 다른 수채를 공격한다고? 그것도 미끼 삼아서?'

아무리 생각해 봐도 말도 안 되는 소리였다.

지금 철면노호가 내린 처벌은 모두가 낯빛을 바꿀 정도로 상상 이상의 것이었다.

적호채 인근의 몇 개의 수채를 지목, 곽무한을 앞장 세워 공격해 들어간다는 것이었다. 즉, 곽무한이 다른 수채의 정면을 공격, 흔들어놓으면 그때 친위대와 적호채의 정예들이 놈들을 덮친다는 설명이었다.

말로는 민강수채의 공격에 대비하기 위해 세를 불리는 것이라지만 도저히 이해가 되지 않는 전략이었다. 어떻게 보면 다른 수적들의 손으로 곽무한을 죽이려는 수작 같았다.

"아우들이 모르는 게 하나 있어."

모두의 표정이 딱딱하게 굳어 있자 철면노호가 입을 열었다.

"묵호 아우는 벌써 알고 있는지 모르겠지만 무한이 녀석의 무위는 예상을 초월해. 그걸 모두 간과하고 있는 것 같군."

철면노호는 말 중간에 슬쩍 과자안을 돌아봤다.

과자안은 자기도 모르게 몸을 움찔했다.

"몇 달 전 곽무한이 술판을 벌이고 있는 아이들과 소란을 벌인 사건, 장직에게 상세히 들었지. 그래서 내린 결론이야. 더구나 사흘 전에도 모두 보지 않았나? 지금 그 녀석의 무위라면 거의 나와 맞먹을 정도야."

'그건 엄살이야!'

과자안은 속으로 부르짖었다. 내상이 낫기 전이라면 몰라도 내상이 나은 지금의 철면노호는 일류고수였다. 과자안은 곽무한이 아무리 발전했다지만 이제 일류에 막 들어설까 말까로 생각했다.

"그래서 내린 결정이야. 녀석이 잘 싸워주면 우리 측 피해가 줄어드니 좋고 운이 나빠 죽으면 뭐, 어쩔 수 없는 거지. 그러나 분명한 건 우리 수중호걸들의 세계는 '강한 자만이 옳다' 라는 것이야. 난 내심으로는 그 녀석이 마지막까지 살아남아 주길 바라."

'그러면 인근 수채는 다 당신 발 아래겠지.'

과자안은 속으로 중얼거렸다.

"자, 그러니 모두 썩은 표정 그만 지으라구. 그리고 어느 채부터 먼저 덮칠까를 의논해 보자구."

회의는 철면노호의 뜻대로 흘러갔다.

가장 먼저 적호채 인근의 대녕채를 치기로 했다.

대녕채는 사천과 호북의 경계인 대파산을 따라 흐르는 물줄기, 대녕강 인근의 수채였다.

중요 요지는 아니었지만 삼협 인근의 물동량이 모이는 무산과 이어지는 곳이라 결코 놓칠 수 없는 물길이었다. 그래선지 놈들의 세력도 만만찮았다.

"첫걸음치고는 너무 큰 수채 아닙니까?"

"그렇다고 언제까지 그놈들에게 막혀 웅크리고만 있을 순 없잖아."

적호가 우려를 표했지만 간단하게 묵살당했다.

"지금부터 녀석들에 대한 정보를 끌어 모아! 사흘 뒤에 무한이의 단전을 풀어주고 그때 친다!"

철면노호는 공격 날짜까지 정해 버렸다.

"알겠습니다."

과자안과 적호는 힘없이 고개를 숙였다.

바로 그때였다.

"무한이가 사라졌습니다!"

지렁이가 사색이 되어 뛰어들어 왔다.

"무한이가 사라져?"

과자안은 자기도 모르게 반색이 되어 외쳤다. 그러나 의외로 철면노호는 담담했다.

"괜찮아. 놔둬. 금방 돌아올 거야. 묵호 아우가 예전에 말했듯이 의리가 강한 놈이야. 계집들이 우리 손에 있으니 반드시 돌아올 거야."

철면노호의 말은 맞았다.

다음날 아침, 창백한 안색의 곽무한이 수채에 나타났다.

수적들은 어젯밤의 그 처절했던 비명 소리가 생각나 슬금슬금 곽무한을 피했다.

“명은 사흘 뒤에 내리겠다. 그때까진 네 마음대로 지내도 좋아.”

철면노호는 의외로 곽무한에게 자유를 주었다.

“늑대 굴에서 지내겠습니다.”

곽무한은 짧게 대답하고는 늑대 굴로 올라갔다.

‘저놈……’

과자안은 멀어지는 곽무한의 뒷등을 보면서 마음이 아팠다. 그러나 지금 이 순간 자신이 곽무한을 위해 해줄 수 있는 건 아무것도 없었다.

‘죽지 말고 조금만 참아라. 내가 방법을 찾아보마.’

과자안은 힐끔 철면노호를 쳐다봤다.

철면노호가 내상을 고친 방법만 알아내면 될 것 같았다.

“독호 아우는 언제 옵니까?”

과자안은 표정을 감추며 물었다.

술을 좋아하는 독호니 그와 술자리를 갖게 되면 뜻밖의 실마리를 얻게 될지도 모른다는 생각이었다.

“독호? 내일이나 모레쯤 돌아올 거야.”

철면노호는 가볍게 대답하고는 본채로 사라졌다.

“모두 훈련 시작!”

적호는 휘하를 모두 불러 모았다.

어찌 됐든 이제부터 전쟁이 벌어질 테니 훈련에 전념해야 했다.

“모두 모여!”

과자안 역시 아이들을 불러 모았다.

“타합!”

“이야압!”

수채 앞 자갈밭에서는 다시 기합성들이 터져 나왔다.

곽무한은 늑대 굴 언덕에 앉아 훈련 모습을 지켜봤다. 그때 뒤에서 바스락거리는 소리가 들려왔다. 그러나 곽무한은 고개를 돌리지 않았다. 이미 누군지 알고 있었기 때문이다.

끼깅!

청랑은 곽무한의 목에 자기 얼굴을 부벼댔다. 그리고는 동굴로 들어가 조그만 단약을 물고 왔다.

"청랑, 그게 뭐냐?"

곽무한은 청랑에게서 단약을 받았다.

콧속으로 싸한 향기가 들어왔다.

"약… 인 모양이군. 아저씨가 보냈나?"

곽무한은 싸늘한 눈길로 단약을 내려보다가 바닥에 내려놓고 발로 밟아버렸다.

'끼깅! 저 아까운 것을?'

청랑은 화들짝 놀라 코를 땅에 박았다. 그러나 곽무한은 단약을 거들떠도 보지 않았다.

"난 더 이상 당신에게 신세를 지지 않겠어!"

곽무한은 언덕 아래를 내려다보며 주먹을 불끈 쥐다가 무슨 생각이 들었는지 굴 안으로 들어갔다.

곽무한의 눈에 동굴 벽에 기대어 놓은 낚싯대가 들어왔다.

'저것 역시 아저씨가 준 것!'

곽무한은 이글거리는 눈빛으로 낚싯대의 양 끝을 잡고 단번에 부러뜨리려 했다. 그러나 불끈 힘을 준 양손이 맞닿을 정도인데도 낚싯대는 부러지기보다는 오히려 팽팽하게 휘어졌다.

“이익!”

다시 힘을 주려는데 낚싯대에 과자안의 얼굴이 겹쳐 보였다.

─녀석, 원망스러우냐?

잔뜩 굽은 대나무가 말을 하는 것 같았다.

“네 마음속을 들여다보라는 말이다. 그렇게 하면 반드시 얻는 게 있을 것이다.”

과자안이 낚싯대를 건네주며 하던 말이 생각났다. 곽무한은 갑자기 머리 속에서 벼락이 치는 느낌을 받으며 털썩 자리에 주저앉았다.

‘마음? 마음이라고……?’

그러고 보니 진짜 그랬다. 마음이 잔잔히 가라앉아 있을 때는 주변의 정경이 모두 느껴졌는데 흥분했을 때는 아무것도 느껴지지 않았다. 아니, 흥분한 탓인지 오히려 평소보다 시야가 좁아졌다.

“그랬군, 그랬어.”

곽무한은 혼자서 중얼거렸다.

얼마 전 혈음고에 당할 때도 마음만 가라앉혔다면 철면노호가 미루와 매옥 곁에 나타나기 전에 알아차렸을 것을… 지금은 후회해도 너무 늦었다.

“바보, 멍청이!”

곽무한은 자괴감이 들어 주먹으로 땅바닥을 몇 번이나 내려치다가 멍하니 동굴 천장을 올려다봤다.

─복수만이 능사가 아니다. 때로는 호탕하게 웃어넘길 줄도 알아야 진짜 사내다.

귀에 우렁우렁한 목소리.

"그건 아냐!"

곽무한은 천장을 향해 힘껏 고함치고는 밖으로 뛰쳐나왔다.

밖으로 나와 보니 청랑이 하늘을 향해 사지를 바르르 떨고 있었다.

"너 지금 뭐 하냐?"

평소엔 안 하던 행동이라 곽무한은 청랑의 뒤통수를 후려쳤다. 그러자 청랑이 비명을 지르며 벌떡 몸을 뒤집었다. 그런데 이상하게도 청랑의 눈에서 번쩍이는 광채가 나오는 것 같았다.

"너 지금 나랑 붙자는 거야?"

곽무한은 주먹을 말아 쥐며 으르렁거렸다.

끼깅! 고로롱!

본신 내공을 거의 쓰지 못하는 곽무한이다. 허세가 분명했지만 청랑은 곽무한의 주먹을 보자 가슴이 덜컥했다. 그래서 얼른 꼬리를 말며 아양을 떨었다.

"쩝, 약이 네 몸에 잘 받았던 모양이군."

왠지 모르게 청랑의 기세가 예전보다 더욱 강해 보였다. 곽무한은 쓰게 웃으며 청랑의 머리를 한 방 쥐어박아 버리고는 동굴로 들어가 낚싯대를 갖고 나왔다.

"놈이 무슨 명령을 내릴지 모르겠지만… 허기나 때우자."

사실은 마음을 닦으려는 것이다. 그러나 왠지 과자안의 가르침을 따르는 느낌이라 스스로 핑곗거리를 찾았다.

퐁!

곽무한은 흐르는 강물에 낚싯줄을 던졌다.

은은한 바람이 귓가를 부드럽게 스치고 지나갔다.

첨벙!

새벽에 물소리가 크게 났다.

곽무한은 자다가 일어나 수채 쪽을 바라봤다.

"조심해! 부상자가 있어!"

악쓰듯 고함치는 사람은 민대머리였다.

안력을 모으고 보니 십여 명이 배에서 내리는데 하나같이 피투성이였다.

'출타했다더니 지금 돌아오는 모양이군.'

곽무한은 차가운 눈길로 민대머리를 노려보다 다시 잠을 청했다.

수채 마당에 모닥불이 피워졌다.

수적들은 빙 둘러 모여 앉아 상처투성이인 동료들을 쳐다봤다.

"대형, 죄송합니다. 세 명의 형제를 잃었습니다."

민대머리는 자신에게 다가오는 철면노호를 보고 고개를 숙였다.

"으음……."

철면노호는 침음성을 흘리며 시신들을 살폈다.

"짝귀까지? 음, 내가 놈들의 정체만 확인해 보라고 말했던 걸로 기억하는데?"

철면노호가 살핀 시신 짝귀는 철면노호의 친위대 중 다섯 손가락 안에 드는 고수였다. 그런 짝귀가 가슴 중앙이 쩍 벌어진 채 죽어 있으니 그 상처만 봐도 적들이 얼마나 강한지 알 수 있었다.

"죄송합니다. 짝귀 녀석이 그만 욕심을 부리는 바람에……. 그러나 다행히 놈들의 이목을 다른 곳으로 돌렸습니다."

민대머리가 자기 옷을 슬쩍 만져 보인다.

"음……."

보나마나 민대머리가 먼저 건드렸으리라. 그러나 죽은 자는 말이 없다고, 시신에게 책임을 떠넘기니 더 이상 할 말이 없었다. 게다가 민대머리가 입고 있는 옷에는 까마귀가 물고기를 쪼아 먹는 문양이 수놓여져 있었다.

"놈들은 진짜 강하더군요. 그러나 운이 좋았습니다. 도망치는 외중에 오강채 떨거지들을 만났지요. 그래서 슬쩍 옷을 바꿔 입었죠."

"알았다. 수고했다."

철면노호는 흐린 얼굴로 고개를 끄덕여 주고는 본채로 돌아왔다.

'좀 더 서둘러야겠군. 잘못하다가는 복수도 못하고 고기밥이 되게 생겼어.'

철면노호는 한숨을 쉬며 생각을 정리했다.

민대머리의 말대로 놈들의 이목이 오강채로 향했으면 시간을 많이 번 셈이었다. 그러나 수채 내에서 한가락 한다는 놈들만 파견했는데도 모두 만신창이. 금사상채의 뒤를 봐주는 놈들은 생각 이상으로 강했다.

결국 언젠가는 놈들과 한판 드잡이질을 해야 할 상황.

그렇다면 보다 빨리 세력을 확장해 힘을 키워야 했다.

철면노호는 곽무한의 얼굴을 떠올렸다가 금방 고개를 가로저어 버렸다.

'아쉽지만 장직 녀석이라도…….'

철면노호는 장직의 얼굴을 떠올렸다.

둥둥둥!

북소리와 함께 날이 밝았다.

수채 앞마당에는 병장기를 갖춘 오십 명의 적호채 수적들이 도열해 있었다. 그들의 눈빛은 모두 중앙으로 향해 있었다.

중앙에는 철면노호가 조금 상기된 표정으로 연설을 하고 있었다.

"이제 장강제일의 수채, 적호채의 용틀임이 시작된다. 그 주역은 바로 너희들이다. 너희들이 가는 곳엔 수많은 적들이 혼비백산, 무릎을 꿇을 것이며……."

곽무한은 한쪽 구석에 조용히 서 있었다. 곽무한의 등에는 천으로 둘둘 말린 뭔가가 매달려 있었다. 물론 손에 낚싯대가 들려 있었지만.

'저게 뭐지? 처음 보는 건데?'

수적들은 힐끔힐끔 호기심 어린 눈빛으로 곽무한에게 눈을 돌렸다.

"자, 이제 대녕채는 우리 발 아래 있다! 모두 출동!"

어느새 지루한 연설이 끝났다.

"와아아아!"

수적들은 일제히 환호성을 지르며 각자 정해진 배로 갔다.

"잠깐 이리 와봐."

철면노호가 멀뚱히 서 있는 곽무한을 불렀다.

"독호가 네게 별도의 명을 내릴 것이다. 그 명을 반드시 완수해야 계집들이 살아남는다는 건 알지?"

곁으로 다가온 철면노호가 잠시 느물거리더니 곽무한의 단전을 향해 손을 움직였다.

피피핏! 퍼퍽!

곽무한은 아랫배가 터져 나가는 고통에 잠시 몸을 휘청거렸다.

"오늘은 네놈 단전을 풀어주마. 부디 날 실망시키지 마라. <u>흐흐흐.</u>"

단전을 막고 있던 혈도를 풀어준 철면노호는 웃음을 터뜨리며 사라졌다.

'개자식!'

곽무한은 이를 갈며 철면노호를 노려봤다. 그때 등 뒤로 누군가가 다가왔다.

"넌 이쪽이야."

민대머리가 음흉한 미소를 지으며 곽무한을 배로 이끌었다.

곽무한은 배에 올라 슬쩍 자기 주변을 돌아봤다.

십여 명. 하나같이 험상궂은 표정이었다. 모두 친위대들이었다.

"이 손… 놓으시지?"

곽무한은 민대머리에게서 손을 빼냈다.

'<u>흐흐흐</u>, 죽을 등 살 등 모르는 자식. 지금은 웃지만 조금 있다가는 피눈물이 날 게다.'

민대머리는 철면노호에게 받은 명령을 기억해 내고는 비릿한 웃음을 지었다.

"자, 우리도 출발해!"

뱃고물에 앉은 민대머리가 팔짱을 끼며 출발을 알리자 모두 힘차게 노를 저었다.

삐걱삐걱!

십여 척의 소선(小船)은 무성한 수초들을 가르며 빠르게 나아갔다.

"일차 경계망 통과!"

수초를 막고 있던 목책이 위로 올라갔다.

"이차 경계망 통과!"

경계를 서는 놈들의 목소리를 따라 소선들은 점점 적호채에서 멀어졌다. 그들의 모습이 시야에서 완전히 사라질 즈음,

"장직, 오늘부터는 특수 훈련이다! 가자!"

철면노호는 뚫어져라 곽무한이 탄 소선만 노려보고 있는 장직을 일깨웠다.

"으그극! 예."

장직은 부서진 턱 때문에 제대로 이를 갈아붙이지 못했다.

'부디 하늘이 돌보시기를……'

과자안은 소선들이 완전히 사라졌음에도 한참 동안 서 있었다.

흐드러진 나무들을 헤치고 하얀 물보라를 지나자 웅장하게 뻗은 산들이 병풍처럼 늘어서 있다.

은와탄의 거센 물살을 거쳐 용문협에 이르러 제를 올린 적호채들은 손에 더욱 힘을 가했다.

삐걱삐걱!

석양이 깔릴 무렵, 드디어 적호채는 안개 넘실거리는 무협(巫峽)에 다다랐다.

"여기서부터는 조심해! 놈들의 구역이야!"

적호채들은 절벽가에 배를 대고 밤이 더 깊어지기를 기다렸다.

후두둑! 쏴아아!

해시(亥時:21~23시)를 넘어가자 때마침 폭우가 쏟아졌다.

"다행이야. 하늘이 돌보심이군."

민대머리는 흘러내리는 빗물을 핥다가 고개를 돌려 명을 내렸다.

"여기서부터 놈들의 본채가 있는 대창(大昌) 선착장까지 두 개 조로

나눠서 간다. 한 조는 잔도로, 다른 조는 물길로. 놈들의 경계 망루를 조심하고 놈들의 본거지에 도착하면 모두 내 신호를 기다려!"

민대머리의 말이 끝남과 동시에 적호채들은 둘로 나눠 움직이기 시작했다. 곽무한은 민대머리 등과 함께 잔도로 올라갔다.

"여기서부터는 네가 앞장선다."

민대머리가 씩 웃으며 말했다.

"좋아!"

곽무한은 쏟아지는 빗줄기를 맞으며 앞으로 나섰다. 뒤따라오는 기색이 없어 고개를 돌리니 놈들은 멀찍이서 뒤따라온다.

'큭, 여차하면 나보고 먼저 죽으란 소리군.'

곽무한은 가슴속 깊숙이 적개심이 끓어올랐다. 그러나 심호흡으로 달래며 걸음을 재촉했다.

삐걱삐걱.

빗물에 젖은 잔도는 아무리 살살 걸음을 떼도 앓는 소리를 냈다.

곽무한은 전신 모공으로 숨을 쉬며 사방을 살폈다. 그러나 빗소리 때문인지 감각이 예전만 못했다.

'안 되겠군. 위험해.'

곽무한은 안 되겠다 싶어 낚싯대를 들었다.

쏴아아!

삐걱삐걱.

쏟아지는 빗줄기, 삐걱이는 잔도.

걸음을 뗄 때마다 지옥 문으로 들어서는 듯 가슴이 쿵쿵 뛰었다.

'진정, 진정.'

곽무한은 뛰는 가슴을 달래며 계속 걸음을 뗐다. 그런데 어느 순간,

발에 미미한 진동이 느껴졌다.

'적이다!'

곽무한은 뛰는 가슴을 달래며 낚싯대를 머리 뒤로 젖혔다. 막 신형을 날리려는 찰나,

슈슈슛!!

어둠 속에서 귀를 찢는 소리가 들려왔다.

'웃?'

곽무한은 재빨리 바닥으로 엎드렸다.

몇 개의 암기가 머리 위로 스쳐 갔다.

"음? 무슨 소리가 난 것 같았는데?"

"그러게."

앞쪽에서 몇 놈이 두런거리며 다가오는 소리가 났다.

십 장, 오 장, 삼 장…….

놈들의 신형이 어슴푸레 보일 정도가 되자 곽무한은 빠르게 낚싯줄을 날렸다.

쌔애액!

바람을 가르며 날아간 낚싯줄은 두 놈의 발목을 감아버렸다.

"헉? 뭐, 뭐야?"

두 놈이 당혹성을 터뜨리는 순간 곽무한이 힘껏 줄을 당겼다.

"으아악!"

첨벙!

곽무한은 아차 싶었다. 놈들의 비명 소리가 예상보다 너무 컸다.

우려는 금방 현실로 다가왔다.

"침입자다!"

호통 소리와 함께 앞쪽에서 몇 놈이 뛰어왔다.

'놈들이 신호를 울리기 전에!'

곽무한은 힘차게 신형을 쏘아 올렸다.

파파팟!

어느새 삼 장 높이로 뛰어오른 곽무한은 튀어나온 암벽을 차며 몸을 틀었다.

"헛?"

놈들이 당황한 표정으로 병장기를 꺼내 들었다. 그러나 절벽을 박차고 쇄도하는 곽무한의 손이 더 빨랐다.

시이잇!

비단폭 찢어지는 소리와 함께 낚싯줄이 길게 사선을 그었다.

"아앗!"

녀석들이 낚싯줄에 베인 손과 배를 감싸며 펄쩍 뛸 때 곽무한의 손목이 다시 한 번 움직였다.

피웅!

곽무한이 휘두른 낚싯대는 살아 있는 뱀처럼 휘어져 놈들의 빈틈을 파고들었다.

파파팡!

"크아악!"

순식간에 머리와 다리를 얻어맞은 놈들은 비명을 지르며 잔도 아래로 추락했다.

앞의 두 놈이 어이없이 당하자 뒤에서 달려오던 네 놈은 일순 걸음을 멈추며 서로 눈빛을 교환했다.

"이놈, 머리를 내놔라!"

잔도는 두 명이 어깨를 맞댈 정도의 폭밖에 되지 않았다. 그러니 일 도양단의 고수가 아닌 다음에야 힘에서 밀리면 추락할 수밖에 없었다. 놈들은 일제히 밀고 들어가는 방법을 택했다.

'위험!'

곽무한은 본능적으로 위기를 느꼈다.

'앞으로 나갈 수도 뒤로 물러설 수도 없다. 그렇다면?'

곽무한의 눈이 빠르게 난간을 훑었다. 동시에 곽무한의 손이 파란 대나무를 뿌렸다.

타라락!

유성처럼 쏘아진 낚싯줄은 빠르게 난간을 감았다.

"이놈, 끝이다!"

쐐애액!

살기 띤 목소리와 함께 시퍼런 도가 바람을 가르며 날아왔다.

"타핫!"

도가 머리에 닿기 직전 곽무한은 절벽 아래로 몸을 던졌다.

"어라? 저놈이 미쳤나?"

놈들이 곤혹스런 표정으로 난간 아래를 내려다볼 즈음 낚싯줄에 의지해 절벽 아래로 몸을 피한 곽무한의 신형이 긴 원을 그리며 잔도 위에 다시 나타났다. 바로 놈들의 뒤였다.

"타합!"

곽무한은 눈앞에 있는 두 놈의 가랑이 사이로 낚싯대를 집어넣고 힘껏 비틀어버렸다.

"으아아!"

비명 소리가 길게 메아리쳤다.

“헉? 이놈이?”

의외의 사태에 놀란 두 놈이 눈을 부릅뜨며 신형을 틀었다. 그 순간 곽무한은 이미 등에 묶인 천을 끄르고 도의 손잡이를 잡고 있었다.

우우웅!

쏟아지는 빛줄기 속에 혈뢰도가 붉은 홍광을 뿜었다.

“헉! 뭐, 뭐야?”

갑작스런 광채에 놈들이 놀라는 사이 곽무한의 신형이 탄환처럼 앞으로 쏘아졌다.

“타아아앗!”

서거걱!

섬뜩한 절단음.

“끄으으!”

숨 막힌 비명 소리.

붉은 광채가 놈들의 신형을 쪼개 버리고 말았다.

촤아악!

놈들의 몸에서 솟구친 피분수는 얼굴을 덮치고 바닥으로 떨어졌다.

“으으으…….”

뒤늦게 다가온 친위대 놈들이 적들의 시신을 보고 몸서리를 쳤다.

“수고했어. 대단한데?”

배짱 좋은 몇 놈은 곽무한의 등을 두드리며 혈뢰도를 곁눈질했다.

민대머리는 맨 나중에 왔다.

‘대단한 놈, 정말 대단한 놈…….’

민대머리는 경악 반 질투 반인 표정으로 곽무한을 노려봤다. 그러다가 그 역시 곽무한의 손에 쥐인 황금빛 손잡이를 봤다.

‘저 도… 흔히 볼 수 없는 명품 같은데? 어디서 났지?

민대머리의 눈에서 탐욕의 불길이 피어올랐다가 빠르게 사라졌다.

“뭣들 하는 거야? 여기서 밤샐 작정이야?”

민대머리는 새파란 눈길로 소리쳤다.

경계망을 무너뜨렸으니 종적이 드러나는 건 시간문제.

한시라도 빨리 놈들의 본거지에 다다라야 했다.

철컥!

곽무한은 얼굴을 닦으며 도를 등에 메었다.

삐걱삐걱!

잔도는 끝없이 뻗어 있었다.

선착장이 내려다보이는 언덕.

쏴아아!

비는 언덕 위에 위치한 대녕채에도 쏟아지고 있었다.

비와 어둠에 취한 탓인지 대녕채는 곤하게 잠들어 있었다.

‘젠장, 완전 칠흑이군.’

민대머리는 대녕채를 노려보며 이맛살을 찌푸렸다.

희미한 불빛조차 없으니 어디가 어딘지 알 수가 없다. 이래서야 제대로 된 기습의 효과를 기대하기가 어려웠다.

“반드시 대녕채를 뚫려야 한다. 그렇지 않다면 아예 살아 돌아올 생각을 마라!”

철면노호의 명이 뇌리를 따갑게 울렸다.

‘제길, 오늘 자칫 잘못하면 내 몸 어딘가에 바람 구멍이 생기겠군.’

민대머리는 다시 한 번 인상을 찌푸렸다. 그러다가 슬쩍 눈을 뒤로 돌렸다. 녀석은 조용히 눈만 빛내고 있었다.

‘저놈을 어떻게 써먹을까?

민대머리는 곽무한을 보며 생각에 잠겼다.

“선봉을 세우든 미끼로 만들든 알아서 해라!”

철면노호의 명이 아니더라도 어차피 녀석을 이용할 생각이었다.

‘좋아, 결정했어. 정면에 내세우자.’

생각을 정리한 민대머리는 손가락으로 곽무한을 불렀다.

“저 앞에 놈들의 입구가 보이지? 네가 할 일은 놈들의 입구를 부수고 들어가 잠자는 놈들을 모두 깨우는 거야.”

녀석의 눈빛이 출렁거린다. 민대머리는 그 표정을 보고 갑자기 기분이 좋아졌다.

“네가 공격해 들어가는 순간 우리도 공격해 들어간다. 그러니 뒤는 걱정하지 말고 최대한 날뛰어. 놈들의 이목을 집중시키란 말이야. 나한테 엉기던 그때처럼. 알겠어?”

일부러 비웃음까지 지어 보였다. 녀석이 이를 악무는 것 같았다.

“만약 네가 놈들을 제대로 못 흔들어 이 작전이 실패로 돌아가면……. 그 뒷말은 안 해도 알겠지? 자, 출발해!”

녀석이 한참 자신을 노려보더니 몸을 일으켰다.

“자, 모두 준비해! 내가 신호를 보내면 일제히 공격해 들어간다!”

민대머리는 수하들에게 주의를 환기시키며 선착장을 향해 조그만 불빛을 깜빡여 보였다.

어둠에 잠긴 선착장.
흐르는 물길 속에 수십 개의 눈들이 숨어 있다.
"대기 신호다! 모두 준비해!"
민대머리의 신호를 받은 적호채의 다른 조. 지렁이가 주위를 돌아보며 말했다. 어피를 뒤집어쓴 수십 개의 눈들은 조용히 병장기를 꺼내들며 어둠 속을 주시했다.

쏴아아!
비는 벌써 온몸을 축축하게 만들고 있었다.
곽무한은 한 걸음 한 걸음 어둠을 헤쳐 갔다.
어둠은 악귀가 넘실거리는 바다 같았다.
숨 막히는 두려움과 공포가 심신을 짓눌러 왔다. 그 때문인지 곽무한의 망막에 뿌연 습막이 맺혔다.
'마음을 비우고… 마음을 비우고…….'
곽무한은 두려움을 떨치기 위해 스스로에게 주문을 걸었다.
"거기 누구냐?"
갑자기 들려온 호통 소리. 오른쪽 위였다.
'경계 망루!'
곽무한은 생각과 동시에 몸을 날렸다.
세찬 비바람이 얼굴을 때렸다.
슈가각!
순식간에 망루에 올라선 곽무한의 몸에서 붉은 빛이 번쩍였다.

“헉? 저, 적?”

놈은 끝까지 말문을 잇지 못하고 땅바닥으로 곤두박질치고 말았다.

“장오, 무슨 일이야?”

망루에서 잠에 취한 목소리가 들려왔다. 곽무한은 허리 아래를 막는 난간을 몸으로 부숴 버리며 그대로 도를 내리그었다.

“으아악!”

긴장한 탓에 설 벤 모양이다. 놈의 비명 소리가 크게 울려 퍼졌다.

곽무한은 가슴이 철렁했다. 그러나 이미 벌어진 일.

“이익!”

곽무한은 망루에서 뛰어내려 바닥으로 뒹굴었다. 그리고는 튕기듯 일어나 무작정 정면을 향해 뛰었다.

눈앞에 어둠에 잠긴 거대한 문이 들어왔다.

“뭐야? 무슨 소리야?”

안에서 웅성거리는 소리가 들렸다.

곽무한은 혈뢰도를 하늘 높이 치켜세웠다.

“으아아아아!”

곽무한은 대녕채의 정문을 향해 혼신의 공력으로 도를 내리그었다.

콰자자자작!

홍광에 휘감긴 대녕채의 정문은 엄청난 굉음과 함께 산산이 박살나 버렸다.

“헉! 저, 정문이!”

“헉? 침입자다!”

날벼락처럼 오 장 길이에 두께만 해도 한 자가 넘는 정문이 일순간에 산산조각나자 그 소란성에 잠을 깬 몇 놈이 혼비백산했다.

입구를 쪼개며 안으로 들어선 곽무한의 시야에 몇 개의 움직임이 들어왔다.

"우아아아압!"

곽무한은 사자후를 지르며 그들을 향해 몸을 날렸다.

콰지지직!

"으아악!"

불똥이 튀고 손목이 저려오며 비명 소리가 귀를 찔러왔다.

땡땡땡땡땡!

"침입자다! 모두 일어나!"

"저놈 막아!"

거대한 소음이 장내에 메아리쳤다.

"다 덤벼!"

곽무한은 목이 터져라 고함을 지르며 몰려드는 칼 빛을 향해 몸을 던졌다.

"이노옴!"

패애앳!

붉게 충혈된 눈들이 다가오고 칼바람이 몰아쳐 왔다.

콰콱!

허리에 불이 나고 허벅지가 쓰라렸다. 그러나 곽무한은 아랑곳하지 않았다.

"우아아아아아!"

그저 혼신의 힘을 뿜어내려 뱃속 깊이 사자후를 지르며 혈뢰도를 사방으로 뿌려 나갔다.

"침입자는 한 놈이다! 이미 상처를 입었으니 바깥을 경계해!"

누군가의 목소리가 들려왔다. 그러나 그 소리는 딴 세상에서 들려오는 소리 같았다.

"날 막지 마! 막으면 모두 벤다!"

곽무한은 미쳐 날뛰었다.

피가 튀고 살이 터져도 움직임을 멈추지 않았다.

곽무한은 한 마리 야수처럼 날뛰었다.

"으으, 독한 놈!"

어느 순간, 주변이 텅 비었다.

"훅, 훅!"

곽무한은 도를 아로 세우며 사방을 훑었다.

피 범벅이 되어 바닥에 나뒹구는 놈이 십여 명. 그러나 이십여 명에 달하는 사내들이 거리를 벌리며 자신을 에워싸고 있었다. 그리고 그보다 많은 사내들이 문밖으로 나서고 있었다.

'멈추면 안 돼! 지쳐 쓰러져!'

공격 거리가 멀어지면 지치는 것은 자신. 곽무한은 놈들의 살기등등한 눈빛을 보며 이를 악물었다.

"우와아악!"

도망칠 수 없다면 뚫어야 하는 것.

곽무한은 괴성을 지르며 다시 앞으로 뛰쳐나갔다.

"저 미친 새끼!"

자다가 뛰쳐나온 대녕채 채주 파산부(破山斧) 곽패는 기가 막혔다.

워낙 소란스러워 난리가 난 줄 알았다. 그러나 밖으로 나와 보니 고작 한 놈.

놈이 워낙 길길이 날뛰어 수하들을 뒤로 물려 포위망을 구축했다.

중과부적에 겹겹이 싸인 포위망. 이쯤 되면 겁에 질려 포기해야 옳았다. 그런데 놈은 오히려 치고 나온다.

"어리석은 놈!"

곽패는 겁없이 달려오는 곽무한을 보며 번쩍 손을 들었다.

"암기를 사용해!"

곽패의 입에서 호통성이 나오자마자였다. 대녕채의 수적들은 일제히 곽무한에게 암기를 던지기 시작했다.

쐐애액!

공간을 메우며 피를 찾아 날아오는 암기들.

곽무한은 난생처음 당하는 암기의 공격에 당황해 자기도 모르게 걸음을 멈칫했다. 그 순간, 날아들던 암기에 맞아 어깨와 허벅지에 찡한 고통이 느껴졌다. 살을 찢고 뼈를 부수는 고통. 아팠다. 너무 아파 말로 형용하기가 불가능했다.

"끄아아!"

곽무한은 비명을 지르며 바닥으로 나뒹굴었다.

"흐흐, 잡았다!"

대녕채 놈들은 쾌재를 부르며 곽무한에게 다가갔다.

그때였다. 바닥에 쓰러져 꿈틀거리고 있던 곽무한에게서 갑자기 파란 원이 그려졌다.

"으악!"

"끄아! 내 발목!"

곽무한에게 다가서던 몇 놈이 발목을 움켜쥐며 나동그라졌다.

"흐으… 흐으… 날 막지 말라고 했지?"

쓰러져 있던 곽무한의 입에서 으스스한 목소리가 흘러나온다 싶더니 그의 몸이 비틀비틀 도를 의지해 일어나기 시작했다.

다시 일어선 곽무한의 모습은 온통 피에 젖어 처참해 보였다. 그러나 사방을 태워 버릴 듯한 눈빛과 으스스한 목소리는 주변을 완전히 압도해 버렸다. 그래선지 곽무한을 사로잡으려 다가서던 놈들이 일제히 걸음을 멈추며 손쓰기를 망설였다.

흐린 망막으로 횃불에 일렁이는 무수한 그림자가 보였다.

어림짐작으로도 스무 명 이상.

뒤따라온다던 민대머리 일행은 소식도 없다.

결국 혼자서 해결해야 할 상황.

죽음이 두렵진 않았다. 그러나 자신이 실패하고 난 뒤에 벌어질 상황이 두려웠다. 자기 때문에 아이들에게 해가 돌아가는 게 두려웠다.

곽무한은 피가 나도록 입술을 깨물며 혈뢰도에 힘을 더했다.

웅웅웅웅!

도가 울고 단전이 울었다. 그러나 무리한 데다 상처가 겹친 탓인지, 아니면 혈음고 때문인지 진기의 흐름이 원활하지 않았다.

'얕보이면 안 돼!'

곽무한은 애써 가슴을 폈다.

"죽고 싶은 놈만… 앞으로 나서!"

곽무한은 터져 나오는 비명성을 참으며 도를 앞으로 쭉 내뻗었다.

적들을 노려보는 곽무한의 눈에는 불꽃이 활활 피어올랐다.

'허, 저런 독한 놈이 있나?'

파산부 곽패는 말문이 막혔다.

놈은 이미 어깨와 허벅지, 그리고 옆구리에 피가 줄줄 흘러내리는 부상을 당했다. 저 정도 상처라면 숨 쉬는 것조차 힘겨울 정도의 엄중한 부상이다. 그런데도 다시 일어서다니? 그것도 도를 아로 세우며.

'작년에 죽인 비단 상인 놈의 자식인가? 아니면 올 봄에 죽인 객점 과부 년의 자식인가?'

피에 사무친 원한이 아니라면 이렇게까지 날뛸 리가 없다.

"모두 뒤로 물러나라!"

결국 곽패는 수하들을 뒤로 물리며 곽무한에게 단도직입적으로 물었다.

"넌 누구냐? 도대체 우리 수채와 무슨 원한이 있기에 그토록 미쳐 날뛰느냐?"

녀석의 기세가 워낙 만만찮다 보니 사정을 들어보고 별다른 사안만 아니라면 이 정도 선에서 적당히 눈감아주려 했다. 그런데 이런 천둥벌거숭이가 있나?

피식!

녀석이 오히려 기분 나쁜 미소를 짓고 있지 않은가?

곽패는 무시당했다는 느낌에 인상을 확 구겼다.

"천지를 모르는 놈이다. 그냥 죽여 버려!"

곽패의 명이 떨어지자 물러났던 수적들이 전열을 가다듬으며 다시 포위망을 조여왔다.

곽무한은 마음이 급했다.

놈의 질문에 마땅히 대답할 게 없어 미소만 지어 보였는데 그게 놈을 자극한 모양이었다. 조금 전 허장성세로 번 시간은 놈을 자극하는 바람에 날아가 버렸다.

‘어떻게 하지? 어떻게?’

곽무한은 흐름이 뚝뚝 끊기는 진기를 이으려 애를 썼다. 그때 찰나간에 뇌리를 스치는 생각. 이끼계곡의 소용돌이를 뚫을 때 겪었던 현상이 떠올랐다.

‘피부 호흡!’

곽무한은 재빨리 전신 모공을 열고 주변의 기운을 모으려 했다. 그러나 한발 늦었다.

“흐흐흐, 애송아, 이제 그만 가거라!”

쐐애액!

음흉한 목소리와 함께 벌써 심장을 찔러 들어오는 창.

곽무한은 가슴이 철렁해 본능적으로 몸을 움찔했다. 바로 그 순간,

쨍!

가슴에 찡한 충격이 느껴졌다. 그러나 창날에 찔린 충격은 아니었다.

곽무한은 놀란 눈길로 자기 가슴을 쳐다봤다.

‘아!’

전율이 일어났다.

“넌 용이 될 거야!”

엄마가 주고 간 목걸이. 황어가 그려진 목걸이.

창은 애꿎은 목걸이를 찍고 되돌아가고 있었다.

곽무한은 온몸에 힘이 솟구치는 것 같았다.

“우아아아!”

쉬이잇!

곽무한은 힘찬 기합성을 터뜨리며 자신의 가슴에서 멀어져 가는 손을 보며 도를 내리그었다.

서걱!

팔뚝 하나가 피를 뿜으며 바닥으로 떨어졌다. 그와 동시에 창백하게 질린 철사수염의 얼굴이 들어왔다.

"타하압!"

곽무한은 기합을 터뜨리며 앞으로 달려나갔다.

때 맞춰 전신 모공이 대지의 기운을 빨아들이기 시작했다.

웅웅웅웅!

단전이 소리를 내며 대지의 기운을 받아들였다. 끊겼던 진기가 이어지고 혈맥들이 빠르고 강하게 팽창하기 시작했다.

서거걱!

곽무한의 도는 철사수염의 목을 날려 버렸고,

우우우우우우!

땅을 박찬 곽무한의 신형은 피분수를 쏟으며 쓰러지는 철사수염의 어깨를 박차며 허공으로 치솟았다.

"놈을 막아!"

세찬 바람 아래로 뭐라 고함지르는 구레나룻거한의 얼굴이 보였다.

그와 동시에 번쩍이는 암기들이 줄을 이어 날아왔다. 그러나 곽무한의 신형은 쏟아지는 암기들을 뚫고 구레나룻거한에게 들이닥쳤다.

"이놈!"

부아앙!

구레나룻거한의 도끼가 이마를 찍어왔다. 그러나 곽무한의 도가 먼저였다.

슈가걱!

핏빛을 머금은 곽무한의 도는 도끼를 산산이 부숴 버리며 하늘과 땅을 붉은 광채로 이었다.

퍼퍼퍽!

곽무한은 피를 뒤집어쓰며 고개를 돌렸다.

"또 죽고 싶은 놈 나와!"

곽무한의 고함 소리는 횃불조차 떨게 만들었다.

"이, 이게 도대체……."

모두의 눈이 흔들렸다.

예상대로 대녕채에서 소란이 일어나자 일시에 공격을 감행한 민대머리 일당들. 정문을 통해 쏟아져 나오는 적의 숫자는 의외로 적었다.

"아직 싸우고 있는 모양이군."

밖으로 뛰쳐나온 적들을 모두 처리한 민대머리는 진입을 미루고 기다렸다.

병장기 소리와 고함 소리는 한참 동안 요란했다. 그러다가 어느 순간 조용해졌다.

"이제야 놈을 잡은 모양이군."

민대머리는 그제야 손을 들었다.

"지금쯤이면 놈들이 모두 방심하고 있을 거야. 모두 돌진!"

모두들 생사결의 자세로 힘차게 뛰어들었다.

그런데 경악할 일이었다. 모두들 자기 눈을 의심했다.

이미 죽어 구천을 떠돌고 있어야 할 곽무한이 횃불 켜진 마당 중간에 떡하니 서 있고 웃고 떠들고 있어야 할 대녕채 놈들은 사색이 되어 바닥에 꿇어앉아 있었다. 그러니 어찌 자기 눈을 의심하지 않겠는가?

*　　　*　　　*

장직은 놀란 눈빛을 가다듬었다.

'나는 예전의 내가 아니야. 한 달간 특수 훈련을 받은 몸이란 말이야!'

장직은 떨리는 가슴을 짓누르며 비도를 곧추세웠다.

크르릉!

녀석이 눈을 꿈틀거린다. 자세도 웅크리고 있다.

'곧 도약하겠지? 몸을 띄우는 그 순간이 네놈 제삿날이다!'

장직은 비도를 머리 뒤로 젖혔다.

과아앙!

예상대로 놈이 땅을 박찼다.

"이잇!"

장직은 힘껏 비도를 던지려 했다. 그러나 이내 사색이 되었다.

크와앙!

놈은 빛살 같았다. 어느새 어깻죽지에 화끈한 통증이 느껴졌다. 벌써 놈의 발톱이 날아와 어깨를 찍은 것이다.

"끄아악! 사람 살려!"

장직은 비명을 지르며 마구잡이로 비도를 휘둘렀다. 그러나 이놈의 늑대는 교묘하게 몸을 틀며 비도를 피해낸다. 뿐만 아니라 이제 이빨까지 드러내며 머리를 물려 한다.

“으아아!”

장직은 급히 머리를 뒤로 젖히다 나둥그라지고 말았다.

크와왕!

섬뜩한 울부짖음!

“으앗! 저리 가!”

장직은 자기도 모르게 양손으로 얼굴을 가렸다. 그러나 그건 엄청난 실수였다.

콰드득!

“끄아아아아아!”

아랫도리에서 엄청난 고통이 몰려왔다. 불칼로 쑤시는 느낌이었다.

장직은 처절한 비명을 지르며 사지를 떨었다.

“이게 무슨 소리야?”

천만다행이도 급한 발자국 소리들이 들려왔다.

“헉! 저, 저! 장직이 하초를 물렸어!”

“어서 암기를 던져!”

장직은 귓전을 울리는 암기 소리를 들으며 혼절하고 말았다.

쩝쩝! 크르르!

청랑은 언덕 위에 올라 분한 표정으로 장직을 내려다보고 있었다.

곽무한이 없는 늑대 굴은 심심하기 짝이 없었다. 게다가 이상한 단약을 먹고 나서부터는 왜 자꾸 쓸데없는 힘이 뻗치는지 도저히 앉아 있을 수가 없어 짝이나 찾아보려고 수풀 무성한 폭포 근처로 나온 참이었다. 그때 저 녀석을 만나게 됐다. 그런데 녀석이 다짜고짜 번쩍이는 쇳조각을 던져 오는 게 아닌가?

청랑은 예전에 당했던 원한도 있고 하여 놈에게 처절한 응징을 가하려 했다. 그런데 저 얄미운 놈의 머리통을 코앞에 두고 달아나야 하다니……. 입맛이 썼다.

'쩝, 이건 너무 맛이 없어.'

기분 탓인지 녀석의 살 맛도 썼다. 청랑은 질경질경 씹던 물체를 퉤 뱉어버리고는 다시 한 번 장직을 노려봤다.

'언젠가는 네놈 머리를 먹고 말 거야.'

청랑은 아쉬운 마음으로 발을 돌렸다.

"끄으으! 끄으으!"

장직은 사경을 헤맸다.

철면노호는 인상을 찌푸리며 장직의 상처를 돌봤다.

"곽무한 이놈, 떠난 마당에도 이렇게 속을 썩이는군."

장직은 자신의 뒤를 이을 재목이었다.

의제인 민대머리의 추천도 있고 하여 시험 삼아 몇 번 가르쳐 보니 기질이 남달랐다. 근골이나 무공에 대한 이해력은 별로였지만 수단 방법 가리지 않고 목표에 집착하는 근성이 돋보였다. 그 일례가 비도술이었다. 가르친 지 얼마 되지 않아 아이들을 과녁으로 삼을 정도로 독한 놈이었다. 그 정도 심성이면 뭐를 해도 할 놈이었다. 그런데 이 모양으로 병신이 되어버리다니…….

"망할 늑대새끼, 눈에 띄기만 하면 곤죽을 만들어주마!"

철면노호는 늑대 굴 쪽을 노려보며 이를 갈다가 등 뒤에서 들려오는 발자국 소리에 고개를 돌렸다. 보아하니 적호의 심복인 흑사였는데 그는 잔뜩 흥분한 기색이었다.

"무슨 일이냐?"

철면노호는 장직의 하초에 감고 있던 면포를 매듭 지으며 물었다.

"돌아왔습니다. 곽무한이 돌아왔습니다."

"뭐야? 놈이 돌아왔다고?"

의외였다. 십중팔구는 죽었으리라 생각했는데 돌아오다니?

"예, 하지만 상처가 이만저만이 아니랍니다."

녀석은 기분에 들떠 묻지도 않은 것까지 말한다.

"독호와 다른 아이들은?"

"모두 무사하답니다. 벌써 이차 경계망을 통과해서 일차 경계망으로 들어오고 있습니다."

"으음, 그래? 다행이군."

모두 무사하다면 작전이 성공했다는 말이다. 철면노호는 조금 전의 불쾌했던 기분이 단번에 날아가는 것 같았다.

"모두 집합하라고 해라! 승리를 축하해 줘야지!"

철면노호는 들뜬 기분으로 옷을 차려입었다.

"끄으으, 태상채주님."

치료의 손길이 떠나 버린 장직. 침상 위에서 홀로 울부짖었다.

제19장
고통

고통

둥둥둥!

승리의 북소리가 울려 퍼졌다.

"와하하! 정말 멋진 싸움이었어!"

"그러게 말이야. 자, 오늘은 마음껏 마시자구!"

술 취한 목소리가 장작불 사이 이곳저곳에서 흘러나왔다.

모두가 흥겨워하는 잔치판. 하지만 몇 사람의 표정은 잔뜩 구겨져 있었다.

'끄응, 대단한 놈……'

철면노호는 한쪽 구석에 온몸에 붕대를 친친 감고 있는 곽무한을 노려보며 이맛살을 찌푸렸다. 옆에 앉은 민대머리로부터 대녕채 습격의 전말을 전해 들었기 때문이다.

비록 남을 통해 전해 들은 것이라 신빙성은 떨어지지만 곽무한의 무위가 정말 그 정도라면 곤란했다. 녀석의 활약이 너무 두드러지면 나중에 수하들의 신망이 옮겨갈 수 있기 때문이었다. 물론 금제를 걸어 두었기에 그럴 일은 없겠지만…….

"다음부터는 단전을 풀어주지 마셔야 합니다."

옆에서 민대머리가 투덜거렸다.

"이놈아, 풀어주지 않으면? 나보고 내뱉은 말을 주워 삼키란 말이냐? 그리고 녀석이 상대의 이목을 끌면 끌수록 우리 아이들의 피해가 그만큼 줄어든다는 사실을 왜 몰라?"

철면노호는 자기도 모르게 짜증이 나 홧김에 언성을 높였다. 그러자 민대머리가 고개를 숙이며 꿍얼거렸다.

"젠장, 말씀은 맞지만 녀석의 무위가 너무 높아요. 나중엔 감당이 안 될 거란 말입니다. 그리고 녀석 따위가 없어도 충분히 싸울 수 있습니다. 물론… 피해는 조금 나겠지만……."

철면노호는 감당이 안 된다는 말이 가슴에 맺혔다.

"그런 걱정을 두고 기우라고 하는 거다. 내가 누구냐? 천하의 철면노호가 아니냐? 내게도 다 방법이 있다. 그러니 경망 좀 떨지 마."

말하다 보니 좋은 생각이 떠올랐다.

철면노호는 본채로 들어가 책상 서랍에서 하얀 병을 갖고 나왔다.

"놈을 이리로 불러!"

철면노호는 곽무한을 불렀다.

"자, 약속대로 고통을 덜어주는 약이다. 보름이 되기 전에 복용해라."

원래는 혈음고의 해약 일부를 묽게 해서 주려고 했다. 그러나 놈의 활약상을 전해 듣고 민대머리의 우려를 듣고 보니 그런 생각이 달아났다. 철면노호는 해약 대신 몽환약(夢幻藥)을 건네주었다.

몽환약은 사람을 잠시 동안 환각 상태에 빠뜨리는 약이었다.

게다가 그 약에는 중독 성분이 있어 주기적으로 복용하게 되면 체내에 그 성분이 누적되어 나중엔 그 약이 없이는 한시도 살아가지 못하게 되는 약이었다. 결국 철면노호의 의도는 곽무한을 서서히 폐인으로 만드는 것이었다.

곽무한은 철면노호가 건네주는 약을 묵묵히 쳐다보다가 품속에 집어넣었다. 그리고는 잠시 생각에 잠겼다가 불쑥 입을 열었다.

"매옥과 미루를 보고 싶습니다."

"매옥과 미루? 음, 그렇게 하려무나."

철면노호는 선선히 고개를 끄덕였다. 그러다가 돌아서는 곽무한의 등을 보고는 눈을 빛냈다. 보자기를 비집고 나온 황금색 손잡이를 본 것이다.

"잠깐, 거기 서라!"

철면노호는 곽무한을 불러 세웠다.

"그건 뭐냐?"

"칼입니다."

곽무한은 무표정하게 대답했다. 그러자 철면노호의 눈썹이 역팔 자를 그렸다.

"누가 몰라서 묻느냐? 어디서 난 거지?"

"강물에서 주웠습니다."

대답이 예상을 빗나갔다. 철면노호는 인상을 찌푸리며 손을 내밀었다.

"거짓말 마라. 분명히 대녕채에서 가지고 나온 것일 터. 이리 내놓아라. 상대 수채에게서 빼앗은 물건은 각자의 공과 과를 가려 태상채 주인 내가 다시 분배한다."

"대녕채에서 가져온 것이 아닙니다. 제가 우연히 발견한 것입니다. 그러니 따로 분배하실 필요 없습니다."

"이놈이!"

철면노호의 눈에 잠시 흉광이 비쳤다. 그러나 곽무한은 조금의 표정 변화도 없이 철면노호의 눈을 쳐다봤다.

"버르장머리없는 놈, 언젠가는 크게 경을 칠 게다."

차마 손을 써 뺏자니 보는 눈이 너무 많았다. 철면노호는 아쉬운 마음을 겨우 억누르며 차갑게 손을 내저었다.

철컹!

철문이 열렸다.

미루와 매옥은 쏟아지는 역광에 눈이 부셔 손으로 얼굴을 가렸다.

'칠복이 아저씬가? 아직 오실 때가 멀었는데?'

매옥은 눈을 가늘게 뜨고 손가락 틈의 역광을 쳐다봤다.

육 척에 달하는 체구. 그런 사람은 적호채에서 손에 꼽을 정도였다.

"서, 설마?"

매옥의 목소리가 떨려 나왔다.

"그래, 나다."

조용한 목소리가 들려왔다.

매옥은 벼락을 맞은 듯 잠시 몸을 떨다가 와락 쇠창살 사이로 뛰어 왔다.

"오라버니, 정말 오라버니시군요. 미루야, 오라버……."

매옥은 미루를 부르다가 굳어버렸다.

"오빠? 정말 무한이 오빠야?"

미루 역시 반색하며 달려왔다. 그러나 미루 또한 굳어버렸다.

이리저리 감겨 있는 붕대와 핏물로 얼룩진 옷, 그리고 상처투성이인 얼굴.

"오빠, 이게 뭐야? 이 꼴이 뭐야. 흑흑."

미루가 울음을 터뜨렸다.

매옥은 말없이 곽무한의 손을 잡고 눈물만 뚝뚝 흘렸다.

곽무한은 동생들의 슬퍼하는 모습에 가슴이 찡 울려왔다.

"난… 괜찮아. 너희들은 좀 어떠냐? 밥은 제때 주더냐?"

목 메인 소리를 내지 않기 위해 목소리를 억지로 쥐어짰다. 그러다 보니 자기가 듣기에도 생소한 목소리가 나왔다.

"고생이… 많으셨군요. 흑흑."

곽무한의 목소리에 매옥이 결국 울음을 터뜨리고 말았다.

"우왕! 오빠! 우린 괜찮아! 흑흑!"

꼬맹이 미루 역시 마찬가지였다.

"그래, 그렇다면 다행이구나."

곽무한은 다시 한 번 목소리를 쥐어짜며 품속에서 약병을 꺼내 들었다.

"자, 채주가 주시더구나. 몹쓸 독의 해약이래."

미루와 매옥은 서로 눈을 마주 보다가 동시에 고개를 저었다.

"싫어. 우리보다 오빠에게 더 필요해."

"난 괜찮아."

"괜찮긴, 저번에 오빠의 비명 소리를 들었어. 그냥 오빠가 먹어."

“난 정말 괜찮아.”

서로 사양하다가 결국은 매옥에게 건네졌다. 곽무한이 강하게 손을 잡아오자 매옥이 얼굴을 붉히며 힘을 풀어버린 탓이었다.

“다음에… 또 오마.”

허용된 면회 시간은 너무 짧았다. 모두의 눈에 아쉬움이 그득했다.

곽무한은 미루와 매옥의 눈 배웅을 받으며 철문을 나섰다.

곽무한이 떠나자 미루와 매옥은 다시 서로를 마주 봤다.

“우린 견딜 만하니까… 오라버니에게 주는 게 낫겠지?”

“응.”

미루와 매옥은 약병을 땅속에 고이 간직했다. 나중에 풀려나면 곽무한에게 몰래 먹이려고…….

늑대 굴로 돌아온 곽무한은 눈을 감고 상념에 잠겼다.

난생처음으로 정을 준 동생들이다. 미루와 매옥의 초췌한 몰골의 보니 가슴이 찢어지는 것 같았다.

이 상태로는 끝이 안 보였다. 동생들을 지키기 위해선 자신이 보다 더 강해져야 했다. 어제처럼 위험한 상황이 계속되면 자기뿐만 아니라 동생들의 안전도 보장할 수 없었다.

곽무한은 눈을 감고 어제의 상황을 다시 한 번 떠올려 봤다.

되돌아보니 행운이었다. 하마터면 어이없는 죽음을 맞이할 뻔했다.

‘멀었어. 아직도 내공을 제대로 활용하지 못하고 있어. 힘을 줘야 할 때와 흘려야 할 때를 구분치 못하고 막무가내로 진기를 뿜어대니 빨리 지치는 거야. 그리고 가장 큰 문제는 필요할 때 즉시에 기를 움직이지 못하고 있다는 사실이야. 이래선 안 돼. 지금보다 더 강해져야 해!’

　　원인을 깨달은 곽무한은 전신 모공을 열어 주변의 기운을 빨아들이고는 곧바로 운기조식에 들어갔다. 운기조식을 통해 조금이라도 더 빨리 진기를 뿜을 수 있는 방법을 모색하려는 의도였다.

　　우우웅!

　　돌아오자마자 철면노호에게 다시 금제를 당한 때문인지 단전이 찢어질 듯 아파왔다. 그러나 곽무한은 이를 악물며 전신 모공으로 빨아들인 기를 단전으로 밀어넣었다.

　　퍼퍼퍽!

　　이미 한 번 뚫어본 경험이 있어선지 몇 번 진기를 쏘아 보내자 막혔던 단전의 맥이 뚫렸다.

　　'후웁! 저번보다는 많이 뚫었군.'

　　느낌상 반 정도를 뚫은 기분이었다.

　　곽무한은 막혔던 맥이 뚫리자 본신 진기와 피부 호흡으로 받아들인 기 두 개의 기를 동시에 움직이기 시작했다.

　　한 바퀴.

　　'약한데? 느려!'

　　아무래도 진기를 나누어서 그런 것 같다는 생각이 들었다.

　　'합쳐 보자!'

　　곽무한은 두 개의 진기를 섞어보기로 결정했다. 어차피 내 몸속에 흐르는 진기이니 쉽게 합칠 수 있을 것 같았다. 그러나 그건 너무 단순한 생각이었다. 성질이 다른 두개의 기를 섞는다는 것은 강호의 금기였다. 지고지순한 도가의 내공심법에 달통한 사람이거나 아니면 내공이 조화경의 경지에 다다르지 않은 이상 그건 자살 행위나 마찬가지였기 때문이다. 그러나 곽무한은 그걸 몰랐다.

곽무한은 일단 가벼운 기분으로 두 개의 진기를 움직여 보았다.

서로 다른 진기가 전신을 한 바퀴 돌고 단전으로 들어오는 순간 두 진기를 뭉치기 위해 심법을 펼쳤다.

웅웅웅!

단전이 심하게 요동을 쳤다.

'으윽! 잘 안 되네?'

곽무한은 송글 땀을 흘리며 다시 한 번 두 개의 기운을 일 주천시켰다. 그리고 기운이 다시 되돌아오는 순간, 이번에는 심법을 극성으로 펼쳐 두 개의 기운을 강하게 압박했다. 바로 그때 사고가 터졌다.

두 개의 기운이 하나로 융합되는 순간 갑자기 회음혈에서 진동이 오더니 양물이 빳빳이 일어서기 시작한 것이다.

'이, 이게 무슨 일이지?'

곽무한이 놀라고 자시고 할 시간도 없었다.

회음혈에서 진동을 느꼈다 싶은 순간 단전에서 뜨거운 불덩어리가 치솟더니 순식간에 전신 혈맥으로 번져 갔다.

지금 곽무한에게 나타난 이 현상은 예전에 과자안이 경고한, 내공이 일정 경지 이상에 도달할 때 나타나는 현상이었다.

구엽음양과의 기운을 흡수한 본신 내공과 피부 호흡으로 축적한 기가 강제로 합쳐지면서 거대한 진기덩어리가 형성되었다.

작은 물 주머니에 용량 이상의 물이 담기면 넘치는 건 당연지사.

마찬가지로 단전의 용량보다 더 많은 진기가 쌓이니 차고 넘쳐서 전신 혈맥으로 뻗어가는 현상이었다.

곽무한은 난데없는 사태에 당황해 급히 진기를 거두려 했다.

그러나 소용없었다. 전신 혈맥으로 치닫는 불덩어리의 기세는 상상을 초월했다.

곽무한의 표정은 순식간에 딱딱하게 굳어버렸다.

진기가 통제를 벗어나 마구잡이로 움직이는 건 두 번째 문제였다.

가장 큰 문제는 배운 바 심법이 양강 계열이다 보니 전신 진기가 급속히 양기를 띠기 시작한 것이었다.

'아, 안 돼!'

급속히 충천하는 양기. 그것은 무시무시한 저주의 시작이었다.

끼아아아!

들리지는 않았지만 느낄 수는 있었다. 곽무한의 몸에 흐르는 양기를 느끼자마자 미친 듯이 날뛰기 시작하는 혈음고. 보름달이 뜬 것도 아닌데 수컷을 찾아 헤매며 난리법석이었다.

사각사각사각!

혼백을 뒤흔드는 소리. 혈음고의 저주가 시작되었다.

'으아아아아!'

하마터면 곽무한의 입에서 비명성이 튀어나올 뻔했다.

이미 한번 겪었지만 혈음고가 날뛰는 고통은 도저히 인세의 것이 아니었다. 만약 누군가가 살아서 겪는 지옥이 어디냐고 물으면 곽무한은 단연코 내 뱃속이라고 외쳤으리라.

그러나 신음성만은 절대 낼 수 없었다. 오로지 생으로 참아야 했다.

운기 중에 신음 소리가 새어 나오면 곧바로 진기가 역류되어 주화입마에 빠지게 되니 선택의 여지가 없었다.

'정신 이상자만은 안 돼!'

곽무한은 사력을 다했다. 어찌나 참고 참았던지 나중에는 이빨 새로 핏물이 흘러나올 정도였다.

곽무한이 죽음보다 더 주화입마를 두려워하는 이유는 다른 데 있지 않았다. 아직도 가슴속에 남아 있는 엄마 때문이었다. 그게 곽무한에게 있어 최고의 한이었다. 엄마를 만나보지도 못하고 주화입마에 빠져 평생 폐인이 될 수는 없었다.

우우웅! 우우웅!

고통의 외중에도 진기는 계속 돌아가고 있었다.

이유야 어찌 됐든 비몽사몽간에도 두 개의 맥을 놓지 않은 곽무한의 정신력 때문이었다. 그게 그나마 화를 복으로 바꾼 행운이었다.

원래 진기란 전신 혈맥을 따라 돌면서 정제되고 정제되어 최종적으로는 순수한 정화만 남아 단전으로 돌아오는 법. 지금도 마찬가지였다.

푸스스스스.

곽무한이 눈을 까뒤집으며 혼절할 즈음 그토록 미친 듯이 날뛰던 진기는 사방팔방을 다 돌아다닌 후 단전으로 돌아왔다. 그러나 한 가지 아쉬운 점은 단전으로 되돌아온 진기의 정화 그 대부분이 전신 세맥(細脈)으로 흘러 나가 버렸다는 사실이었다. 그래서 곽무한은 합쳐진 진기의 일 할조차 제대로 건지지 못했다. 그러나 그게 어딘가? 요행이든 어쨌든 곽무한은 진기를 한번 합쳐 보게 된 것이다. 뭐든지 처음이 어렵듯 다음에는 좀 더 발전하게 될지도. 또 천에 하나 만에 하나의 경우겠지만 본인의 진기로 전신 세맥까지 기를 움직일 수 있다면 미증유의 거력까지 거머쥐게 될지도…….

"휴우, 정말 큰일날 뻔했다."

좌우간 곽무한은 주화입마에서 벗어났다. 물론 혈음고들의 난리법석에서도 마찬가지고.

"이놈의 고독을 없애는 방법이 과연 뭘까?"

멍하던 정신이 돌아오자 곽무한은 자신의 배를 쳐다보며 생각에 잠겼다.

'내공으로 태워 버려?'

그러나 놈들을 태워 버리기엔 아직 내공이 모자란 것 같기도 하고 열기를 더 좋아하는 놈들이라 그 방법이 통할 것 같지가 않았다.

곽무한은 한참 동안 머리를 싸매다 꿈나라로 빠져들었다.

풀벌레 소리 은은한 본채 뒤 호숫가.

휘영청한 달빛 아래에서 두 사람이 술잔을 나누고 있었다. 그중 한 사람은 이미 취한 듯 끊임없이 몸이 흔들렸다.

"그렇다면… 다른 방법이 없단 말이군."

과자안이 민대머리에게 술을 따라주며 물었다.

"그렇죠. 딸꾹. 다른 방법이 없지요."

민대머리는 이미 만취 상태였다. 따라주는 술을 반 이상 흘리며 혀 꼬부라진 소리로 대답했다.

"으음, 정말 무서운 독이군. 그걸 이겨내시다니 정말 대단한 형님이야."

과자안은 낯빛을 흐리며 술잔을 털어 넣었다.

이 자리를 빌어서 혈음고의 해법에 대해 귀동냥이라도 얻으려 했으나 별무 소득. 암담한 대답만 잔뜩 들었다.

"아이참, 형님. 독이 아뉘라니까요. 딸꾹."

"그렇지. 독이 아니라고 했지. 내가 실수했군."

과자안은 머쓱한 표정으로 다시 술을 따라주었다.

"그런데요, 이거 생각해 보셨수? 왜 대형이 형수를 잃고부터 영 여자를 거들떠도 안 보시자누. 난 그게 불만이오. 젠장, 예전 같은 재미가 없단 말이유."

"허허, 아무래도 형수님과의 정이 각별해서 그렇겠지."

대답하고 보니 이상했다. 철면노호는 젊을 때부터 여자를 밝히던 위인이었다. 그런데 최근 몇 년 동안 여자와 잠자리를 갖는 걸 본 적이 없다.

"흐흐, 정은 무슨 정? 치마만 둘렀다 하면 온갖 계집 다 들쑤시던 형님인데요. 제 생각엔 아무래도 그놈의 혈음고 때문인 모양이유."

"혈음고? 흠… 그럴지도……."

"젠장, 이제 다 나으셨으니 풀뿌리 따윈 그만 삶아 먹고 몸 좀 푸셔도 되는데, 그 양반, 갑자기 웬 스님 행세를 해 이토록 날 괴롭게 만드시나……. 꺼억."

"스님 행세? 풀뿌리?"

과자안의 눈이 번쩍 빛났다.

"아, 몰라요, 몰라. 그놈의 혈음고에 당해 내상을 입고 나시더니 유독 풀뿌리 따위만 찾으시더군요. 그러고 보니 그놈의 풀뿌리들이 효험이 있었나? 꺼억!"

이제 민대머리의 마지막 목소리는 들릴 듯 말 듯했다. 만취를 넘어 뻗기 직전인 것 같았다.

"어떤 풀뿌리 말인가?"

과자안은 두 손으로 민대머리를 흔들며 물었다.

"아으음! 몰라요, 몰라. 빨갛게 생긴 무척 신 거였는데……."

"빨갛고 시다? 풀뿌리가 말인가?"

이젠 드러눕기 직전인 듯해 보이자 과자안은 마음이 급해 뺨까지 찰싹찰싹 때리며 물었다.

"풀이 아니고 과일이던가? 알이 작고… 드르릉~ 피유~"

벌써 곯아떨어졌다. 그러나 과자안은 눈을 빛냈다.

'알이 작고 맛이 시다? 그리고 붉은색에 과일 종류?'

과자안은 그런 과일이 뭘까 머리를 싸매며 궁리하기 시작했다. 한참을 끙끙거리고 있는데 등 뒤에서 인기척이 났다.

"누구냐?"

"나다."

나직한 철면노호의 목소리. 과자안은 가슴이 철렁했다.

"대, 대형, 아직 안 주무셨습니까?"

"음, 오늘은 왠지 잠이 오지 않는구나."

철면노호는 관자놀이를 만지며 자리에 앉았다.

"이놈은 벌써 뻗어버렸군. 나도 부르지 그랬느냐?"

"피, 피곤하실 듯해서……."

과자안은 혹시나 표정의 변화를 들킬까 봐 재빨리 술잔을 채워주며 고개를 숙였다.

"피곤은 무슨, 우리의 숙원이 지금부터 시작인데 벌써 지쳐서야 쓰나?"

철면노호는 서늘한 미소를 지으며 술잔을 털어 넣었다.

'설마… 들으셨을까?'

기분 탓인지 자신을 바라보는 철면노호의 눈빛이 예사롭지 않아 보였다.

"근래 내가 좀 과하게 행동하지? 자네가 이해하게. 복수의 시간이

다가오자 자꾸 마음이 조급해져서 그렇다네."

철면노호가 술잔을 넘겨준다. 잔을 받으며 스친 손이 무척 차갑게 느껴졌다.

조르륵!

스치는 손을 보며 잠시 상념에 빠진 사이 술잔이 채워졌다.

"뭐 하나, 안 마시고?"

"예? 예."

철면노호가 빙긋 미소를 지으며 마시기를 권해왔다. 그 미소를 보니 한결 마음이 놓여 과자안은 급히 술잔을 비웠다.

찌르르르!

잔을 비우고 나니 갑자기 풀벌레 소리가 들려왔다.

'음? 아까까진 안 들렸는데 갑자기 왜 이리 크게 들리지?

과자안은 술기운 탓인가 하여 무심코 흘려 넘겼다.

서로 잔을 주거니 받거니 하는 사이 달은 점점 구름에 가려 호숫가를 먹물로 만들었다.

"오늘은 이만 일어나지."

"예."

과자안은 민대머리를 부축했고 철면노호는 남은 술을 호수에 버렸다. 술자리는 어둠과 함께 끝이 났다.

곽무한은 날마다 지옥을 경험했다.

그 이유는 기를 보다 빠르게 움직이려는 의도와 고통도 자주 겪으면 만성이 되지 않을까 하는 생각 때문이었다. 그래서 날마다 운기조식에 매달렸다. 그러나 결과는 항상 생지옥이었다. 합쳐진 진기가 빨라질수록 혈음고의 난동도 더욱 격해지고 빨라져 도저히 견딜 수가 없을 지경이었다.

'헥헥, 그래도 단전이 풀리고 나면 좀 낫지 않을까?'

천만에 만만에 말씀이었다.

본신진기를 돌리는 심법 자체가 양강 계열이니 혈음고를 완전히 없애 버리지 않는 한 공력이 늘어날수록 고통은 점차 가중될 것이었다.

그 일례가 바로 보름달이 뜬 오늘이었다.

가뜩이나 음기 충만한 보름인데다 혈맥 속에 양강의 진기까지 흐르고 있어 혈음고들이 이전과는 비교도 안 될 정도로 난리를 쳐댔다. 그 고통은 이전에 비할 바가 아니었다.

"끄아아아아아아!"

곽무한의 비명 소리는 또다시 절벽을 쩌렁쩌렁 울렸다.

내공의 금제가 조금 풀려서인지 비명 소리는 예전의 두 배에 달했다.

그 소리에 매미와 풀벌레들이 숨을 죽였고 청랑은 혼비백산해 달아났다. 수채 역시 쥐 죽은 듯한 침묵만이 감돌았다.

그르륵그르륵!

곽무한은 결국 동트는 새벽이 오고서야 탈진한 상태로 뻗어버렸다.

나중에 정신을 차리고 보니 어찌나 비명을 질렀던지 목에서 피 거품이 끓었고 머리는 멍해왔다.

"헥헥, 다음부터는 버섯 동굴로 가야겠다."

향긋한 버섯과 맑고 차가운 샘물이 기다리고 있는 버섯 동굴. 거기에서 몸부림치는 게 최소한 아무 먹을 것도 없는 여기보다는 나을 것 같았다.

곽무한이 정신을 차리자 수채 주변도 그제야 활기를 띠기 시작했다.

‘음, 저놈, 내가 준 걸 아직도 안 먹었군. 독해 빠진 놈.’

철면노호는 늑대 굴 쪽을 보며 인상을 찌푸리다가 문득 고개를 외로 꼬았다.

‘그러고 보니 비명 소리에 내공도 실려 있었군. 놓칠 뻔했어. 역시 정통 내공의 힘인가? 아무래도 좀 더 지독한 방법을 써야겠군.’

철면노호는 과자안을 떠올렸다.

‘일단… 목표가 있으니 한두 번 더 써먹어보고……’

철면노호는 곽무한의 처리 문제를 마음속으로 일단락 짓고 적호와 과자안, 그리고 민대머리를 불러 모았다. 대녕채를 합병한 뒷마무리와 다음 공격 목표를 결정짓기 위해서였다.

“일단 대녕채를 수습하는 건 지렁이에게 맡겨. 녀석더러 그쪽의 날랜 놈 서른 명 정도를 차출해서 이리 보내라고 해. 놈들을 앞장 세워 쌍강채(雙江寨)를 친다.”

“쌍강채요? 너무… 가까운 것 아닙니까?”

적호가 우려를 표했다. 금사상채 놈들의 탐문이 가까워지고 있는 마당에 서쪽으로 진출하려고 하니 걱정이 된 것이다. 게다가 쌍강채는 민대머리가 덤터기 씌운 오강채와 이틀 거리밖에 되지 않아 더 걱정이었다. 행여나 서로 시비가 붙기라도 한다면 그야말로 끝장이었다.

“걱정할 것 없어. 쌍강채는 먹고 버리는 곳이야.”

“먹고 버리는 곳이라구요?”

적호가 고개를 갸우뚱거렸다.

“어차피 온천 말고는 볼 게 없는 곳이야. 그런 곳을 관리하느라 힘을 낭비할 필요가 없지. 놈들의 전력만 뽑아 먹으면 돼."

"음, 하긴 그렇군요. 돈이 전혀 안 되는 곳이니."

적호와 민대머리가 머리를 끄덕였다.

"참고로 알아둬. 내가 진짜 차지하고 싶은 곳은 남들이 신경 안 쓰는 사천 동부 지역이야."

"사천 동부요?"

사천 동부는 버려진 땅이나 마찬가지였다. 호북과 섬서의 경계를 나누는 대파산과 미창산이 병풍처럼 가로막고 있어 별 효용이 없는 곳이었다.

"그래, 사천 동부 중에서도 광원(廣元)이 목표야."

"헉! 광원 쪽이면… 가릉채의 영향권이잖습니까?"

광원은 유일하게 섬서로 이어지는 물줄기였다. 그러다 보니 막강 수채 중 하나인 가릉채가 똬리를 틀고 있었다. 지금 적호채의 전력으로, 아니, 지금보다 두세 배의 전력이 되더라도 가릉채와 부딪쳐서는 승산이 없었다.

'이건 미친 짓이야!'

모두 낯빛을 바꾸며 만류하려 했다. 그러나 철면노호는 태연한 표정이었다.

"후후, 걱정들 마. 비록 그곳이 가릉채의 영향권이긴 하지만 거의 버려지다시피 한 하류 쪽이야. 가릉채에서 찍힌 놈들만 모여 있지. 뭐, 그렇다고 단박에 그쪽과 싸우겠다는 이야기는 아냐. 일차 목표가 거기라는 거지. 일단 교두보부터 확보하고 난 뒤에 말이야."

"교두보요?"

"그래, 광원과 가까우면서도 가릉채 휘하 중 가장 외지인 주하채(州

河寨)와 파하채(巴河寨). 그 두 곳만 무너뜨리고 나면 광원은 손에 거머쥔 거나 진배없어. 그곳을 차지하게 되면 섬서로 이어지는 상권을 노려볼 수 있지. 게다가 여차한 경우 섬서나 호북으로 몸을 뺀 후일을 기약할 수도 있지. 그래서 그쪽이 일차 목표란 거야.”

여우는 열 개의 굴을 파놓는다더니 철면노호가 바로 그 짝이었다. 벌써 최악의 경우까지 고려하고 있었다.

“그렇다면 이번 쌍강채 공략에 전력을 집중할 필요까지는 없겠군요?”

민대머리가 물었다.

“그렇지. 일단 무한이 놈과 대녕채 놈들을 앞장 세우면 우리 아이들의 피해는 거의 없을 거야. 그러니 우리 전력을 고스란히 간직해 쌍강채를 합병한 전력과 대녕채의 전력을 합쳐 번개같이 주하채와 파하채를 집어삼키는 거지. 놈들이 미처 알아채지 못하는 동안 말이야. 그러고 난 뒤 본채를 그곳으로 옮기는 거야.”

‘본채를 옮겨? 젠장, 완전 자기 마음대로군. 도대체 날 뭐로 보는 거야?’

적호가 불퉁한 표정을 지었으나 내색하진 않았다.

“자, 이번 정탐은 신경을 바짝 써! 쌍강채는 가까운 곳이니 주하채와 파하채의 정보를 모으는 데 주력하고!”

“알겠습니다.”

“그리고…….”

철면노호의 눈길이 과자안에게 향했다.

“주하채와 파하채를 칠 땐 아이들도 포함시킬 예정이야. 미리부터 신경 좀 써.”

“음, 예상보다 좀 빠르군요. 알겠습니다.”

과자안은 흐린 표정으로 고개를 숙였다.

예상보다 빠른 명령과 여러 가지 구상을 듣고 보니 알 수 없는 불길한 느낌이 들었다. 그러나 지금은 어쩔 수 없는 일. 문득 상념에서 벗어나고 보니 회의가 끝나고 혼자만 남아 있었다. 과자안은 텅 빈 회의실을 떴다.

수채는 다시 바빠졌다.

대녕채 수적들의 얼굴이 빈번히 보이나 싶더니 자갈밭과 강변을 오가며 강도 높은 훈련이 시작됐다. 물론 적호채와 대녕채가 함께였다. 또한 수채 밖을 오가는 사람들도 늘어났고 연일 전령이 뛰어다녔다.

곽무한은 그런 수채의 분위기와는 아랑곳없이 날마다 운기조식에 몰두하며 하루하루를 보내고 있었다.

비 온 뒤에 땅이 굳고 빗물이 모여 강과 바다를 이루듯 혈음고의 고통을 동반한 내공 수련을 거치면서 곽무한은 점점 진짜 무인에 가까워지고 있었다.

그러던 어느 날,

두 번째 출격 명령이 떨어졌다.

가까운 곳이고 적들의 숫자도 별로 되지 않는다고 했다.

그래선지 동행하는 본채의 사람은 별로 많지 않았다.

거의가 낯선 놈들로 대녕채의 수적들이었다.

곽무한은 찬바람을 맞으며 배에 올랐다.

이번에는 독호와 다른 배였다.

“모두 출발!”

배가 강물을 밀어내기 시작했다.

곽무한은 강변을 보며 쓸쓸한 기분이 들었다.

예전, 미루와 매옥이 배웅해 줄 때는 몰랐는데 또다시 생사의 결전을 치르러 떠나는 지금 자신에게 손 흔들어주는 사람이 아무도 없으니 기분이 묘했다.

'무사히 돌아올 테니 조금만 참아.'

곽무한은 멀어지는 본채의 구름 위에 나타나는 미루와 매옥의 얼굴을 보면서 속으로 인사를 보냈다. 그리고 막 돌아서는데 절벽 끝에 뭔가가 보였다.

'청랑, 또 마중 나온 것이냐?'

곽무한은 청랑을 보고 손을 흔들어줬다. 그런데 녀석은 그걸 같이 가자는 신호로 착각한 모양이었다.

슈우욱! 첨벙!

단숨에 절벽 아래로 몸을 던지더니 첨벙첨벙 물을 가르며 따라왔다.

"이런 녀석을 봤나?"

곽무한은 어이가 없어하다가 주변을 둘러봤다.

다행히도 민대머리는 앞쪽에서 누군가와 이야기하느라 청랑을 발견하지 못했다. 그리고 한 배에 타고 있는 놈들은 모두 대녕채 놈들. 더구나 자신과 눈 마주치기를 피하며 전전긍긍 중인 놈들이었다.

"이리 와."

곽무한은 결국 손을 뻗어 청랑을 잡아 올렸다.

끼깅.

청랑은 신이 난 듯 목을 핥아왔다.

대녕채 놈들은 청랑의 거대한 체구와 흉측스런 모습을 보고 저마다 몸을 떨었다.

출렁출렁!

수채를 빠져나와 구당협으로 들어서자 배는 쉴 새 없이 흔들렸다. 모두 이곳 물길에 낯선 녀석들이라 노질이 서투른 때문이었다.

결국 뒤쪽에 앉아 있던 곽무한은 조용히 앞으로 나가 노를 잡았다.

"괘, 괜찮습니다. 저희가……."

몇 놈이 움찔하며 말을 더듬었다.

지금 곽무한과 같은 배를 탄 녀석들은 그날 그 끔찍했던 곽무한의 무위를 기억하고 있었다.

곽무한은 녀석들을 쳐다보다가 뒤로 물러났다.

노질은 서로 마음이 맞지 않으면 오히려 늦어진다. 녀석들이 자신을 두려워하고 있으니 마음이 맞을 리가 없겠다는 생각이 들어서였다.

"여기서 곤(坤) 방향으로!"

곽무한은 대신 뒤에 앉아 방향을 지시했다.

삐걱삐걱!

배는 빠르게 구당협을 거슬러 갔다.

백제성을 지나고 봉절을 지나자 자욱한 어둠이 깔렸다.

"쌍강이다."

앞쪽에서 신호가 왔다.

안력을 집중하니 과연 장강에서 물길이 갈라지는 곳이었다.

"이곳에 배를 두고 모두 물속으로!"

곽무한 등은 신호에 따라 물속으로 잠수해 들어갔다.

크르르!

청랑은 곽무한의 등에 업혀 기분 좋은 울음을 터뜨렸다.

촤촤촤!

곽무한과 대녕채 수적들, 그리고 적호채 친위대들은 일제히 물살을 가르며 헤엄쳐 조그만 불빛이 흐르는 쌍강채 입구에 이르렀다.

"오늘도 정면으로 가서 시선을 끌어."

민대머리가 곽무한에게 신호를 보내왔다.

"청랑, 조심해야 해. 죽을지도 몰라."

곽무한은 청랑의 갈기를 쓸어주고는 함께 물 밖으로 나왔다.

"저 새끼 저거, 도대체 뭣 하는 짓거리야? 여기가 어디라고 늑대새 끼를 데려와!"

뒤에서 민대머리의 으르렁거리는 소리가 들려왔지만 곽무한은 뒤도 돌아보지 않고 걸음을 옮겼다.

"서, 설마 진짜 혼자서 가는 겁니까? 지원은 없습니까?"

대녕채 출신 담우치(譚牛値)란 녀석이 쌍강채 정문을 향해 걸어가는 곽무한을 보고 민대머리에게 물었다.

"너희들이 당할 때와 똑같아."

민대머리는 가볍게 대답하고 강 둔덕으로 가 몸을 기댔다.

'뭐야? 우리가 여기 싸움 구경하러 온 건가?'

명을 내려야 할 지휘자는 쉬고 있고 자기들을 포함해 싸우러 온 병력들에겐 대기하라는 명이 떨어졌으며 지원 병력조차 없이 한 사람만 달랑 내보내니 이게 도대체 무슨 심산인지 몰라 대녕채 수적들은 서로 고개만 갸우뚱거렸다.

타박타박.

땅바닥이 경쾌하게 뒤로 물러난다. 그리고 눈앞으로 놈들의 정문이 빠르게 다가온다.

"도갑(刀匣)이 없으니 불편하네? 나중에 하나 구해야겠다."

곽무한은 정문을 지키고 선 놈들과 가까워지자 천천히 도를 끌러 어깨에 걸쳤다. 그리고 천천히 호흡을 가다듬었다.

쏴아아!

전신 모공이 열리며 주변의 기운을 전해왔다.

"청랑, 난 최근에 한 가지를 깨달았어. 마음을 가라앉히면 생각보다 많은 게 보인다는 사실을. 그걸 오늘 적용해 볼 생각이야. 넌 아직 그걸 깨닫지 못했으니 잔뜩 흥분만 하다가 다치게 될지도 몰라. 그러니 위험하다 싶으면 몸을 빼. 알았지?"

곽무한은 마치 친구에게 하듯 청랑에게 말을 건넸다.

잠룡연과 대녕채의 전투를 거치며 배짱이 늘어서인지, 아니면 혈음고와 싸우면서 마음을 다스려서 그런지 곽무한의 어투는 담담하기 그지없어 겁에 질려 있던 예전의 모습은 그 어디에서도 찾아볼 수 없었다.

쌍강채 입구를 지키던 녀석들도 그걸 느낀 모양이었다.

당당한 걸음으로 정문으로 다가오는 놈, 그것도 보란 듯이 칼을 어깨에 걸치고 송아지만한 체구의 늑대를 끌고 오는 놈이 호의로 찾아온 놈이라고 생각할 바보는 없었다. 더구나 이 밤중에 말이다.

"어이, 거기 서! 누구야?"

녀석들은 잔뜩 긴장한 표정으로 병장기를 꼬나 쥐며 곽무한의 걸음을 제지했다.

"애송아, 여긴 무슨 일로 온 거냐? 어깨에 걸친 도는 또 뭐고?"

허튼수작 말라는 듯 철퇴를 내비치며 한 놈이 물었다.

"채주를 불러. 그와 한판 붙으러 왔다."

곽무한은 놈의 눈을 정면으로 쳐다보며 말했다.

"채주? 이 자식이 허파에 바람이 들어갔나?"

녀석들의 표정이 돌변했다. 금세 살기가 피어났다.

"빨리 나오라고 하는 게 좋을걸? 안 그러면 문이 부숴질 테니까."

이 말을 듣고도 참는다면 칼밥 먹을 자격조차 없다.

"뭐야? 이 자식이!"

놈들이 일제히 병장기를 휘둘러 왔다. 그러자 곽무한의 눈에서 빛이 번쩍이는가 싶더니 어깨에서부터 허벅지 아래 방향으로 붉은 광채가 쭉 일직선을 그었다.

"끄아아!"

처절한 비명 소리와 함께 일도에 세 놈의 허리가 양단되어 버렸다.

곽무한은 쏟아져 나오는 뭉클한 피를 보며 인상을 흐렸다가 작심한 듯 시선을 돌렸다.

"청랑, 가자."

곽무한은 시체를 가볍게 뛰어넘었다.

콰자자작!

진기를 실은 혈뢰도에 의해 쌍강채의 정문이 산산조각나 버렸다.

"여기 채주란 놈 나와!"

곽무한은 문을 부수자마자 안으로 뛰어들며 목청껏 고함쳤다.

그런데, 맙소사!

녀석들은 오밤중에 무슨 훈시를 듣고 있던 모양이었다.

놈들의 본채 중앙에 낮은 단이 만들어져 있고 그 위에 찐빵 같은 얼굴의 새우눈이 서 있었다. 그리고 그 단 아래로 오십 명쯤 되어 보이는 수적들이 일제히 도열해 있었다.

"저 자식은 뭐야?"

도열한 수적들의 시선이 일제히 자신에게 쏠렸다.

"빌어먹을!"

곽무한은 움찔했던 표정을 추스르며 속으로 툴툴거렸다.

어차피 미끼이긴 하지만 이런 상황은 반갑지 않았다.

"나, 싸우러 왔어. 다 덤비든지, 아니면 채주란 놈 나와!"

내뱉을 말이 마땅찮았기 때문이다.

"저 새끼 저거 미친놈 아냐?"

돌아오는 반응도 신통찮고.

"에라, 안 오면 내가 먼저 가지 뭐!"

이렇게 나갈 수밖에 없었다.

쐐애액!

칼을 한번 휘두르고 나니 그나마 나았다.

"헉! 단칼에 세 명을?"

그제야 놈들의 자세가 달라졌다. 당혹감과 살기가 어리며 서서히 자신을 포위해 들어왔다.

"어디서 온 놈이냐?"

저 끝에서 새우눈의 찐빵이 곤혹스런 표정으로 물었다. 그러나 딱히 대답을 기대하는 눈치는 아니었다. 미친놈이 아닌 이상 혼자 뛰어들 리는 없다고 생각했는지 녀석은 연신 곽무한의 어깨 너머를 살피고 있었다.

"바보 자식들, 한눈팔 시간이 어딨어? 타하압!"

파파팟!

곽무한은 먼저 움직였다. 자신을 에워싼 놈들도 모두 뒤쪽으로 신경을 곤두세우고 있었기 때문이다.

"막아!"

확 다가온 세 놈의 목젖이 보였다.

슈가각!

"끄아아아!"

녀석들의 목젖이 떨리며 귀청 찢는 소리가 들려왔다.

캬오!

바람 가르는 소리와 함께 청랑의 포효성도 들려왔다.

그때부터 본격적인 시작이었다.

"으아아! 저놈을 죽여!"

"와아아아!"

웅웅한 함성 소리와 함께 사방에서 살기가 날아들었다.

어느 땐 칼 빛이었고 어느 땐 쇠사슬이었다.

그러나 오늘은 이상하게도 다 보이고 다 느껴졌다. 물론 그렇다고 해서 다 피해냈다는 말은 아니다.

콰드득!

앞쪽 두 놈을 해결하느라 미처 뒤쪽까지 손을 쓸 여유가 없었다.

그 대가는 넓은 등판이 대신 치렀다. 화끈했다. 그러나 치명상이나 중상은 아니었다. 다 보이고 느껴지니 그나마 최소한의 피해로 때울 수 있었다.

"타합!"

곽무한은 자기 등판을 벤 녀석을 찾아 가슴을 베어주었다.

"보통 놈이 아냐! 모두 떨어져서 암기를 던져!"

누군가 악을 쓰는 목소리가 들려왔다. 그와 동시에 사방에서 번쩍이는 빛들이 날아왔다.

팅팅팅!

곽무한은 재빨리 도를 휘둘러 암기들을 쳐냈다. 그러나 어둠 속의 암기, 그것도 뒤쪽에서 날아오는 암기는 무척 위험했다.

"청랑! 저놈들을 휘저어!"

또다시 저번 같은 부상을 당할까 봐 곽무한은 암기를 쳐내며 청랑에게 소리쳤다.

크와앙!

청랑은 곽무한의 목소리를 듣자마자 사람 키 높이를 훌쩍 뛰어넘으며 뒤쪽으로 날아갔다.

"으악! 늑대다!"

"으갸갸! 피해!"

금방 뒤쪽에서 난리가 났다.

'저놈, 언제 저만큼 늘었지?'

곽무한은 청랑의 활약을 보며 감탄하다가 도를 든 손에 다시 힘을 넣었다.

"우아이압!"

곽무한은 청랑이 헤집어놓은 뒤쪽부터 먼저 휩쓸어갔다.

콰지지직!

단신으로 몰아치는 곽무한의 기세는 성난 바람이었고 노한 파도였다. 그의 손에서 붉은 빛이 번쩍일 때마다 쌍강채의 수적들은 낙엽처럼 쓰러지고 모래처럼 허물어졌다.

"으으으, 도대체 저런 위력이라니!"

뒤쪽에서 수하들을 독려하고 있던 쌍강채의 채주, 찐빵 얼굴의 새우눈은 곽무한의 신위를 보며 입을 쩍 벌렸다. 그의 신형이 이르는 곳마다 수하들의 비명성이 줄을 이었기 때문이다.

게다가 저 늑대새끼는 또 어떻고?

저놈의 짐승이 한 번씩 뛰어오를 때마다 수하들이 비명을 지르며 나동그라졌다. 포효성이라도 지를 양이면 아예 혼비백산하여 달아나는 수하들이다. 이대로는 도저히 감당이 안 됐다.

"얘들아, 안 되겠다! 일단 바닥에 질려(疾藜)를 깔아서 놈의 움직임을 차단시켜! 그리고 저 늑대새끼는 그물을 이용해!"

찐빵은 결국 새우눈을 파닥거리며 고함을 질렀다. 그러나 그 방법 역시 별 소용이 없었다.

촤라라락!

바닥에 뾰족한 암기 철질려를 뿌리자마자 녀석은 예측이라도 한 듯이 대나무 장대를 꺼내 바닥을 짚었다. 그리고는,

퉁! 파라락!

무슨 곡예단 출신인 양 장대를 이용해 훌쩍 철질려가 없는 곳으로 날아가 버렸다.

그물도 마찬가지였다.

촤아악!

드넓게 입구를 벌리며 늑대를 잡았지만,

쫙! 쫙!

무슨 놈의 발톱에 톱이라도 달았는지 금방 끊어버리고 나온다.

이러니 미치고 환장할 일이었다.

더 이상 수하들을 앞세워 봐야 희생만 늘 뿐이라고 생각한 찐빵은 결국 낫 두 자루 꿰어 차고 앞으로 나섰다.

"난 쌍겸(雙鎌) 오태독이라고 한다. 네놈은 누구냐? 도대체 우리 채와 무슨 원한이 있어서 이렇게 날뛰느냐?"

우두머리가 직접 나서자 놈들은 쫙 뒤로 물러났다.

곽무한은 피에 젖은 얼굴로 그를 돌아봤다.

"원한 따윈 없어. 누군가의 부탁을 받았을 뿐이야."

명령을 수행하는 중이라고 말하기엔 자존심이 상했다.

"부탁? 도대체 어떤 놈이?"

"알 필요 없어! 간다앗!"

곽무한은 놈의 말을 중간에 자르며 먼저 몸을 날렸다. 이야기가 길어져 봐야 스스로 자괴감만 더할 것 같아서였다.

"이익!"

놈은 잠시 당황한 표정을 짓더니 아래위로 두 자루의 낫을 휘둘러 왔다.

"웃?"

제법 매서운 공격이었다.

곽무한은 헛바람을 삼키며 도를 거꾸로 세웠다.

카카칵!

낫이 튕겨지는 순간 곽무한은 팽이를 돌리듯 도를 비틀었다.

카캉!

"윽?"

녀석의 낫 한 자루가 칼등에 얽혀 멀리 날아가 버렸다.

"빌어먹을!"

녀석의 얼굴이 수치로 붉게 물들었다.

"항복해. 그럼 살려주지."

곽무한은 도를 세워 녀석의 이마를 가리켰다.

"개소리!"

녀석이 땅을 박차며 달려왔다.

'후……'

곽무한은 녀석의 부릅뜬 눈을 보며 짧게 한숨을 내쉬었다. 그리고는,

서걱!

노도세가 붉은 원을 그렸다.

툭, 데구르르.

곽무한은 결과를 확인하지도 않고 빙글 소리나게 몸을 돌렸다.

"모두 무릎을 꿇어!"

눈앞에 세운 도가 뚝뚝 핏방울을 떨어뜨렸다.

"끄으윽, 채주……"

사내들은 힘없이 무릎을 꿇으며 눈물만 뚝뚝 흘렸다.

우르르!

뒤늦게 민대머리 일행이 들이닥쳤다.

"또야?"

이번에도 역시 피바다 속에 곽무한이 서 있고 다른 놈들은 다 무릎 꿇은 자세다. 몇 놈은 아예 기가 질린 표정이었다.

민대머리 등이 나타나자 곽무한은 청랑과 함께 말없이 등을 돌렸다.

"이 자식, 어디 가?"

민대머리가 으르렁거렸다.

"배에……."

곽무한은 등을 돌린 채 대답했다.

"저 쌍놈의 새끼가 어른이 말씀하시는데!"

금방이라도 폭발할 듯한 눈빛과는 달리 민대머리는 발작하지 않았다.

'저 새끼, 분위기가 달라졌어.'

그랬다. 멀어지는 곽무한의 등판이 무척 쓸쓸해 보였다.

'개자식, 네 운명이다. 진작 잘하지.'

민대머리는 차갑게 눈을 돌렸다.

"이 자식들아, 무릎 확실히 안 꿇어?"

민대머리는 애꿎은 쌍강채 수적들에게 화풀이를 했다.

삐걱삐걱.

배는 강물을 따라 흘렀다.

곽무한은 출렁이는 강물만 바라봤다.

마지막으로 부딪친 쌍강채 채주의 눈빛이 마음에 걸린 때문이었다.

'죽을 줄 알면서도 왜 덤벼들었을까? 자존심 때문에? 수하들 때문에?

그리고 또 있었다.

'그들은 왜 피눈물을 흘렸지?'

채주 녀석이 죽자 비통한 눈물을 흘리던 수적 녀석들이 떠올랐다.

이유는 알 수 없었다. 그러나 왠지 부러웠다.

최소한 그는 스스로 죽음을 선택한 용기가 있었다. 그리고 그를 위해 울어주는 사람이 있었다. 그러나 자신은?

'난 뭐지? 뭘 위해 살고 있지? 왜 이 짓을 하고 있지?'

오늘따라 피 냄새가 역겨웠다.

삐걱삐걱.

배는 강물을 따라 계속 흘러갔다.

대녕채 출신의 담우치는 몰래 곽무한을 훔쳐보고 있었다.

쌍강채에서 흘러나오던 비명 소리를 들으며 강변에서 대기하고 있을 때 선착장 쪽에서 몇 놈이 뛰어오고 있었다.

"공격!"

민대머리의 사내는 그제야 공격 명령을 내렸다.

'겨우 저놈들을 상대로?'

기가 막혔지만 모두 뛰어나가 놈들을 거꾸러뜨렸다.

늦었지만 이제부터 시작인가 보다 하고 있었는데 의외의 명이 떨어졌다.

"밖에서 대기한다."

의문의 연속이었다. 도대체 쌍강채를 공격하려는 건지 말려는 건지 이해가 되지 않았다. 그러다가 쌍강채에서 흘러나오는 비명 소리가 잦아들 때쯤 드디어 명이 떨어졌다.

"모두 진입!"

잔뜩 긴장해 안으로 들어섰다가 기절하는 줄 알았다. 벌써 싸움은 끝나 있었고 피바다 속에 '그' 홀로 우뚝 서 있었다.

'나이가 한참 어리다고 들었다. 그러나 배짱과 힘을 가진 놈이다. 분명 거물이 될 놈이야.'

수적질 십 년 만에 이런 놈은 처음이었다.
오다가다 마주친 내로라하는 무인 냄새가 뭉클 났다.
그는 무슨 생각에 잠겼는지 강물만 쳐다보고 있었다.
‘장강에… 풍운이 일겠구나.’
담우치는 노를 저으며 혼잣말로 중얼거렸다.

제20장
밝혀지는 과거

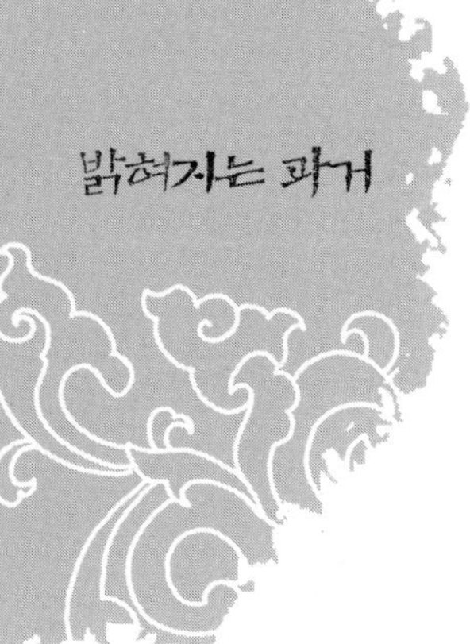

꽈르릉! 콰콰쾅!

마른하늘에 천둥 번개가 쳤다. 그리고 먹장구름이 몰려들더니 거센 폭우가 쏟아지기 시작했다.

쏴아아아!

굵은 빗방울이 작살처럼 내리 꽂히는 밤.

세찬 비바람을 헤치며 어둠 속을 달리는 무리가 있었다.

그들은 하나같이 흑포를 걸친 오십 명에 달하는 무리였다.

파라라락!

그들이 달리는 속도는 엄청났다. 한 발 뗄 때마다 삼 장 거리를 휙휙 밀어냈다. 그 때문인지 바람을 이기지 못한 옷자락 떨리는 소리가 요란했다.

"정지!"

갑자기 선두에서 달리던 사내가 손을 들었다. 그러자 그를 뒤따르던 사내들이 약속이나 한 것처럼 일제히 걸음을 멈췄다. 그들은 걸음을 멈추는 와중에도 서로 간에 한 치의 간격도 흐트러지지 않았다. 실로 무서운 절도였다. 각고의 수련을 거치지 않으면 절대 나올 수 없는 행동이었다.

"흐흐, 쥐새끼 같은 놈들. 이곳에 있단 말이지? 어차피 쳐야 했던 곳인데 잘됐군."

선두의 복면인은 전방을 노려보며 중얼거리다가 뒤로 고개를 돌렸다.

"저기 보이는 곳이 바로 쥐새끼들이 숨은 곳이다. 각자 맡은 바 위치를 한 번 더 숙지하라."

"존명!"

선두의 복면인이 수림을 아우른 수십 채의 전각들 민강수채를 가리키며 말하자 복면의 사내들이 일제히 허리를 꺾었다.

"가자! 그들과 시간을 맞춰야 해!"

파라라락!

사내들은 다시 달리기 시작했다.

*　　　*　　　*

달밤에 폭우가 쏟아지는 정경이 한눈에 내려다보이는 전각.

호불태는 잔뜩 인상을 굳힌 채 독시효의 보고를 듣고 있었다. 그러던 중 무슨 말을 들었는지 갑자기 자리에서 벌떡 일어났다.

"그게 정말인가?"

호불태의 뺨은 치솟는 분노로 인해 푸들푸들 떨리고 있었다.

"그, 그렇습니다."

독시효 임원영은 숙였던 고개를 더욱 숙이며 대답했다.

"그런데 그 사실을 왜 이제야 이야기하는 것인가?"

좀체 안 지르던 불같은 호통이었다.

독시효 임원영은 속으로 한숨을 내쉬며 조용히 입을 열었다.

"채주님, 제가 그 사실을 잠시 덮어둔 것은 지금 벌어지고 있는 수중 호걸연 때문입니다. 고작 적호채 놈들 때문에 대사를 망칠까 봐 염려가 되어……."

"고작 적호채? 네가 지금 고작이라고 했더냐?"

재차 터져 나오는 호통 소리.

지금 호불태가 길길이 날뛰는 이유는 적호채 때문이었다.

잠룡연이 끝난 후 놈들을 추적하러 간 수하들이 시신으로 변해 돌아온 후 호불태는 적호채에 무한한 적개심을 드러냈다. 그래서 내린 명령이 적호채의 본거지를 탐문하는 것이었다. 그런데 독시효가 그 탐문 결과를 즉시에 보고하지 않고 있다가 지금에야 보고하는 것에 화가 치민 것이다.

독시효는 고개를 조아리며 다시 한 번 자신의 생각을 말했다.

"채주님, 방금 보고드렸다시피 놈들의 수채는 장강의 가장 거센 물살이 흐르는 곳에다 깎아지른 절벽, 거기다가 끝없는 수초밭이 펼쳐진 천험의 절지입니다. 막무가내로 밀고 들어갔다가는 저희들의 피해가 만만치 않을 듯해 제가 임의로 보고를 미룬 것입니다. 일단 목전의 수중호걸연이 더 중요한 상황이니 이 일이 끝나고 난 뒤에 세밀한 계획을 짜서 공격할 생각이었습니다. 그러니 그만 진노를 거두어주시길……."

"나더러 진노를 거두라고? 그 빌어먹을 종자 놈 때문에 생떼 같은 내 수하들이 목숨을 잃었는데 나더러 진노를 거두라고? 그놈들이 천험 절지 아니라 하늘 꼭대기에 있어도 고작 하루살이들에 불과해. 그런 놈들을 치는 데 계획은 무슨 놈의 계획!"

자신의 설명에도 불구하고 호불태의 화는 가라앉지 않은 것 같았다.

독시효는 할 수 없이 숨겨뒀던 마지막 비밀까지 꺼내고 말았다.

"휴우, 채주님의 진노가 이만저만이 아니시니 결국 다 말씀드려야겠 군요. 탐문하러 갔던 수하들의 보고를 들어보니 적호채 놈들은 하루살 이라고 보기엔 만만치 않은 힘을 갖고 있더군요."

"만만치 않은 힘?"

그제야 호불태의 흥분이 차츰 가라앉기 시작했다.

"알고 보니 그날 왔던 놈들의 우두머리는 허수아비랍니다. 실세는 따로 있었습니다. 아마 채주님도 기억하실 겁니다. 철면노호 묵자강! 그가 바로 적호채의 실세입니다."

"묵자강? 철면노호 묵자강? 혈두타에게 쫓겨간 옛 금사상채의 채주? 정말 그란 말인가?"

호불태의 안색이 돌변했다.

네 명의 의제와 더불어 금사강 상류 지역의 패권을 장악하며 금사오 호(金砂五虎)라 불렸던 철면노호. 그는 흑도, 특히 장강 상류 인근에서 악명이 자자했다. 특히 천지독패공이라 불리는 독랄한 권법과 섬전 같 은 그의 비도술은 내로라하는 흑도의 고수들조차 상대하기를 꺼려 할 정도였다. 그런 그가 적호채에 도사리고 있었다니!

"으으음, 정말 철면노호라면… 준비가 필요하지. 그는 정말 만만치 않아."

그제야 호불태의 성질이 한풀 꺾였다.

"예, 그래서 보고를 미룬 것입니다. 더구나 닭 잡는 데 소 잡는 칼을 쓸 필요는 없는 것. 제 개인적인 생각으로는 다른 수채를 이용해 그들을 칠 생각입니다."

"음? 다른 수채들로 그들을 치게 한다?"

호불태의 눈에 이채가 어렸다.

"예, 우승 후보 중에 적호채라면 이를 가는 곳이 있죠."

"음? 그런 곳이 있어? 아, 오강채?"

고개를 갸웃거리던 호불태가 잠룡연을 떠올렸다.

"그렇습니다. 그쪽 채주도 놈들에게 목숨 빚이 있죠."

"그렇군. 굳이 우리가 움직일 필요가 없군."

그제야 호불태의 안색이 진정됐다.

"저어… 그래서 잠시 후에 자리를 만들려고 합니다."

"자리?"

"예, 내일이 결승이니 결승 후보채인 오강채 채주님을 모시고……."

"어, 그래? 좋지."

말이 끝나기도 전에 호불태는 고개를 끄덕였다.

골머리를 앓던 부분이 해결되자 한결 표정이 밝아진 독시효. 그는 밖으로 나가려다 무슨 생각이 났는지 걸음을 멈췄다.

"아, 제가 한 가지를 빠뜨렸군요."

"음? 뭔가?"

"저번에 왜 황어가 그려진 신패에 대해서 물으셨잖습니까?"

"오, 그래. 알아냈나?"

호불태가 반색하며 물었다.

"예, 알아내긴 알아냈는데……."

독시효가 표정을 굳히며 말끝을 흐렸다.

"왜 그러나? 그 신패에 무슨 문제라도?"

"그때 잠룡연에서 우승한 놈이 그걸 갖고 있었다고 했죠?"

"음, 그랬지."

호불태는 고개를 끄덕이며 독시효를 쳐다봤다.

"음… 그 신패가 진짜인지 가짜인지 모르겠지만 알아본 바로는 대대로 당문(唐門)의 아녀자들에게 전래되는 것이랍니다."

"다, 당문?"

삽시간에 호불태의 안색이 창백해졌다.

당문! 사천의 지배자!

정식 명칭은 사천당가(四川唐家)!

무림 전체가 덜덜 떠는 독과 암기의 대명사!

ㅡ일 보(一步)에 대지가 녹고 일 수(一手)에 하늘이 무너진다!

ㅡ원한을 맺으면 지옥까지 따라가고 은혜를 받으면 자자손손 갚는다!

이 두 가지 말은 독과 암기로 대표되는 사천당가의 무서움과 은원을 정확히 따지는 사천당가의 기질을 잘 표현해 주는 말이었다.

소싯적 장난으로라도 병장기를 잡아본 사람치고 사천당가의 이름을 듣고 안색이 변하지 않는 사람이 있다면 그는 하늘이 내린 철석간담의 소유자이리라.

"그러나 아마 그 녀석이 지닌 것은 가짜일 겁니다. 당문에선 그 신패를 출가외인에게 전하지는 않으니까요."

독시효는 기겁하는 호불태에게 그럴 리 없다며 안심시켰다.

"하긴, 그런 신패가 함부로 나돌 리가 없겠지. 더구나 갓 물질에 들어선 애송이의 손에."

호불태는 고개를 끄덕이며 맞장구쳤다.

바로 그때, 문이 열렸다.

"아빠, 차 가져왔어요."

호혜린이었다.

"네가 이 밤중에 웬일이냐?"

호불태는 미소로 딸을 반겼다.

"저… 내일이 수중호걸연 결승이잖아요. 그래서 어떻게 돌아가나 궁금해서 와봤죠."

호혜린은 찻잔을 내려놓으며 호불태의 옆에 앉았다.

"저는 이만 물러가겠습니다. 그리고……."

독시효가 주저하며 고개를 숙여 보였다. 아마도 오강채 채주가 곧 올 것이라는 신호였으리라.

"음, 알겠네."

호불태는 가볍게 고개를 끄덕이고는 딸아이에게 말을 건넸다.

"이것아, 이번에 참가한 사람들은 마음에 들더냐?"

"쳇, 다 그 얼굴이 그 얼굴이던데요? 아빠, 그러지 말고 옥풍랑 오라버니에게 중매인을 넣어보면 안 돼요?"

호혜린은 스스로 말해 놓고도 부끄러웠는지 얼굴이 빨개진다.

"안 돼!"

"히잉, 아빠!"

“안 된다면 안 돼! 내가 그만큼 귀에 못이 박히도록 이야기했잖느냐, 네가 옥풍랑과 결혼하게 되면 우리 집안은 평생 그쪽에 고개를 숙여야 만 한다는 사실을.”

호불태가 눈을 부릅뜨며 소리치자 호혜린은 고개를 푹 숙였다. 그러 다가 무슨 생각이 들었는지 눈에 빛을 내며 물었다.

“그 자식, 아직 못 잡았대요?”

호혜린이 그 자식이라 함은 자신에게 지독한 모욕을 안긴 곽무한을 지칭함이었다.

“음, 아직. 그러나 곧 잡을 수 있을 게다.”

호불태는 가슴을 탕탕 치며 딸아이에게 장담했다. 그러자 호혜린이 잠시 생각에 잠기나 싶더니 불쑥 질문을 해왔다.

“그 자식, 군사님 말씀처럼 정말 당문과 관계된 것은 아니겠지요?”

“이놈, 네가 버릇이 없구나! 감히 채의 일을 엿듣다니……!”

호불태가 버럭 고함을 질렀다. 그러나 호혜린은 생글 웃으며 받아쳤 다.

“치, 다 들리는 걸 어떡해요. 제 귀를 막을 수는 없잖아요.”

“이런, 녀석…….”

호불태는 혀를 끌끌 찼다.

호혜린은 아비의 표정이 좀 풀렸다 싶자 한 가지 부탁을 했다.

“아빠, 나중에요, 그 자식 잡게 되더라도 곧바로 죽이지 말고 제게 데려다 주세요. 전 반드시 그 녀석에게 예전에 받았던 모욕을 갚아줘 야겠어요. 아셨죠?”

딸아이가 이를 앙다물며 부탁하는 걸 거절할 아비는 없다. 호불태는 선선히 고개를 끄덕였다.

“그러마. 이제 그만 나가보거라. 손님이 오시기로 했다.”

“네.”

호혜린은 고개를 숙여 보이고는 밖으로 나왔다.

‘이제 문안 인사를 드렸으니 아침까지는 날 찾지 않으시겠지?’

호혜린은 아비의 방을 힐끔 뒤돌아보고는 입술을 꼭 깨물었다.

‘아빠, 죄송해요. 전 정말 잘생긴 남자랑 결혼하고 싶어요. 저번의 그 애는 못생겨도 마음에 들었지만 이번에 참가한 사람들은 누구도 제 마음에 들지 않아요. 그래서 전 옥풍랑 오라버니를 찾아가기로 결심했어요. 가서 그 오라버니가 날 좋아하도록 만들 거예요.’

호혜린은 주먹을 한 번 쥐어 보이고는 우의를 뒤집어쓰고 폭우가 쏟아지는 밖으로 나섰다.

‘음?’

저 멀리서 누군가가 다가오는 게 보였다.

“칫! 재수없어. 오강채 채주시잖아?”

며칠 전부터 자기에게 이상한 눈초리를 보내던 사람이다.

호혜린은 그와 마주치고 싶지 않아 재빨리 전각 모퉁이로 숨었다.

“어서 오시오.”

호불태는 반가운 표정으로 오강채 채주 소남춘을 맞았다.

“어이쿠, 늦어서 죄송합니다.”

두 사람은 수인사를 나누고 자리에 앉았다.

“근래 평안하시지요?”

소남춘이 먼저 인사를 건네와 호불태가 마주 인사를 하려는데,

“휴우우~”

소남춘이란 작자가 먼저 탄식을 터뜨린다.

"아니, 웬 탄식이시오?"

호불태가 의아한 표정으로 물었다. 그러자 그의 하소연이 시작됐다.

"내 나이 벌써 쉰에 가까워지고 있소이다. 그런데 얼마 전 자식이 아비보다 먼저 가는 꼴을 보게 됐잖소이까? 마침 채주를 뵈오니 먼저 간 아들놈 생각이 나서 견딜 수가 없구려."

"송구스럽습니다. 저희 쪽에서 그런 불상사를 미연에 방지해야 했던 것을……."

호불태는 겉으로는 민망한 표정을 지으면서도 속으로는 욕을 퍼부었다.

'제기랄, 그만큼 사과를 하고 문상까지 보냈건만 또다시 그 이야기를 꺼내는 이유가 뭐야, 분위기 썰렁해지게?

그러나 소남춘은 계속 죽은 아들 이야기로 분위기를 이끌어갔다. 그러다가 갑자기 엉뚱한 이야기를 꺼냈다.

"제겐 아들 삼 형제가 있었소이다. 이제 그놈이 죽고 나니 겨우 두 놈뿐이오. 게다가 마누라도 이미 이 세상 사람이 아니고. 그러니 밤마다 옆구리가 시리고 가슴패기가 허전해서 견딜 수가 없구려. 해서 하는 말인데……."

길게 늘어뜨리는 말본새가 이상하다 싶었다. 결국 그가 간청조로 지껄인 말에 호불태는 귓구멍 콧구멍에서 연기가 다 치솟는 것 같았다.

"따님을 제게 주시오. 장인어른으로 모시겠소이다."

"채, 채, 채주!"

호불태는 이 상황에서 화를 내야 할지 웃어넘겨야 할지 잠시 고민했다. 덕분에 나오는 말이 허둥지둥 말 더듬는 소리다.

"채주, 진심이오. 따님을 보고 한눈에 반했소이다. 내 죽은 내자와 쏙 빼닮았더이다. 부탁이오."

이젠 아예 이마까지 콩콩 탁자에 박는다.

'이걸 어떻게 한다?'

분노를 터뜨리려다 잠시 머리를 굴려보니 과히 밑지는 장사는 아니었다. 비록 아끼는 딸아이라 하나 결국엔 남의 집 귀신이 될 몸. 그럴 바에야 눈앞의 이익을 좇는 게 나으리라.

'오강채 채주가 내 사위가 된다면 오강채는 내 손아귀에 들어온 것이나 진배없지. 게다가 이 인간은 나잇살깨나 처먹었으니 남들에게 날 도둑놈 소리를 듣지 않으려면 나와 딸아이를 극진히 대할 수밖에 없을 것이고. 군사와 의논을 해봐야겠다.'

호불태는 오강채가 눈앞에 어른거리자 욕심이 일었다.

"자, 자, 쏟아지는 비 때문에 채주께서 심난하신 모양이외다. 그 문제는 차후에 의논키로 하고 우선은 내일 있을……."

막 딴청을 부리며 결승전에 대한 이야기를 하려고 하는데,

"채, 채주님! 채주님!"

갑자기 다급한 목소리가 들려왔다.

"누구냐?"

무슨 일인가 하여 문을 열어보니 오강채 녀석이다. 그런데 온몸이 피에 젖어 있었다.

"구융, 무슨 일이냐? 채에 있어야 할 네가 어떻게 여길……? 더구나 그 몰골은 또 뭐냐?"

등 뒤에서 소남춘이 기절할 듯한 표정으로 뛰어나왔다.

구융이라 불린 녀석은 소남춘을 보자마자 엉엉 통곡을 터뜨렸다.

“채주, 습격을 당했습니다! 다 죽었습니다! 모두 다……! 크흐흑!”

“모, 모두 다? 그, 그게 무슨 소리냐? 그게 무슨 소리냔 말이다!”

콰콰쾅!

소남춘의 발길질에 애꿎은 문지방이 박살났다.

“복면인들, 모두 복면을 쓴 놈들이었습니다. 다짜고짜 누구를 찾으면서 공격해 왔는데 실로 무시무시하기 짝이 없는…….”

놈의 보고가 구구절절 이어지려는 순간,

“으아아악!”

“습격이다! 크아악!”

갑자기 사방에서 비명 소리가 들려왔다.

“습격이라니? 이게 도대체 무슨 소리야?”

호불태는 가슴이 철렁해 전각 지붕으로 뛰어올랐다.

“같이 갑시다!”

동시다발적으로 들려오는 비명 소리라 소남춘도 긴장한 표정으로 호불태의 뒤를 따랐다.

전각 지붕 위에서 내려다본 정경은 그야말로 아비규환.

“끄아아악!”

“으아아악!”

들리느니 비명 소리요 보이느니 불바다다.

“도대체 어떤 놈들이?”

호불태가 이를 갈 때쯤 헐레벌떡 독시효 임원영이 나타났다.

“채주님, 크, 큰일났습니다! 놈들입니다!”

말까지 더듬는 독시효의 얼굴은 완전 사색으로 변해 있었다.

민강수채의 방어막은 아는 사람은 다 엄지를 치켜들 정도로 튼튼했다. 독시효가 심혈을 기울여 곳곳에 기관, 처처에 암기를 장착해 두어 설령 관군이라도 함부로 쳐들어오지 못할 정도였다. 그러니 호불태는 비록 기습을 당해 몰리고 있지만 최악이라는 상상은 하지 않았다. 그러나 사색으로 변해 허둥거리고 있는 임원영을 보자니 심장이 쿵 떨어지는 기분이었다.

"노, 놈들이라니?"

불길한 예감에 뒷골이 스멀거려 목소리조차 떨려 나왔다.

"금사상채… 금사상채가 쳐들어왔습니다. 놈들이 지금 물밀듯이 밀려오고 있습니다!"

예감은 현실이 되어 넋을 뒤흔들었다.

"금사상채라니? 그놈들이, 그놈들이 벌써?"

그러나 그들뿐만 아니었다.

"헉! 저, 저, 저들입니다! 으아아아!"

밑에서 경기를 일으키는 목소리가 들려왔다. 오강채에서 왔다는 구융이란 자였다.

"저들이라니? 그렇다면 금사상채 놈들 말고도 또 다른 놈들이 있단 말인가?"

독시효가 다급히 물었다. 그러나 구융이란 놈은 벌써 겁에 질려 달아나고 없었다.

"이런 빌어먹을!"

독시효가 발을 굴렀다. 그러나 구융을 찾느라 고민할 필요가 없었다.

쾨자자작!

구융이 말한 놈들이 벌써 나타났다.

하나같이 검은색 복면에 반달같이 휘어진 도를 든 놈들.

그들은 길을 만드는 자들이었다.

"앞을 치워!"

누군가가 손을 치켜들며 말하자,

츠츠츠!

서거걱!

놈들은 줄지어 달려오며 앞을 가로막는 건 사람이든 나무든 일도에
베어버린다. 막을 수도 없고 막을 엄두도 안 나는 무시무시한 기세였
다.

"도, 도대체 저들은 누구기에?!"

그 거침없는 기세에 강심장으로 소문난 호불태조차 이를 딱딱 부딪
치며 떨 정도였다.

"기관! 기관을 발동해!"

독시효가 발악처럼 외쳤지만 소용없었다.

슈슈슛! 피피핏!

전각의 창문이 뒤집어지며 수십, 수백 발의 암기가 날아갔지만 풍차
처럼 돌리는 그들의 도를 뚫지 못했다. 땅에 솟은 창날도 벽체에서 날
아간 화살도 역시 마찬가지였다.

"으아아악!"

저 멀리서 들리던 비명 소리도 어느새 가까이 다가오고 있었고 충천
하던 화광은 이제 사방을 밝히다 못해 전각 주변을 대낮처럼 밝혔다.

"그, 그대들은 누, 누구요?"

주변이 잠잠해질 즈음 호불태가 백지장 같은 표정으로 선두에 선 복
면인에게 물었다. 그러나 복면인은 아무런 대답도 하지 않았다. 그저

고개만 뒤로 젖혀 휘하로 보이는 다른 복면인들을 바라볼 뿐이었다.

"없습니다."

"여기도 없습니다."

눈앞의 복면인들이 다인 줄 알았는데 다른 복면인들도 있었다. 그들도 하나같이 붉은 안광, 피 묻은 칼을 가졌는데 어둠 속 여기저기서 나타났다.

"아무 곳에도 없다?"

선두의 복면인이 그제야 눈길을 돌려왔다.

찌리릿!

복면인과 눈길이 마주친 순간 호불태는 오금에 힘이 빠져 그만 주저앉을 뻔했다.

'고, 고, 고수다! 정통 무인이야! 그것도 명문정파!'

경험은 그저 먹는 게 아니었다.

호불태는 복면인과 눈을 마주치는 순간 그들의 정체를 알아챘다.

잔뜩 휜 도, 뒤를 돌아보지 않는 거침없는 기세, 그리고 마주하기조차 두려운 눈빛.

그런 걸 모두 갖춘 곳은 강호를 통틀어 단 한 곳밖에 없었다.

밀림을 떠돌아다니는 도깨비조차 덜덜 떨며 피해 다닌다는 피와 공포의 대명사 웅풍산장!

'우, 우, 웅풍산장! 웅풍산장이 왜 우릴……?'

의문은 금방 풀어졌다.

"저희 쪽이 조금 늦었지요?"

거들먹거리며 다가오는 신형.

마흔쯤 되어 보이는 중년인. 그러나 잔뜩 휜 곱사등과 붉은 머리카락 때문에 절대 평범해 보이지 않는 중년인 혈두타 가득소(柯得笑).

"네, 네놈이, 네놈이 감히!"

호불태는 복면인들에게 다가가는 혈두타를 보고 치를 떨었다. 그러나 혈두타는 호불태를 안중에도 두지 않았다.

"음, 놈들을 놓치신 모양입니다?"

혈두타는 안색을 조금 찌푸리며 선두의 복면인에게 물었다.

"귀하께서 놓치신 게 아니라면 정보가 틀린 모양이오. 우린 이곳의 살아 있는 생명체는 개미 새끼 한 마리도 놓치지 않았소."

복면인이 기분 나쁘다는 투로 대답했다. 그러자 혈두타의 표정이 금방 머쓱하게 변했다.

"그럴 리가요? 오강채 놈들 말로는 이곳에 참가했을 가능성이… 어라? 그러고 보니 마침 오강채 채주님이 여기 계셨군요."

혈두타의 눈빛이 소남춘을 향했다.

"이, 이, 혈두타! 네놈이 정말 우리 채를… 우리 채를……?"

소남춘은 사방을 에워싼 복면인들 때문에 차마 발작하지는 못하고 몸만 부르르 떨었다.

"흐흐, 물론 나도 한몫했지만 이분들께서 많이 도와주셨지."

"채주!"

복면인이 차갑게 말을 끊었다.

"아, 죄송합니다."

혈두타는 복면인에게 얼른 사과의 표시를 보내고 소남춘에게 물었다.

"채주, 한 가지 묻겠소이다. 그 대답 여하에 따라 그대들 목숨이 왔다 갔다 하니 잘 생각하시길."

스르릉!

혈두타와 복면인들은 정말 장단이 잘 맞았다.

혈두타의 말이 떨어지기가 무섭게 복면인들이 도를 뽑아 들었다.

"철면노호 일당이 이리로 숨어들었다고 들었소. 그는 어디에 있소?"

"철면노호? 그놈을 왜 여기서 찾나? 난 모르네."

소남춘은 황당하다는 표정으로 되물었다.

"흐흐, 왜 이러실까? 나와 철면노호와의 관계를 잘 아시면서? 얼마 전 이분들이 독호 놈을 발견했다네. 그때 놈은 분명히 오강채와 움직이고 있었지. 이분들이 직접 보셨다네. 재수없이 놓쳐 버리고 말았지만."

"그럴 리가? 내 눈은 아직 멀쩡하오. 설마 하니 내가 철면노호나 묵호, 독호를 못 알아보리라 생각하시오? 내 목을 걸고 말하리다. 나나 내 휘하의 그 누구라도 그놈들을 받아들인 적이 없소이다."

알고 보니 예전 민대머리가 추적에서 벗어날 때 오강채를 이용한 때문에 생긴 오해였다.

민대머리를 다 잡았다가 눈앞에서 놓쳐 버린 웅풍산장.

혈두타와의 합병 조건인 철면노호 일당을 잡으려 오강채를 덮쳤다.

그러나 아무리 찾아봐도 놈들이 보이지 않았다.

하긴, 없는 놈을 어찌 발견하겠는가마는 웅풍산장은 자신들의 눈을 믿었다. 오강채 특유의 복장을 한 민대머리를 본 눈을.

결국 한 놈 한 놈 목을 베며 심문에 들어가자 치미는 공포를 견디지 못한 한 놈이 발악처럼 외친 말.

'정말 여긴 없소! 혹시 모르지, 수중호걸연에 채주를 수행해 간 놈들 중에 그놈들이 있을지.'

그 말 때문에 이 사단이 난 것이다. 물론 언제고 무너뜨리려 했던 목표이기도 했지만.

"음, 그렇다면 우리가 만천과해(瞞天過海:하늘을 가리고 바다를 건넌다)의 수법에 속은 모양이오."

두 사람의 대화를 듣고 있던 복면인은 그제야 속았다는 사실을 깨달았다.

'휴우, 그나마 다행이구나.'

호불태와 소남춘은 오해였다는 사실이 밝혀지자 내심 안도의 한숨을 내쉬었다. 그러나 안심하긴 일렀다.

"이자들은 어찌시려오?"

혈두타가 빙글거리며 복면인에게 물었다.

"죽은 자는 말이 없는 법!"

차갑게 내뱉는 복면인의 말. 그와 동시에 도를 치켜들고 다가오는 웅풍산장의 고수들. 호불태는 기겁을 했다.

"잠까안! 잠깐만 기다리시오! 내가 아오! 그놈들의 행방을 내가 안단 말이오!"

비명처럼 외치자 겨우 놈들이 걸음을 멈췄다.

"적호채요! 장강삼협에 있소이다! 장강삼협 중에서도 적취협이 놈들의 본거지라오!"

호불태는 빠르게 적호채의 본거지를 외쳐 댔다.

"적취협이라……. 고맙군."

복면인은 차갑게 돌아섰다.

"휴우……"

호불태는 이제야 진짜 안도의 한숨을 내쉬었다. 그러나 그 순간,

서걱!

갑자기 눈앞이 붉게 변하고 천지가 빙빙 돌았다.

＊　　　＊　　　＊

타다닥! 타다닥!

쏟아지는 폭우 탓에 불길은 곧 사그라졌다.

잿더미로 변한 전각들은 하얀 연기를 피워 올렸다.

"아빠, 엄마……. 흑흑."

아른거리는 연기 속에 한 소녀가 눈물을 흘리고 있었다.

옥풍랑을 찾아 가출하려다 오강채 채주가 오는 바람에 전각 모퉁이에 숨은 호혜린이었다.

그녀는 밖으로 나서다가 사방을 울리는 비명 소리와 소름 돋는 복면인들의 모습을 보고 수초밭에 숨었다. 그래서 용케 목숨을 부지한 것이다.

"이 원수를… 이 원한을……."

그녀는 부모의 시신을 보며 복수를 다짐했다.

그러나 아무리 생각해 봐도 복수할 방법이 생각나지 않았다.

철없는 그녀였지만 웅풍산장의 위명은 귀가 따갑도록 들어왔기 때문이다.

"동정수채로 가서 숙부께 부탁해 볼까?"

그러나 워낙 무서운 자들이라 동정수채의 전력으로도 쉽게 맞설 수 없을 것 같았다. 또한 의숙부가 뭐가 답답해서 그들과 싸우려 하겠는가? 설령 자기가 옥풍랑과 맺어진다고 해도 어림없는 소리였다.

'어떻게? 누구를 이용해서?'

웅풍산장은 정파의 초거대 세력이다. 그렇다면 그들과 맞붙을 만한 곳은 같은 정파의 거대 세력이거나 사파의 거대 세력뿐. 그러나 호혜린 자신이 무림맹주가 아닌 이상 백 년, 천 년을 애원해도 그들이 콧방귀나 뀔까? 도저히 불가능한 이야기였다.

"흑흑, 도저히 방법이 없어요."

결국 호혜린은 머리카락을 쥐어뜯으며 바닥에 주저앉고 말았다.

바로 그때, 시신 한 구가 눈에 들어왔다.

"까아악!"

이곳에 넘쳐 나는 게 시신이었지만 갑자기 망막으로 쏟아지니 소름이 돋았다. 그러다가 쾅 하고 뇌리에 번개가 치는 걸 느꼈다.

"바로 그거야!"

호혜린의 눈은 시신이 목에 걸고 있는 상어 이빨, 무병 장수를 기원하는 수적들 특유의 호신부를 보고 있었다.

'꾸미는 거야. 그 녀석이 감히 사천당가의 신패를 훔쳤다고 하는 거야. 어디 있는지 아니 가르쳐 주겠다고 하는 거야. 그러면서 부탁을 해 보는 거야. 천에 하나, 만에 하나 그 녀석이 가진 신패가 진짜로 당문 사람이 잃어버린 것일 수도 있잖아? 가보자! 가서 꾸며보자!'

호혜린은 입술을 깨물며 머리를 굴렸다.

*   *   *

사천당가는 하나의 성과 같았다.

사천당가 외곽부터 거대한 촌락이 형성되어 있었고 그 촌락을 지나자 야트막한 토성이 산따라 들따라 펼쳐져 있었다.

"여기서부터 사천당가의 영역이란다. 행여 이곳에서 당문 사람들의 눈살을 찌푸리게 하면 큰일난단다."

달구지를 끄는 노인이 알려줬다.

토성 중간으로 난 관도를 따라 반나절을 가니 하늘로 날아갈 듯한 전각 군이 보였다. 노인은 그곳이 사천당가의 내성이라고 했다. 사천당가의 직계 가족들과 가신들이 머무는 곳으로 사천당가의 모든 것이 모인 곳이라 했다.

전각 군을 둘러싸며 눈앞을 막아서는 거대한 담벼락, 그리고 그 담벼락 사이로 언뜻언뜻 보이는 야트막한 전각 군. 그곳이 외성이라고 했다.

사천당가의 방계 식솔들이나 손님들이 머무는 곳으로 사천당가의 숨겨진 힘이 이곳에 있다고 했다.

호혜린은 지금 거대한 담벼락 중간을 차지하고 있는 넓은 대문을 바라보고 있었다. 아니, 정확히 말하자면 대문 앞을 지키고 있는 수문위사들을 보고 있었다.

하나같이 녹건(綠巾)을 이마에 두르고 녹포(綠袍)를 입고 있는 자들.

그들의 눈에서는 형형한 정광이 쏟아져 나오고 있어 한눈에 보기에도 알 수 없는 위압감이 느껴졌다.

'후읍! 힘내자, 혜린. 부모의 원수를 갚는 일이야.'

호혜린은 심호흡을 하며 옷매무새를 가다듬었다.

"저어… 실례합니다."

호혜린은 최대한 미소를 지으며 말을 건넸다. 그러나 그들은 석상처럼 무표정하기만 했다.

"저어… 제가 가주님을 만나뵙고 꼭 전해 드릴 말이 있거든요. 안으로 통보를 해주시겠어요?"

상냥하되 비굴해 보이지 않도록 목소리에 신경을 썼다. 그러나 돌아온 대답은 단 한 마디.

"배첩!"

호혜린은 잠시 당황했다.

본시 명문에서는 배첩이 있어야 입구를 통과하거나 사람을 만날 수 있다는 말이 기억났다.

"그런 건 없어요. 그러나 정말 중요한 말이에요. 가주님을 만나게 해주세요. 네?"

"배첩이 없으면 불가하오, 소저!"

말투는 정중했으나 그 속에 담긴 뜻은 단호했다.

정문조차 통과할 수 없다니⋯⋯. 호혜린은 눈앞이 아득했다.

"그러지 마시고 제발요. 정 가주님을 만나기 힘들다면 다른 높은 분이라도⋯⋯."

"마지막이오! 배첩이 없으면 불가! 계속 귀찮게 구신다면 무력이 동반될 것이오!"

이번 말은 무서웠다. 번쩍이는 눈빛으로 노려보기까지 했다.

"제발요. 부탁이에요. 전 황어가 그려진 신패의 행방을 알고 있단 말이에요."

"도저히 안 되겠군. 당오, 당칠, 저 소저를 모셔라!"

맨 우측에 있던 사내가 명을 내리자 두 사람이 다가왔다.

"아, 아저씨⋯⋯."

호혜린이 울상을 지어 보이며 애원했지만 두 사람의 손에 달랑 들려 백 보나 밀려나 버렸다.

"아저씨들, 제발!"

"당오, 당칠!"

이제는 아예 경공술까지 발휘해 토성 밖까지 끌려났다.

"흑흑흑, 나쁜 놈들. 나 같은 미소녀를 보고도 이리 야박하게 대하다니. 두고 봐. 당신들은 반드시 후회할 거야."

결국 호혜린은 악담을 퍼부으며 동정수채로 발길을 돌렸다.

님도 보고 뽕도 딴다고, 되든 안 되든 옥풍랑을 만나 부탁해 봐야겠다고 생각한 것이다.

"뭐라고? 황어가 그려진 신패?"

당잠(唐箴)이 낯빛을 굳히며 물어온다.

"응, 그래. 어찌나 질기던지 결국엔 내가 멀리 쫓아버렸지. 왜? 무슨 문제가 있나?"

외성 경계조장 당진(唐辰)은 먼 친척 동기인 내성 소속의 당잠에게 술을 권하며 말했다.

"아니… 문제라기보다는… 음……."

보아하니 당잠이 뭔가 골똘히 생각에 잠겨 있다.

당진은 조용히 술잔을 기울이며 녀석을 쳐다봤다.

당잠은 전대 문주가 있을 때는 문주 직계 가족의 호위 무사로 출세 가도를 달리던 녀석이었다. 그러나 십 년 전 문주가 바뀌고부터는 내성의 한직을 떠도는 신세였다. 최근엔 뭐라더라, 전대 문주의 따님 중 한 분의 시중을 들고 있다던가?

"안 되겠네. 내 잠시 다녀옴세. 못다 한 술은 다음에 내가 사지."

당잠은 벌떡 일어나 미안하다는 표정을 지어 보이고는 바람처럼 사라졌다.

“어, 어? 아니, 저 친구가?”

당진은 어이가 없다는 표정으로 당잠이 사라진 방향과 술잔만 번갈아가며 쳐다봤다. 바로 그때 당진의 등 뒤에서 살랑이는 미풍이 불었다.

“헉? 누, 누구?”

당진은 깜짝 놀라 뒤를 돌아보다가 당황한 표정으로 얼른 고개를 숙였다.

“외성 경계조장 당진이 운각(雲閣)의 부각주님을 뵈옵니다.”

당진의 등 뒤에 나타난 사람은 사천당가의 순찰 조직인 운각의 부각주였다.

“방금 네가 한 이야기를 스쳐 들었다. 다시 정확히 말해 보라.”

그는 착 가라앉은 눈빛으로 당진에게 말했다.

“예? 아, 예. 별 이야기 아닙니다. 낮에 어떤 소저가…….”

당진은 조아린 고개를 더욱 깊게 숙이며 낮의 일을 이야기했다.

“음… 그래? 흥미로운 이야기군.”

운각 부각주 당호추는 조용히 수염을 매만지다가 목소리를 잔뜩 깔며 말했다.

“이 일은 자칫 잘못하면 문중 내에 소란이 벌어질 수 있는 일이다. 그러니 너는 이 사실을 다른 사람에게 절대 말하지 마라.”

엄한 눈빛으로 당진에게 함구령을 내린 당호추는 몇 개의 전각을 지나 후원 외곽에 있는 전각, 운각으로 들어가 각주를 찾았다.

“각주님, 문제가 생겼습니다.”

“문제? 무슨 문제?”

가주를 포함해 현재 당금 당문의 실세들을 지칭하는 당가칠룡(唐家

七龍). 그중 한 사람인 운각 각주 당장민(唐長珉)이 화초를 살피고 있다가 무슨 소리냐는 듯 당호추를 바라봤다.

"뭣이라고? 그게, 그게 정말이더냐?"

내성 깊숙한 곳에 위치한 조그만 모옥. 그곳에서 떨리는 목소리가 나왔다. 그 목소리의 주인공은 눈이 유난히도 아름답게 생긴 단아한 모습의 중년 미부였다. 그녀는 엄청난 소식을 들은 듯 턱 선을 바르르 떨고 있었다.

"그렇습니다. 분명히 그렇게 들었습니다."

당잠은 감히 중년 미부를 정면으로 쳐다보지 못하고 연신 고개를 조아렸다.

"아아……."

순간적으로 중년 미부의 몸이 허물어지듯 쓰러졌다.

"대소저!"

당잠은 튕기듯 몸을 날려 중년 미부를 안으려다 멈칫 손을 멈췄다.

아무리 위급하다 하나 함부로 옥체를 만지기엔 신분의 차이가 너무 크기 때문이었다.

"밖에 누구 있느냐?"

당잠은 밖을 향해 크게 외치고는 중년 미부의 안색을 살폈다.

'휴우, 크게 충격을 받으신 모양이구나. 그렇다면 결국 내가 염려하던 일이 벌어진 것이란 말인가? 으음, 자칫 잘못하다가는 가문에 또다시 난리가 나겠구나.'

당잠은 안타까운 표정으로 중년 미부를 바라보다 시녀들이 뛰어오자 뒤로 물러났다.

잠시 후, 혼절했던 중년 미부가 깨어났다.

"흑흑흑, 아가야, 내 귀여운 아가야, 네가 살아 있었구나. 정말 살아 있었구나. 흑흑흑."

중년 미부는 깨어나자마자 한없이 오열을 터뜨렸다.

그 울음소리가 얼마나 한이 맺혀 보이는지 지켜보던 당잠은 자기도 모르게 눈시울이 뜨거워졌다.

"엄마를… 약속을 지키지 못한 이 나쁜 엄마를 용서하렴, 아가야. 내 귀여운 아가야. 흑흑흑."

오열은 급기야 통곡성으로 변해갔다.

"대… 소저……."

당잠은 그녀가 애간장 찢으며 우는 사연을 추측할 수 있었다.

중년 미부. 그녀의 이름은 당군혜.

전대 사천당가 가주의 금지옥엽이었다.

어려서부터 빼어난 미모와 아리따운 마음씨를 갖춰 모든 당가 사람들의 사랑을 독차지한 그녀. 사방팔방에서 혼담이 끊이질 않았다.

그러던 어느 날,

인근에 꽃놀이를 다녀오겠다던 그녀가 갑자기 행방불명이 되었다.

그 결과 당문이 발칵 뒤집어졌다.

전시도 아닌데 사천당가의 정문이 활짝 열렸고 수백 기의 인마가 출동했다. 수십 번의 방문 끝에 그녀와의 혼담을 성사시킨 남궁세가도 마찬가지였다.

그러나 사천 인근을 이 잡듯이 뒤져도 그녀의 행방은 오리무중이었다.

결국 그녀를 지극히 아끼던 노대부인의 성화에 사천당가의 비밀 세력인, 가문의 절대 위기에만 움직인다는 혈우단(血雨團)까지 움직였다.

그녀가 행방불명된 지 칠 년 뒤,

그녀의 행방을 찾았다는 소문이 떠돌았다.

그리고 얼마 뒤, 정말 그녀가 당문으로 돌아왔다.

그런데 의외였던 것은 그녀가 포로처럼 거칠게 끌려왔다는 사실이었다.

당잠은 그날의 당군혜 모습을 자세히 기억하고 있었다.

넋이 나간 듯한 눈동자에 얼마나 울었는지 퉁퉁 부은 얼굴.

애처로워도 그리 애처로울 수 없는 모습이었다.

당군혜의 그런 모습에 남몰래 그녀를 사모하던 당가의 젊은이들이 얼마나 울었던지 그날 몇십 년 만에 처음으로 당가의 술 창고가 바닥났다는 소문까지 나돌 정도였다.

나중에 들려온 후문으로는 그녀가 가문이 정해준 남궁세가와의 혼사를 거부하고 다른 사내와 달아났다는 풍문이 돌았다. 그것도 한족이 아닌 다른 나라 사내와. 거기다가 아이도 낳았다고 전해졌다.

신패!

황어가 그려진 신패는 가문에서 인정한 여인에게만 주어지는 것이었다. 그 신패를 받은 여인은 '절대 여아에게 가문의 무공과 기예를 전수하지 않는다'는 가법의 제재에서 벗어나 무공과 기예를 익힐 수 있었다. 그러니 그만큼 영광된 신패였다.

신패는 그 자체로도 하나의 보물이었다.

하늘과 땅의 기운이 만난다는 지극령천(至極靈泉). 그 샘의 영기를 받은 흙과 돌, 거기에다 만년온옥(萬年溫玉)을 섞어 만든 신패로 여자의 몸으로 가문을 부흥시킨 중조모(中祖母)의 신물이었다.

그 신패를 지니기만 하면 지극령천과 만년온옥의 영기로 인해 백독(百毒)의 침해를 받지 않을뿐더러 따로 운기를 하지 않아도 공력이 늘어나는 귀물(貴物) 중의 귀물이었다. 그러니 가문이 정한 혼처를 뿌리치고 사사로이 다른 남자를 택했으며 신패까지 잃어버린 그녀를 죽이지 않은 것만 해도 가문에서 그녀에게 얼마나 많은 양보를 했는지 알 수 있었다.

물론 그녀의 목숨을 살리기 위해 당시 팔순이 훌쩍 넘은 노대부인 당기(唐麒)가 나섰고, 그녀의 부친인 당장명(唐長明)이 가주 직위를 동생에게 넘긴 때문인 이유도 있었지만.

그런 그녀. 그 사건으로 인해 십 년째 이곳 후원의 외진 곳에 유폐되어 있던 당군혜가 오늘 황어가 그려진 신패 이야기를 듣고 애간장 끓는 울음을 터뜨리고 있었다.

그렇다면 그 신패의 주인공은 바로 그녀의 아들!

문제가 심각했다.

잊혀졌던 십 년 전의 과거사가 또다시 수면 위로 떠올라 오늘로 이어질 조짐이었다.

차기 가주 직위.

당가의 원로들은 차기 가주 예정자로 당군혜의 오라비인 당중기(唐中起)를 지목했다. 그런데 문제는 그 결정에 불복하는 무리들이 있다는 사실이었다. 그 중심은 바로 현 가주인 당장욱(唐長旭).

그는 자신의 맏아들인 당중무(唐中武)를 밀고 있었다.

만약 당군혜의 아기 문제가 부상되면 그들이 벌 떼처럼 일어나리라.

가뜩이나 차기 가주 지명 문제뿐만 아니라 가문의 자금줄인 금엽당(金葉堂)을 폐위된 가주의 아들인 당중기가 맡고 있다는 사실에 불만을 갖고 있었기에.

“당 시위.”

상념에 잠겨 있던 당잠은 갑자기 들려온 목소리에 화들짝 고개를 들었다.

“예, 대소저!”

어느새 오열을 그쳤는지 당군혜가 결의 가득한 눈빛으로 자신을 쳐다보고 있었다.

“그 소녀를 찾아주세요. 무슨 수를 써서라도. 필요하다면 오라버니와 동생까지 움직이겠어요.”

“대, 대소저?”

풍운이 인다. 이렇게 되면 정말 가문에 엄청난 풍운이 일게 된다.

당잠은 모질게 마음먹고 고개를 가로저으려 했다.

“제발……”

그러나 그는 그녀의 눈에서 굴러 떨어지는 눈물 한 방울을 보고 그만 고개를 떨어뜨리고 말았다.

“알… 겠습니다. 예전 동료들을 움직이겠습니다.”

결국 당잠은 가주 수신호위대, 예전의 청운대(靑雲隊) 동료들까지 떠올리고 말았다.

“민강수채의 딸입니다. 민강수채가 잿더미로 변하자 복수를 부탁하러 온 모양입니다.”

당가에도 복면인은 있었다.

그들은 당가의 정보를 총괄하는 풍각(風閣)의 고수들이었다.

“그녀의 예상 이동 경로는?”

풍각 각주 당가칠룡 중 하나인 당장직(唐長直)이 물었다.

그는 현 가주인 당장욱과 가까운 사람이었다.

사촌 형인 운각 각주에게서 신패가 나타났다는 이야기를 듣고 수하를 푼 것이었다.

"동정수채가 예전부터 민강채와 가까웠었죠."

"동정수채?"

풍각 각주는 잠시 망설이는 듯했다. 그러나 곧 명을 내렸다.

"수단 방법을 가리지 말고 그녀를 데려와!"

파라락!

복면인들은 어둠 속으로 사라졌다.

『장강수로채』 3권에 계속…

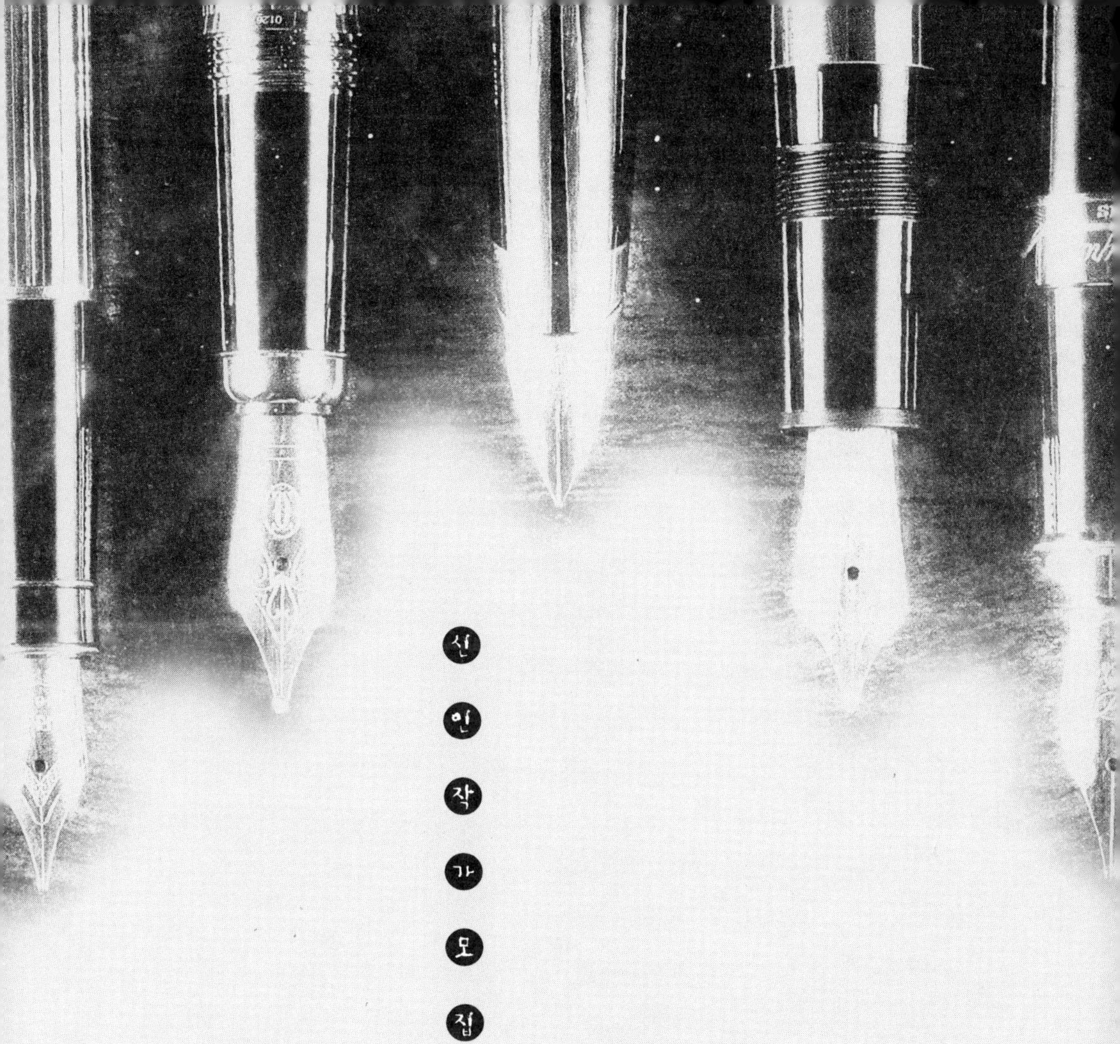

신
인
작
가
모
집

시작이 반이라고 했습니다.
작가의 길에 대한 보이지 않는 벽을 과감히 깨뜨리십시오!
청어람은 작가 지망생 여러분들의
멋진 방향타가 되어드리겠습니다.

저희 도서출판 청어람에서는
소설 신인 작가분들을 모집합니다.
판타지와 무협을 사랑하시는 분들의 많은 참여를 바랍니다.
소정의 원고(A4용지 150매)를 메일이나 우편으로 보내주시면
검토 후 출판 여부를 알려드리겠습니다.

주소:경기도 부천시 원미구 심곡1동 350-1 남성B/D 3F 우편번호420-011
TEL:032-656-4452 · FAX:032-656-4453
http://www.chungeoram.com
e-mail:chungeoram@chungeoram.com